新潮文庫

青年

森鷗外著

新潮社版

49

青年

壱

小泉純一は芝日蔭町《しばひかげちょう》*の宿屋を出て、東京方眼図*を片手に人にうるさく問うて、新橋停留場《ていりゅうば》*から上野行の電車に乗った。目まぐろしい*須田町《すだちょう》*の乗換も無事に済んだ。さて本郷三丁目*で電車を降りて、追分《おいわけ》*から高等学校*に附いて右に曲がって、根津権現《ねづごんげん》*の表坂上にある袖浦館《そでうらかん》という下宿屋の前に到着したのは、十月二十何日かの午前八時であった。

此処《ここ》は道が丁字路になっている。権現前から登って来る道が、自分の辿《たど》って来た道を鉛直*に切る処《ところ》に袖浦館はある。木材にペンキを塗った、マッチの箱のような擬西洋《まがいせいよう》造《づくり》である。入口《いりくち》の鴨居《かもい》の上に、木札が沢山並べて嵌《は》めてある。それに下宿人の姓名が書いてある。

純一は立ち留まって名前を読んで見た。自分の捜す大石狷太郎《けんたろう》*という名は上から二三人目に書いてあるので、すぐに見附かった。赤い襷《たすき》を十文字に掛けて、上《あが》り口《くち》の板縁に雑巾《ぞうきん》を掛けている十五六の女中が雑巾の手を留めて、「どなたの所へいらっしゃるの」と問うた。

「大石さんにお目に掛りたいのだが」

田舎から出て来た純一は、小説で読み覚えた東京詞《ことば》を使うのである。丁度不慣《ふなれ》な外国語を使うように、一語一語考えて見て口に出すのである。そしてこの返事の無難に出来たのが、心中で嬉《うれ》しかった。

雑巾を摑《つか》んで突っ立った、ませた、おちゃっぴい*な小女《こおんな》の目に映じたのは、色の白い、卵から孵《かえ》ったばかりの雛《ひよこ》のような目をしている青年である。薩摩絣《さつまがすり》*の袷《あわせ》*に小倉《こくら》*の袴《はかま》を穿《は》いて、同じ絣の袷羽織*を着ている。被物《かぶりもの》は柔かい茶褐《ちゃかつ》の帽子で、足には紺足袋*に薩摩下駄*を引っ掛けている。当前《あたりまえ》の書生*の風俗ではあるが、何から何まで新しい。これで昨夕《ゆうべ》始めて新橋に着いた田舎者とは誰にも見えない。小女は親しげに純一を見て、こう云った。

「大石さんの所《とこ》へいらっしったの。あなた今時分いらっしったって駄目よ。あの方は十時にならなくっちゃあ起きていらっしゃらないのですもの。ですから、いつでも御飯は朝とお午《ひる》とが一しょになるの。お帰りが二時になったり、三時になったりして、それからお休みになると、一日寐《ね》ていらっしってよ」

「それじゃあ、少し散歩をしてから、又来るよ」

「ええ。それが好《よ》うございます」

純一は権現前の坂の方へ向いて歩き出した。二三歩すると袂《たもと》から方眼図の小さく折ったのを出して、見ながら歩くのである。自分の来た道では、官員*らしい、洋服の男や、角帽*の学生や、白い二本筋の帽*を被った高等学校の生徒や、小学校へ出る子供や、女学生なんぞが、ぞろぞろと本郷の通《とおり》の方へ出るのに擦《す》れ違ったが、今坂の方へ曲って見ると、まるで往来《ゆきき》がない。右は高等学校の外囲《そとがこい》、左は角が出来たばかりの会堂で、その傍《そば》の小屋のような家から車夫*が声を掛けて車を勧めた処を通り過ぎると、土塀や生垣《いけがき》を繞《めぐ》らした屋敷ばかりで、その間に綺麗《きれい》な道が、ひろびろと附いている。

広い道を歩くものが自分ひとりになると共に、この頃の朝の空気の、毛髪の根を緊縮させるような渋みを感じた。そして今小女に聞いた大石の日常の生活を思った。国から態々逢《わざわざあ》いに出て来た大石という男を、純一は頭の中で、朧気《おぼろげ》でない想像図にえがいているが、今聞いた話はこの図の輪廓《りんかく》を少しも傷《きず》けはしない。傷けないばかりではない、一層明確にしたように感ぜられる。大石というものに対する、純一が景仰《けいこう》と畏《い》怖《ふ》との或《あ》る混合の感じが明確になったのである。

坂の上に出た。地図では知れないが、割合に幅の広いこの坂はSの字をぞんざいに書いたように屈曲して附いている。純一は坂の上で足を留めて向うを見た。

灰色の薄曇をしている空の下に、同じ灰色に見えて、しかも透き徹《とお》った空気に浸されて、向うの上野の山と自分の立っている向《むこ》うが岡《おか》*との間の人家の群《むれ》が見える。ここで目に映ずるだけの人家でも、故郷の町程の大《おおき》さはあるように思われるのである。純一は暫《しばら》く眺めていて、深い呼吸をした。

坂を降りて左側の鳥居を這入《はい》る。花崗石《みかげいし》*を敷いてある道を根津神社*の方へ行《ゆ》く。下駄の磬《けい》*のように鳴るのが、好《い》い心持である。剝《は》げた木像の据えてある随身門《ずいじんもん》*から内を、古風な瑞籬《たまがき》*で囲んである。故郷の家で、お祖母様《ばあさま》のお部屋に、錦絵《にしきえ》*の屛風《びょうぶ》があった。その絵に、どこの神社であったか知らぬが、こんな瑞垣《たまがき》があったと思う。社殿の縁には、ねんねこ絆纏《ばんてん》の中へ赤ん坊を負《おぶ》って、手拭《てぬぐい》の鉢巻をした小娘が腰を掛けて、寒そうに体を竦《すく》めている。純一は拝む気にもなれぬので、小さい門を左の方へ出ると、溝《みぞ》のような池があって、向うの小高い処には常磐木《ときわぎ》の間に葉の黄ばんだ木の雑《まじ》った木立がある。濁ってきたない池の水の、所々に泡の浮いているのを見ると、厭《いや》になったので、急いで裏門を出た。

藪下《やぶした》*の狭い道に這入る。多くは格子戸《こうしど》の嵌まっている小さい家が、一列に並んでいる前に、売物の荷車が止めてあるので、体を横にして通る。右側は崩れ掛って住まわれなくなった古長屋に戸が締めてある。九尺二間《くしゃくにけん》*というのがこれだなと思って通り過ぎる。その隣に冠木門《かぶきもん》*のあるのを見ると、色川国士別邸と不恰好《ぶかっこう》な木札に書いて釘附《くぎづけ》にしてある。妙な姓名なので、新聞を読むうちに記憶していた、どこかの議員だったなと思って通る。それから先きは余り綺麗でない別荘らしい家と植木屋のような家とが続いている。左側の丘陵のような処には、大分《だいぶ》大きい木が立っているのを、ひどく乱暴に刈り込んである。手入の悪い大きい屋敷の裏手だなと思って通り過ぎる。

爪先上《つまさきあ》がりの道を、平になる処まで登ると、又右側が崖《がけ》になっていて、上野の山までの間の人家の屋根が見える。ふいと左側の籠塀《かごべい》*のある家を見ると、毛利某*という門札が目に附く。純一は、おや、これが鷗村《おうそん》の家だなと思って、一寸《ちょっと》立って駒寄《こまよせ》*の中を覗《のぞ》いて見た。

干からびた老人の癖に、みずみずしい青年の中にはいってまごついている人、そして愚痴と厭味とを言っている人、竿《さお》*と紐尺《ひもじゃく》*とを持って測地師*が土地を測るような小説や脚本を書いている人の事だから、今時分は苦虫を咬《か》み潰《つぶ》したような顔をして起きて出て、台所で炭薪《すみまき》の小言でも言っているだろうと思って、純一は身顫《みぶるい》をして門前を立ち去った。

四辻《よつつじ》を右へ坂*を降りると右も左も菊細工の小屋*である。国の芝居の木戸番*のように、高い台の上に胡坐《あぐら》をかいた、人買か巾着切り*のような男が、どの小屋の前にもいて、手に手に絵番附＊のようなものを持っているのを、往来の人に押し附けるようにして、うるさく見物を勧める。まだ朝早いので、通る人が少い処へ、純一が通り掛かったのだから、道の両側から純一一人を的《あて》にして勧めるのである。外から見えるようにしてある人形を見ようと思っても、純一は足を留めて見ることが出来ない。そこで覚えず足を早めて通り抜けて、右手の広い町へ曲った。

時計を出して見れば、まだ八時三十分にしかならない。まだなかなか大石の目の醒《さ》める時刻にはならないので、好《い》い加減な横町を、上野の山の方へ曲った。狭い町の両側は穢《きた》い長屋で、塩煎餅《しおせんべい》を焼いている店や、小さい荒物屋がある。物置にしてある小屋の開戸《ひらきど》が半分開《あ》いている為《た》めに、身を横にして通らねばならない処さえある。勾《こう》配《ばい》のない溝に、芥《ごみ》が落ちて水が淀《よど》んでいる。血色の悪い、瘠《や》せこけた子供がうろうろしているのを見ると、いたずらをする元気もないように思われる。純一は国なんぞにはこんな哀《あわれ》な所はないと思った。

曲りくねって行《ゆ》くうちに、小川《こがわ》に掛けた板橋を渡って、田圃《たんぼ》が半分町になり掛かって、掛流しの折＊のような新しい家の疎《まばら》に立っている辺《あたり》に出た。一軒の家の横側に、ペンキの大字で楽器製造所と書いてある。成程、こんな物のあるのも国と違う所だと、純一は驚いて見て通った。

ふいと墓地の横手を谷中《やなか》*の方から降りる、田舎道のような坂の下に出た。灰色の雲のある処から、ない処へ日が廻《まわ》って、黄いろい、寂しい暖みのある光がさっと差して来た。坂を上って上野の一部を見ようか、それでは余り遅くなるかも知れないと、危ぶみながら佇立《ちょりゅう》*している。

さっきから坂を降りて来るのが、純一が視野のはずれの方に映っていた、書生風の男がじき傍まで来たので、覚えず顔を見合せた。

「小泉じゃあないか」

先方から声を掛けた。

「瀬戸か。出し抜けに逢ったたから、僕はびっくりした」

「君より僕の方が余《よ》っ程《ぽど》驚かなくちゃあならないのだ。何時《いつ》出て来たい」

「ゆうべ着いたのだ。やっぱり君は美術学校*にいるのかね」

「うむ。今学校から来たのだ。モデルが病気だと云《い》って出て来ないから、駒込《こまごめ》*の友達の処へでも行こうと思って出掛けた処だ」

「そんな自由な事が出来るのかね」

「中学*とは違うよ」

純一は一本参ったと思った。瀬戸速人《はやと》とはY市*の中学で同級にいたのである。

「どこがどんな処だか、分からないから為方《しかた》がない」

純一は厭味気《いやみけ》なしに折れて出た。瀬戸も実は受持教授が展覧会事務所*に往《い》っていないのを幸《さいわい》に、腹が痛いとか何とか云って、ごまかして学校を出て来たのだから、今度は自分の方で気の毒なような心持になった。そして理想主義の看板のような、純一の黒く澄んだ瞳《ひとみ》で、自分の顔の表情を見られるのが頗《すこぶ》る不愉快であった。

この時十七八の、不断着で買物にでも行くというような、廂髪《ひさしがみ》*の一寸愛敬《あいきょう》のある娘が、袖が障《さわ》るように二人の傍を通って、純一の顔を、気に入った心持を隠さずに現したような見方で見て行った。瀬戸はその娘の肉附の好《い》い体をじっと見て、慌《あわ》てたように純一の顔に視線を移した。

「君はどこへ行くのだい」

「路花《ろか》に逢おうと思って行った処が、十時でなけりゃあ起きないということだから、この辺《へん》をさっきからぶらぶらしている」

「大石路花か。なんでもひどく無愛想な奴《やつ》だということだ。やっぱり君は小説家志願でいるのだね」

「どうなるか知れはしないよ」

「君は財産家だから、なんでも好きな事を遣《や》るが好《い》いさ。紹介でもあるのかい」

「うむ。君が東京へ出てから中学へ来た田中という先生があるのだ。校友会で心易《やす》くなって、僕の処へ遊びに来たのだ。その先生が大石の同窓だもんだから、紹介状を書いて貰《もら》った」

「そんなら好かろう。随分話のしにくい男だというから、ふいと行ったたって駄目だろうと思ったのだ。もうそろそろ十時になるだろう。そこいらまで一しょに行こう」

二人は又狭い横町を抜けて、幅の広い寂しい通を横切って、純一の一度渡った、小川に掛けた生木《なまき》の橋を渡って、千駄木下《せんだぎした》の大通*に出た。菊見に行くらしい車が、大分続いて藍染橋《あいそめばし》*の方から来る。瀬戸が先へ立って、ペンキ塗の杙《くい》にゐで井病院と仮名《かな》違《ちがい》*に書いて立ててある、西側の横町へ這入るので、純一は附いて行《ゆ》く。瀬戸が思い出したように問うた。

「どこにいるのだい」

「まだ日蔭町の宿屋にいる」

「それじゃあ居所が極《き》まったら知らせてくれ給《たま》えよ」

瀬戸は名刺を出して、動坂《どうざか》*の下宿の番地を鉛筆で書いて渡した。

「僕はここにいる。君は路花の処へ入門するのかね。盛んな事を遣って盛んな事を書いているというじゃないか」

「君は読まないか」

「小説はめったに読まないよ」

二人は藪下へ出た。瀬戸が立ち留まった。

「僕はここで失敬するが、道は分かるかね」

「ここはさっき通った処だ」

「それじゃあ、いずれその内」

「左様《さよう》なら」

瀬戸は団子坂《だんござか》*の方へ、純一は根津権現の方へ、ここで袂を分かった。

弐

二階の八畳である。東に向いている、西洋風の硝子窓《ガラスまど》二つから、形紙*を張った向側《むこうがわ》の壁まで一ぱいに日が差している。この袖浦館という下宿は、支那《しな》学生なんぞを目当にして建てたものらしい。この部屋は近頃まで印度《インド》学生が二人住まって、籐《とう》の長椅子《ながいす》の上にごろごろしていたのである。その時廉《やす》い羅氈《らせん》*の敷いてあった床に、今は畳が敷いてあるが、南の窓の下には記念の長椅子が置いてある。

テエブルの足を切ったような大机が、東側の二つの窓の間の処《ところ》に、少し壁から離して無造作に据えてある。何故《なぜ》窓の前に置かないのだと、友達がこの部屋の主人に問うたら、窓掛を引けば日が這入らない、引かなければ目《ま》ぶしいと云った。窓掛の白木綿で、主人が濡手《ぬれて》を拭《ふ》いたのを、女中が見て亭主に告口をしたことがある。亭主が苦情を言いに来た処が、もう洗濯《せんだく》をしても好《い》い頃だと、あべこべに叱《しか》って恐れ入らせたそうだ。この部屋の主人は大石狷太郎である。

大石は今顔を洗って帰って来て、更紗《さらさ》*の座布団《ざぶとん》の上に胡坐をかいて、小さい薬鑵《やかん》の湯気を立てている火鉢を引き寄せて、敷島《しきしま》*を吹かしている。そこへ女中が膳《ぜん》を持って来る。その膳の汁椀《しるわん》の側《そば》に、名刺が一枚載せてある。大石はちょいと手に取って名前を読んで、黙って女中の顔を見た。女中はこう云った。

「御飯を上がるのだと申しましたら、それでは待っていると仰《おっ》しゃって、下にいらっしゃいます」

大石は黙って頷《うなず》いて飯を食い始めた。食いながら座布団の傍《そば》にある東京新聞*を拡《ひろ》げて、一面の小説を読む。これは自分が書いているのである。社に出ているうちに校正は自分でして置いて、これだけは毎朝一字残さずに読む。それが非常に早い。それからやはり自分の担当している附録にざっと目を通す。附録は文学欄で塡《うず》めていて、記者は四五人の外《ほか》に出《い》でない。書くことは、第一流と云われる二三人の作の批評だけであって、その他の事には殆《ほとん》ど全く容喙《ようかい》*しないことになっている。大石自身はその二三人の中《うち》の一人なのである。飯が済むと、女中は片手に膳、片手に土瓶を持って起《た》ちながら、こう云った。

「お客様をお通し申しましょうか」

「うむ、来ても好《い》い」

返事はしても、女中の方を見もしない。随分そっけなくして、笑談《じょうだん》一つ言わないのに、女中は飽くまで丁寧にしている。それは大石が外の客の倍も附届《つけとどけ》をするからである。窓掛一件の時亭主が閉口して引っ込んだのも、同じわけで、大石は下宿料をきちんと払う。時々は面倒だから来月分も取って置いてくれいなんぞと云うことさえある。袖浦館の上から下まで、大石の金力に刃向うものはない。それでいて、着物なんぞは随分質素にしている。今着ている銘撰《めいせん》*の綿入と、締めている白縮緬《しろちりめん》*のへこ帯*とは、相応に新しくはあるが、寝る時もこのまま寝て、洋服に着換えない時には、このままでどこへでも出掛けるのである。

大石が東京新聞を見てしまって、傍に畳《かさ》ねて置いてある、外の新聞二三枚の文学欄だけを拾読《ひろいよみ》をする処へ、さっきの名刺の客が這入って来た。二十二三の書生風の男である。縞《しま》の綿入に小倉袴《こくらばかま》を穿《は》いて、羽織は着ていない。名刺には新思潮*記者とあったが、実際この頃の真面目《まじめ》な記者には、こういう風なのが多いのである。

「近藤時雄です」

鋭い目の窪《くぼ》んだ、鼻の尖《とが》った顔に、無造作な愛敬を湛《たた》えて、記者は名告《なの》った。

「僕が大石です」

目を挙げて客の顔を見ただけで、新聞は手から置かない。用があるなら、早く言ってしまって帰れとでも云いそうな心持が見える。それでも、近藤の顔に初め見えていた微笑は消えない。主人が新聞を手から置くことを予期しないと見える。そしてあらゆる新聞雑誌に肖像の載せてある大石が、自分で名を名告ったのは、全く無用な事であって、その無用な事をしたのは、特に恩恵を施してくれたのだ位に思っているのかも知れない。

「先生。何かお話は願われますまいか」

「何の話ですか」

新聞がやっと手を離れた。

「現代思想というようなお話が伺われると好《い》いのですが」

「別に何も考えてはいません」

「しかし先生のお作に出ている主人公や何ぞの心持ですな。あれをみんなが色々に論じていますが、先生はどう思っていらっしゃるか分らないのです。そういう事をお話なすって下さると我々青年は為合《しあわ》せなのですが。ほんの片端《かたはし》で宜《よろ》しいのです。手掛りを与えて下されば宜しいのです」

近藤は頻《しき》りに迫っている。女中が又名刺を持って来た。紹介状が添えてある。大石は紹介状の田中亮《あきら》という署名と、小泉純一持参と書いてある処とを見たきりで、封を切らずに下に置いて、女中に言った。

「好《い》いからお通《とお》しなさいと云っておくれ」

近藤は肉薄した。

「どうでしょう、先生、願われますまいか」

梯子《はしご》の下まで来て待っていた純一は、すぐに上がって来た。そして来客のあるのを見て、少し隔った処から大石に辞儀をして控えている。急いで歩いて来たので、少し赤みを帯びている顔から、曇のない黒い瞳が、珍らしい外の世界を覗《のぞ》いている。大石はこの瞳の光を自分の顔に注がれたとき、自分の顔の覚えず霽《はれ》やかになるのを感じた。そして熱心に自分の顔を見詰めている近藤にこう云った。

「僕の書く人物に就いて言われるだけの事は、僕は小説で言っている。その外に何があるもんかね。僕はこの頃長い論文なんかは面倒だから読まないが、一体僕の書く人物がどうだと云っているかね」

始めて少し内容のあるような事を言った。それに批評家が何と云っていると云うことを、向うに話させれば、勢《いきおい》その通だとか、そうではないとか云わなくてはならなくなる。今来た少年の、無垢《むく》の自然をそのままのような目附を見て、ふいと轡《たづな》が緩んだ*なと、大石は気が附いたが、既に遅かった。

「批評家は大体こう云うのです。先生のお書になるものは真の告白だ。ああ云う告白をなさる厳粛な態度に服する。Aurelius《オオレリアス》 Augustinus《オオガスチヌス》*だとか、Jean《ジャン》 Jaques《ジャック》 Rousseau《ルソオ》*だとか云うような、昔の人の取った態度のようだと云うのです」

「難有《ありがた》いわけだね。僕は今の先生方の論文も面倒だから読まないが、昔の人の書いたものも面倒だから読まない。しかし聖Augustinus《オオガスチヌス》は若い時に乱行を遣《や》って、基督《クリスト》教に這入《はい》ってから、態度を一変してしまって、fanatic《ファナチック》*な坊さんになって懺悔《ざんげ》をしたのだそうだ。Rousseau《ルソオ》は妻と名の附かない女と一しょにいて、子が出来たところで、育て方に困って、孤児院へ入れたりなんぞしたことを懺悔したが、生れつき馬鹿に堅い男で、伊太利《イタリイ》の公使館にいた時、すばらしい別品《べっぴん》の処へ連れて行かれたのに、顫《ふる》え上ってどうもすることが出来なかったというじゃあないか。僕の書いている人物はだらしのない事を遣っている。地獄*を買っている。あれがそんなにえらいと云うのかね」

「ええ。それがえらいと云うのです。地獄はみんなが買います。地獄を買っていて、己《おれ》は地獄を買っていると自省する態度が、厳粛だと云うのです」

「それじゃあ地獄を買わない奴は、厳粛な態度は取れないと云うのかね」

「そりゃあ地獄も買うことの出来ないような偏屈な奴もありましょう。買っていても、矯飾して知らない振をしている奴もありましょう。そういう奴は内生活が貧弱です。そんな奴には芸術の趣味なんかは分かりません。小説なんぞは書けません。懺悔の為《し》様《よう》がない。告白をする内容がない。厳粛な態度の取りようがないと云うのです」

「ふん。それじゃあ偏屈でもなくって、矯飾もしないで、芸術の趣味の分かる、製作の出来る人間はいないと云うのかね」

「そりゃあ、そんな神のようなものが有るとも無いとも、誰《たれ》も断言はしていません。しかし批評の対象は神のようなものではありません。人間です」

「人間は皆地獄を買うのかね」

「先生。僕を冷かしては行けません」

「冷かしなんぞはしない」大石は睫毛《まつげ》をも動かさずに、ゆったり胡坐《あぐら》をかいている。

帳場のぼんぼん時計が、前触《まえぶれ》に鍋《なべ》に物の焦《こ》げ附くような音をさせて、大業《おおぎよう》に打ち出した。留所《とめど》もなく打っている。十二時である。

近藤は気の附いたような様子をして云った。

「お邪魔をいたしました。又伺います」

「さようなら。こっちのお客が待たせてあるから、お見送りはしませんよ」

「どう致しまして」近藤は席を立った。

大石は暫《しばら》くじっと純一の顔を見ていて、気色《けしき》を柔げて詞《ことば》を掛けた。

「君ひどく待たせたねえ。飯前じゃないか」

「まだ食べたくありません」

「何時に朝飯を食ったのだい」

「六時半です」

「なんだ。君のような壮《さか》んな青年が六時半に朝飯を食って、午《ひる》が来たのに食べたくないということがあるものか。嘘《うそ》だろう」

語気が頗《すこぶ》る鋭い。純一は一寸《ちよつと》不意に出られてまごついたが、主人の顔を仰いでいる目は逸《そら》さなかった。純一の心の中《うち》では、こういう人の前で世間並の空辞儀《からじぎ》をしたのは悪かったと思う悔やら、その位な事をしたからと云《い》って、行きなり叱《しか》ってくれなくても好さそうなものだと思う不平やらが籠《こ》み合って、それでまごついたのである。

「僕が悪うございました。食べたくないと云ったのは嘘です」

「はははは。君は素直で好《い》い。ここの内の飯は旨《うま》くはないが、御馳走《ごちそう》しよう。その代り一人で食うのだよ。僕はまだ朝飯から二時間立たないのだから」

誂《あつら》えた飯は直《す》ぐに来た。純一が初《はじめ》に懲《こ》りて、遠慮なしに食うのを、大石は面白そうに見て、煙草《たばこ》を呑《の》んでいる。純一は食いながらこんな事を思うのである。大石という人は変っているだろうとは思ったが、随分勝手の違いようがひどい。さっきの客が帰った迹《あと》で、黙っていてくれれば、こっちから用事を言い出すのであった。飯を食わせる程なら、何の用事があって来たかと問うても好さそうなものだに黙っていられるから、言い出す機会がない。持って来た紹介状も、さっきから見れば、封が切らずにある。紹介状も見ず、用事も問わずに、知らない人に行きなり飯を食わせるというような事は、話にも聞いたことがない。ひどい勝手の違いようだと思っているのである。ところが、大石の考《かんがえ》は頗る単純である。純一が自分を崇拝している青年の一人《いちにん》だということは、顔の表情で知れている。田中が紹介状を書いたのを見ると、何処《どこ》から来たということも知れている。Y県出身の崇拝者。目前で大飯を食っている純一のattribute《アトリビユウト》*はこれで尽きている。多言を須《もち》いないと思っているのである。

飯が済んで、女中が膳を持って降りた。その時大石はついと立って、戸棚から羽織を出して着ながらこう云った。

「僕は今から新聞社に行くから、又遊びに来給《きたま》え。夜は行《い》けないよ」

机の上の書類を取って懐《ふところ》に入れる。長押《なげし》*から中折れの帽*を取って被《かぶ》る。転瞬倏忽《てんしゅんしゅくこつ》の間*に梯子段を降りるのである。純一は呆《あき》れて帽を攫《つか》んで後《あと》に続いた。

参

初めて大石を尋ねた翌日の事である。純一は居所を極めようと思って宿屋を出た。袖浦館を見てから、下宿屋というものが厭《いや》になっているので、どこか静かな処《ところ》で小さい家を借りようと思うのである。前日には大石に袖浦館の前で別れて、上野*へ行って文部省の展覧会を見て帰った。その時上野がなんとなく気に入ったので、きょうは新橋から真直に上野へ来た。

博物館*の門に突き当って、根岸*の方へ行《ゆ》こうか、きのう通った谷中の方へ行こうかと暫く考えたが、大石を尋ねるに便利な処をと思っているので、足が自然に谷中の方へ向いた。美術学校の角を曲って、桜木町*から天王寺*の墓地へ出た。

今日も風のない好《い》い天気である。銀杏《いちょう》の落葉の散らばっている敷石を踏んで、大小種々な墓石に掘ってある、知らぬ人の名を読みながら、ぶらぶらと初音町《はつねちょう》*に出た。人通りの少い広々とした町に、生垣を結い繞《めぐ》らした小さい家の並んでいる処がある。その中の一軒の、自然木《しぜんぼく》の門柱《もんばしら》に取り附けた柴折戸《しおりど》*に、貸家の札が張ってあるのが目に附いた。

純一がその門の前に立ち留まって、垣の内を覗いていると、隣の植木鉢を沢山入口《いりくち》に並べてある家から、白髪《しらが》の婆《ばば》あさんが出て来て話をし掛けた。聞けば貸家になっている家は、この婆あさんの亭主で、植木屋をしていた爺《じ》いさんが、倅《せがれ》に娵《よめ》を取って家を譲るとき、新しく立てて這入《はい》った隠居所なのである。爺いさんは四年前に、倅が戦争*に行っている留守に、七十幾つとかで亡《な》くなった。それから貸家にして、油画をかく人に借《か》していたが、先月その人が京都へ越して行って、明家《あきや》になったというのである。画家は一人ものであった。食事は植木屋から運んだ。総《すべ》てこの家から上がる銭は婆あさんのものになるので、若《も》し一人もののお客が附いたら、やはり前通りに食事の世話をしても好《い》いと云っている。

婆あさんの質樸《しつぼく》で、身綺麗《みぎれい》にしているのが、純一にはひどく気に入った。婆あさんの方でも、純一の大人しそうな、品の好《い》いのが、一目見て気に入ったので、「お友達があって、御一しょにお住まいになるなら、それでも宜《よろ》しゅうございますが、出来ることならあなたのようなお方に、お一人で住まって戴《いただ》きたいのでございます」と云った。

「まあ、とにかく御覧なすって下さい」と云って、婆あさんは柴折戸を開けた。純一は国のお祖《ば》母あ様の腰が曲って耳の遠いのを思い出して、こんな巌乗《がんじょう》な年寄もあるものかと思いながら、一しょに這入って見た。婆あさんは建ててから十年になると云うが、住み荒したと云うような処は少しもない。この家に手入をして綺麗にするのを、婆あさんは為事《しごと》にしていると云っているが、いかにもそうらしく思われる。一番好《い》い部屋は四畳半で、飛石の曲り角に蹲《つくば》*い の手水鉢《ちょうずばち》が据えてある。茶道口《ちゃどうぐち》*のような西側の戸の外は、鏡のように拭《ふ》き入れた廊下で、六畳の間に続けてある。それに勝手が附いている。

純一は、これまで、茶室というと陰気な、厭な感じが伴うように思っていた。国の家には、旧藩時代に殿様がお出《いで》になったという茶席*がある。寒くなってからも蚊がいて、気の詰まるような処であった。それにこの家は茶掛かった拵《こしら》*えでありながら、いかにも晴晴《はればれ》していている。躙口《にじりぐち》*のような戸口が南向になっていて、東の窓の外は狭い庭を隔てて、直ぐに広い往来になっているからであろう。

話はいつ極まるともなく極まったという工合である。一巡《ひとまわり》して来て、蹂口に据えてある、大きい鞍馬《くらま》石《いし》*の上に立ち留まって、純一が「午《ひる》から越して来ても好《い》いのですか」と云うと、蹲の傍《そば》の苔《こけ》にまじっている、小さい草を撮《つま》んで抜いていた婆あさんが、「宜しいどころじゃあございません、この通りいつでもお住まいになるように、毎日掃除をしていますから」と云った。

隣の植木屋との間は、低い竹垣になっていて、丁度純一の立っている向うの処に、花の散ってしまった萩《はぎ》がまん円《まる》に繁《しげ》っている。その傍に二度咲のダアリアの赤に黄の雑《まじ》った花が十ばかり、高く首を擡《もた》げて咲いている。その花の上に青み掛かった日の光が一ぱいに差しているのを、純一が見るともなしに見ていると、萩の茂みを離れて、ダアリアの花の間へ、幅の広いクリイム色のリボンを掛けた束髪*の娘の頭がひょいと出た。大きい目で純一をじいっと見ているので、純一もじいっと見ている。婆あさんは純一の視線を辿《たど》って娘の首を見着けて、「おやおや」と云った。

「お客さま」

答を待たない問の調子で娘は云って、にっこり笑った。そして萩の茂みに隠れてしまった。

純一は午後越して来る約束をして、忙がしそうにこの家の門を出た。植木屋の前を通るとき、ダアリアの咲いているあたりを見たが、四枚並べて敷いてある御蔭石《みかげいし》*が、萩の植わっている処から右に折れ曲っていて、それより奥は見えなかった。

四

初音町に引き越してから、一週間目が天長節*であった。

瀬戸の処へは、越した晩に葉書を出して、近い事だから直ぐにも来るかと思ったが、まだ来ない。大石の処へは、二度目に尋ねて行って、詩人になりたい、小説が書いて見たいと云う志願を話して見た。詩人は生れるもので、己《おれ》がなろうと企てたってなれるものではないなどと云って叱《しか》られはすまいかと、心中危ぶみながら打ち出して見たが、大石は好《い》いとも悪いとも云わない。稽古《けいこ》のしようもない。修行のしようもない。只《ただ》書いて見るだけの事だ。文章なんぞというものは、擬古文でも書こうというには、稽古の必要もあろうが、そんな事は大石自身にも出来ない。自身の書いているものにも、仮名違《かなちがい》なんぞは沢山あるだろう。そんな事には頓着《とんじゃく》しないで遣《や》っている。要するに頭次第だと云った。それから、とにかく余り生産的な為事《しごと》ではないが、その方はどう思っているかと問われたので、純一が資産のある家の一人息子に生れて、パンの為めに働くには及ばない身の上だと話すと、大石は笑って、それでは生活難と闘わないでも済むから、一廉《ひとかど》の労力の節減は出来るが、その代り刺戟《しげき》を受けることが少いから、うっかりすると成功の道を踏みはずすだろうと云った。純一は何の摑《つか》まえ処もない話だと思って稍《や》や失望したが、帰ってから考えて見れば、大石の言ったより外に、別に何物かがあろうと思ったのが間違で、そんな物はありようがないのだと悟った。そしてなんとなく寂しいような、心細いような心持がした。一度は、家主《いえぬし》の植長《うえちよう》*がどこからか買い集めて来てくれた家具の一つの唐机《とうづくえ》に向って、その書いて見るということに著手《ちやくしゆ》しようとして見たが、頭次第だと云う頭が、どうも空虚で、何を書いて好《い》いか分らない。東京に出てからの感じも、何物かが有るようで無いようで、その有るようなものは雑然としていて、どこを押えて見ようという処がない。馬鹿らしくなって、一《いつ》旦《たん》持った筆を置いた。

天長節の朝であった。目が醒《さ》めて見ると、四畳半の東窓の戸の隙《すき》から、オレンジ色の日が枕《まくら》の処まで差し込んで、細かい塵《ちり》が活潑《かつぱつ》に跳《おど》っている。枕元に置いて寝た時計を取って見れば、六時である。

純一は国にいるとき、学校へ御真影*を拝みに行ったことを思い出した。そしてふいと青山の練兵場《ば》*へ行って見ようかと思ったが、すぐに又自分で自分を打ち消した。兵隊の沢山並んで歩くのを見たってつまらないと思ったのである。

そのうち婆あさんが朝飯を運んで来たので、純一が食べていると、「お婆あさん」と、優しい声で呼ぶのが聞えた。純一の目は婆あさんの目と一しょに、その声の方角を辿って、南側の戸口の処から外へ、ダアリアの花のあたりまで行くと、この家を借りた日に見た少女の頭が、同じ処に見えている。リボンはやはりクリイム色で容赦なく睜《みひら》いた大きい目は、純一が宮島＊へ詣《まい》ったとき見た鹿《しか》の目を思い出させた。純一は先の日にちらと見たばかりで、その後この娘の事を一度も思い出さずにいたが、今又ふいとその顔を見て、いつの間にか余程親しくなっているような心持がした。意識の閾《しきい》の下を、＊この娘の影が往来していたのかも知れない。婆あさんはこう云った。

「おや、いらっしゃいまし。安《やす》は団子坂まで買物に参りましたが、もう直《じき》に帰って参りましょう。まあ一寸《ちよつと》こちらへいらっしゃいまし」

「往《い》っても好《よ》くって」

「ええええ。あちらから廻っていらっしゃいまし」

少女の頭は萩の茂みの蔭に隠れた。婆あさんは純一に、少女が中沢という銀行頭取の娘で、近所の別荘にいるということ、姉の安がもと別荘で小間使をしていて娘と仲好《なかよし》だということを話した。

その隙《ひま》に植木屋の勝手の方へ廻ったお雪さんは、飛石伝いに離れの前に来た。中沢の娘はお雪さんというのである。

婆あさんが、「この方が今度越していらっしゃった小泉さんという方でございます」というと、お雪さんは黙ってお辞儀をして、純一の顔をじいっと見て立っている。着物も羽織もくすんだ色の銘撰《めいせん》であるが、長い袖《そで》の八口《やつくち》*から緋《ひ》縮緬《ちりめん》の襦袢《じゆばん》の袖が翻《こぼ》れ出ている。

飲み掛けた茶を下に置いて、これも黙ってお辞儀をした純一の顔は赤くなったが、お雪さんの方は却《かえ》って平気である。そして稍々《やや》身を反らせているかと思われる位に、真直に立っている。純一はそれを見て、何だか人に逼《せま》るような、戦《たたかい》を挑むような態度だと感じたのである。

純一は何とか云わなくてはならないと思ったが、どうも詞《ことば》が見付からなかった。そして茶碗《ちやわん》を取り上げて、茶を一口に飲んだ。婆あさんが詞を挟んだ。

「お嬢様は好く画を見にいらっしゃいましたが、小泉さんは御本をお読みなさるのですから、折々いらっしゃって御本のお話をお聞きなさいますと宜しゅうございます。御本のお話はお好きでございましょう」

「ええ」

純一は、「僕は本は余り読みません」と云った。言って了《しま》うと自分で、まあ、何と云う馬鹿気た事を言ったものだろうと思った。そしてお雪さんの感情を害しはしなかったかと思って、気色《けしき》を伺った。しかしお雪さんは相変らず口元に微笑を湛《たた》えているのである。

その微笑が又純一には気になった。それはどうも自分を見下《みくだ》している微笑のように思われて、その見下されるのが自分の当然受くべき罰のように思われたからである。純一はどうにかして名誉を恢復《かいふく》しなくてはならないような感じがした。そして余程勇気を振り起して云った。

「どうです。少しお掛なすっては」

「難有《ありがと》う」

右の草履が碾磑《ひきうす》の飛石*を一つ踏んで、左の草履が麻の葉のような皴《しゅん》*のある鞍馬*の沓《くつ》脱《ぬぎ》*に上がる。お雪さんの体がしなやかに一捩《ひとねじ》り捩られて、長い書生羽織*に包まれた腰が蹂口に卸された。

諺《ことわざ》にもいう天長節日和《びより》*の冬の日がぱっと差して来たので、お雪さんは目映《まぶ》しそうな顔をして、横に純一の方に向いた。純一が国にいるとき取り寄せた近代美術史に、ナナという題のマネエ*の画があって、大きな眉刷毛《まゆばけ》を持って、鏡の前に立って、一寸横に振り向いた娘がかいてあった。その稍や規則正し過ぎるかと思われるような、細面《ほそおもて》な顔に、お雪さんが好く似ていると思うのは、額を右から左へ斜《ななめ》に掠《かす》めている、小指の大きさ程ずつに固まった、柔かい前髪の為《た》めもあろう。その前髪の下の大きい目が、日に目映しがっても、少しも純一には目映しがらない。

「あなたお国からいらっしった方のようじゃあないわ」

純一は笑いながら顔を赤くした。そして顔の赤くなるのを意識して、ひどく忌々《いまいま》しがった。それに出し抜けに、美中に刺《し》ありともいうべき批評の詞を浴《あび》せ掛けるとは、怪《け》しからん事だと思った。

婆あさんはお鉢を持って、起《た》って行った。二人は暫く無言でいた。純一は急に空気が重くろしくなったように感じた。

垣の外を、毛皮の衿《えり》の附いた外套《がいとう》を着た客を載せた車が一つ、田端*の方へ走って行った。

とうとう婆あさんが膳《ぜん》を下げに来るまで、純一は何の詞をも見出《みいだ》すことを得なかった。婆あさんは膳と土瓶とを両手に持って、二人の顔を見競《みくら》べて、「まあ、大相《たいそう》お静《しずか》でございますね」と云って、勝手へ行った。

蹲の向うの山茶花《さざんか》の枝から、雀《すずめ》が一羽飛び下りて、蹲の水を飲む。この不思議な雀が純一の結ぼれた舌を解《ほど》いた。

「雀が水を飲んでいますね」

「黙っていらっしゃいよ」

純一は起って閾際《ぎわ》まで出た。雀はついと飛んで行った。お雪さんは純一の顔を仰いで見た。

「あら、とうとう逃がしておしまいなすってね」

「なに、僕が来なくたって逃げたのです」大分遠慮は無くなったが、下手な役者が台詞《せりふ》を言うような心持である。

「そうじゃないわ」詞遣《ことばづかい》は急劇に親密の度を加えて来る。少し間を置いて、「わたし又来てよ」と云うかと思うと、大きい目の閃《ひらめき》を跡に残して、千代田草履*は飛石の上をばたばたと踏んで去った。

五

純一は机の上にある仏蘭西《フランス》の雑誌を取り上げた。中学にいるときの外国語は英語であったが、聖公会*の宣教師の所へ毎晩通って、仏語を学んだ。初《はじめ》は暁星学校《ぎょうせいがっこう》*の教科書を読むのも辛《つら》かったが、一年程通っているうちに、ふいと楽に読めるようになった。そこで教師のベルタンさん*に頼んで、巴里《パリイ》の書店に紹介して貰《もら》った。それからは書目*を送ってくれるので、新刊書を直接に取寄せている。雑誌もその書店が取り次いで送ってくれるのである。

開けた処には、セガンチニ*の死ぬるところが書いてある。氷山を隣に持った小屋のような田舎屋である。ろくな煖炉《だんろ》もない。そこで画家は死に瀕《ひん》している。体のうちの臓器はもう運転を停《とど》めようとしているのに、画家は窓を開けさせて、氷の山の巓《いただき》に棚引く雲を眺めている。

純一は巻を掩《おお》うて考えた。芸術はこうしたものであろう。自分の画《え》がくべきアルプの山*は現社会である。国にいたとき夢みていた大都会の渦巻は今自分を漂わせているのである。いや、漂わせているのなら好《い》い。漂わせていなくてはならないのに、自分は岸の蔦蘿《つたかずら》にかじり附いているのではあるまいか。正しい意味で生活していないのではあるまいか。セガンチニが一度も窓を開けず、戸の外へ出なかったら、どうだろう。そうしたら、山の上に住まっている甲斐《かい》はあるまい。

今東京で社会の表面に立っている人に、国の人は沢山ある。世はY県の世である。*国を立つとき某元老に紹介して遣ろう、某大臣に紹介して遣ろうと云った人があったのを皆ことわった。それはそういう人達がどんなに偉大であろうが、どんなに権勢があろうが、そんな事は自分の目中《もくちゅう》に置いていなかったからである。それから又こんな事を思った。人の遭遇というものは、紹介状や何ぞで得られるものではない。紹介状や何ぞで得られたような遭遇は、別に或物《あるもの》が土台を造っていたのである。紹介状は偶然そこへ出くわしたのである。開《あ》いている扉があったら足を容《い》れよう。扉が閉じられていたら通り過ぎよう。こう思って、田中さんの紹介状一本の外は、皆貰わずに置いたのである。

自分は東京に来ているには違ない。しかしこんなにしていて、東京が分かるだろうか。こうしていては国の書斎にいるのも同じ事ではあるまいか。同じ事なら、まだ好《い》い。国で中学を済ませた時、高等学校の試験を受けに東京へ出て、今では大学*にはいっているものもある。瀬戸のように美術学校にはいっているものもある。直《す》ぐに社会に出て、職業を求めたものもある。自分が優等の成績を以《もっ》て卒業しながら、仏蘭西語の研究を続けて、暫《しばら》く国に留《とど》まっていたのは、自信があり抱負があっての事であった。学士や博士になることは余り希望しない。世間にこれぞと云って、為《し》て見たい職業もない。家には今のように支配人任せにしていても、一族が楽に暮らして行《ゆ》かれるだけの財産がある。そこで親類の異議のうるさいのを排して創作家になりたいと決心したのであった。

そう思い立ってから語学を教えて貰っている教師のベルタンさんに色々な事を問うて見たが、この人は巴里の空気を呼吸していた人の癖に、そんな方面の消息は少しも知らない。本業で読んでいる筈《はず》の新旧約全書*でも、それを偉大なる文学として観察するという事はない。何かその中の話を問うて見るのに、啻《ただ》に文学として観《み》ていないばかりではない、楽《たのし》んで読んでいるという事さえないようである。只寺院の側から観た煩瑣《はんさ》な註釈《ちゅうしゃく》を加えた大冊の書物を、深く究めようともせずに、貯蔵しているばかりである。そして日々の為事には、国から来た新聞を読む。新聞では列国の均勢とか、どこかで偶々《たまたま》起っている外交問題とかいうような事に気を着けている。そんなら何か秘密な政治上のミッション*でも持っているかと云うに、そうでもないらしい。恐らくは、欧米人の謂《い》う珈琲卓《コオフイイづくえ》の政治家*の一人《いちにん》なのであろう。その外には東洋へ立つ前に買って来たという医書を少し持っていて、それを読んで自分の体だけの治療をする。殊《こと》にこの人の褐色の長い髪に掩われている頭には、持病の頭痛があって、古びたタラアル*のような黒い衣で包んでいる腰のあたりにも、厭《いや》な病気があるのを、いつも手前療治で繕っているらしい。そんな人柄なので少し話を文学や美術の事に向けようとすると、顧みて他を言うのである。ようようの思《おもい》でこの人に為て貰った事は巴里の書肆《しょし》*へ紹介して貰っただけである。

こんな事を思っている内に、故郷の町はずれの、田圃《たんぼ》の中に、じめじめした処へ土を盛って、不恰好《ぶかっこう》に造ったペンキ塗の会堂が目に浮ぶ。聖公会と書いた、古びた木札の掛けてある、赤く塗った門を這入《はい》ると、瓦《かわら》で築き上げた花壇が二つある。その一つには百合《ゆり》が植えてある。今一つの方にはコスモスが植えてある。どちらも春から芽を出しながら、百合は秋の初、コスモスは秋の季《すえ》に覚束《おぼつか》なげな花が咲くまで、いじけたままに育つのである。中にもコスモスは、胡蘿蔔《にんじん》のような葉がちぢれて、痩《や》せた幹がひょろひょろして立っているのである。

その奥の、搏風《はふ》*だけゴチック賽《まがい》*に造った、ペンキ塗のがらくた普請《ぶしん》が会堂で、仏蘭西語を習いに行《ゆ》く、少数の青年の外には、いつまで立っても、この中へ這入って来る人はない。ベルタンさんは老いぼれた料理人兼小使を一人使って、がらんとした、稍《やや》大きい家に住んでいるのだから、どこも彼処《かしこ》も埃《ほこり》だらけで、白昼に鼠《ねずみ》が駈《か》け廻っている。

ベルタンさんは長崎から買って来たという大きいデスクに、千八百五十何年などという年号の書いてある、クロオス*の色の赤だか黒だか分からなくなった書物を、乱雑に積み上げて置いている。その側《そば》には食い掛けた腸詰*や乾酪《かんらく》*を載せた皿が、不精にも勝手へ下げずに、国から来たFigaro《フイガロ》*の反古《ほご》を被《かぶ》せて置いてある。虎斑《とらふ》の猫が一匹積み上げた書物の上に飛び上がって、そこで香箱を作って、*腸詰の匂《におい》を嗅《か》いでいる。その向うに、茶褐色の長い髪を、白い広い額から、背後《うしろ》へ掻《か》き上げて、例のタラアルまがいの黒い服を着て、お祖父《じい》さん椅子《いす》に、誰《たれ》やらに貰ったという、北海道の狐《きつね》の皮を掛けて、ベルタンさんが据わっている。夏も冬も同じ事である。冬は部屋の隅の鉄砲煖炉*に松真木《まつまき》が燻《くすぶ》っているだけである。

或日稽古《けいこ》の時間より三十分ばかり早く行ったので、ベルタンさんといろいろな話をした。その時教師がお前は何になる積りかと問うたので、正直にRomancier《ロマンシエエ》*になると云った。ベルタンさんは二三度問い返して、妙な顔をして黙ってしまった。この人は小説家というものに就いては、これまで少しも考えて見た事がないので、何と云って好《い》いか分からなかったらしい。殆《ほとん》どわたくしは火星へ移住しますとでも云ったのと同じ位に呆《あき》れたらしい。

純一は読み掛けた雑誌も読まずにこんな回想に耽《ふけ》っていたが、ふと今朝婆《ば》あさんの起して置いてくれた火鉢の火が、真白い灰を被って小さくなってしまったのに気が附いて、慌《あわ》てて炭をついで、頬を膨らせて頻《しき》りに吹き始めた。

六

天長節の日の午前はこんな風で立ってしまった。婆あさんの運んで来た昼食《ひるしょく》を食べた。そこへぶらりと瀬戸速人《はやと》が来た。

婆あさんが倅《せがれ》の長次郎に白《しら》げさせて持て来た、小さい木札に、純一が名を書いて、門の柱に掛けさせて置いたので、瀬戸はすぐに尋ね当てて這入って来たのである。日当りの好《い》い小部屋で、向き合って据わって見ると、瀬戸の顔は大分故郷にいた時とは違っている。谷中の坂の下で逢《あ》ったときには、向うから声を掛けたのと顔の形よりは顔の表情を見たのとで、さ程には思わなかったが、瀬戸の昔油ぎっていた顔が、今は干からびて、目尻《めじり》や口の周囲《まわり》に、何か言うと皺《しわ》が出来る。家主《いえぬし》の婆あさんなんぞは婆あさんでも最少《もすこ》し艶々《つやつや》しているように思われるのである。瀬戸はこう云った。

「ひどくしゃれた内を見附けたもんだなあ」

「そうかねえ」

「そうかねえもないもんだ。一体君は人に無邪気な青年だと云われる癖に、食えない人だよ。田舎から飛び出して来て、大抵の人間ならまごついているんだが、誰の所をでも一人で訪問する。家を一人で探して借りる。まるで百年も東京にいる人のようじゃないか」

「君、東京は百年前にはなかったよ」

「それだ。君のそう云う方面は馬鹿な奴には分からないのだ。君はずるいよ」

瀬戸は頻りにずるいよを振り廻して、純一の知己を以て自ら任じているという風である。それからこんな事を言った。今日の午後は暇なので、純一がどこか行きたい処でもあるなら、一しょに行っても好《い》い。上野の展覧会へ行っても好い。浅草公園*へ散歩に行っても好い。今一つは自分の折々行く青年倶楽部《クラブ》*のようなものがある。会員は多くは未来の文士というような連中で、それに美術家が二三人加わっている。極真面《ごくまじ》目《め》な会で、名家を頼んで話をして貰う事になっている。今日は拊石《ふせき》*が来る。路花なんぞとは流派が違うが、なんにしろ大家の事だから、いつもより盛んだろうと思うというのである。

純一は画なんぞを見るには、分かっても分からなくても、人と一しょに見るのが嫌《きらい》である。浅草公園の昨今の様子は、ちょいちょい新聞に出る出来事から推し測って見ても、わざわざ往《い》って見る気にはなられない。拊石という人は流行に遅れたようではあるが、とにかく小説家中で一番学問があるそうだ。どんな人か顔を見て置こうと思った。そこで倶楽部へ連れて行って貰うことにした。

二人は初音町を出て、上野の山をぶらぶら通り抜けた。博物館の前にも、展覧会の前にも、馬車が幾つも停めてある。精養軒*の東照宮*の方に近い入口の前には、立派な自動車が一台ある。瀬戸が云った。

「汽車はタアナア*がかいたので画になったが、まだ自動車の名画というものは聞かないね」

「そうかねえ。文章にはもう大分あるようだが」

「旨《うま》く書いた奴があるかね」

「小説にも脚本にも沢山書いてあるのだが、只使ってあるというだけのようだ。旨く書いたのはやっぱりマアテルリンク*の小品位のものだろう」

「ふん。一体自動車というものは幾ら位するだろう」

「五六千円から、少し好《い》いのは一万円以上だというじゃあないか」

「それじゃあ、僕なんぞは一生画をかいても、自動車は買えそうもない」

瀬戸は火の消えた朝日*を、人のぞろぞろ歩いている足元へ無遠慮に投げて、苦笑をした。笑うとひどく醜くなる顔である。

広小路*に出た。国旗をぶっちがえにして立てた電車が幾台も来るが、皆満員である。

瀬戸が無理に人を押し分けて乗るので、純一も為方《しかた》なしに附いて乗った。須田町で乗り換えて、錦町*で降りた。横町へ曲って、赤煉瓦《あかれんが》の神田区役所*の向いの処に来ると、瀬戸が立ち留まった。

この辺には木造のけちな家ばかり並んでいる。その一軒の庇《ひさし》に、好《よ》く本屋の店先に立ててあるような、木の枠に紙を張り附けた看板が立て掛けてある。上の方へ横に羅馬《ロオマ》字でDIDASKALIA《ジダスカリア》*と書いて、下には竪《たて》に十一月例会と書いてある。

「ここだよ。二階へ上がるのだ」

瀬戸は下駄や半靴の乱雑に脱ぎ散らしてある中へ、薩摩下駄を跳ね飛ばして、正面の梯子《はしご》を登って行く。純一は附いて上がりながら、店を横目で見ると、帳場の格子《こうし》の背後《うしろ》には、二十《はたち》ばかりの色の蒼《あお》い五分刈頭の男がすわっていて、勝手に続いているらしい三尺の口に立っている赧顔《あからがお》の大女と話をしている。女は襷《たすき》がけで、裾《すそ》をまくって、膝《ひざ》の少し下まである、鼠色になった褌《ふんどし》を出している。その女が「いらっしゃい」と大声で云って、一寸《ちょっと》こっちを見ただけで、轡虫《くつわむし》の鳴くような声で、話をし続けているのである。

二階は広くてきたない。一方の壁の前に、卓《テエブル》と椅子とが置いてあって、卓の上には花瓶に南天が生けてあるが、いつ生けたものか葉がところどころ泣菫《きゆうきん》*の所謂《いわゆる》乾反葉《ひぞりば》*になっている。その側に水を入れた瓶とコップとがある。

十四五人ばかりの客が、二つ三つの火鉢を中心にして、よごれた座布団《ざぶとん》の上にすわっている。間々にばら蒔《ま》いてある座布団は跡から来る客を待っているのである。

客は大抵紺飛白《こんがすり》の羽織に小倉袴《こくらばかま》という風で、それに学校の制服を着たのが交っている。中には大学や高等学校の服もある。

会話は大分盛んである。

丁度純一が上がって来たとき、上《あが》り口《くち》に近い一群《ひとむれ》の中で、誰《たれ》やらが声高《こわだか》にこう云うのが聞えた。

「とにかく、君、ライフとアアト*が別々になっている奴は駄目だよ」

純一は知れ切った事を、仰山らしく云っているものだと思いながら、瀬戸が人にでも引き合わせてくれるのかと、少し躊躇《ちゅうちょ》していたが、瀬戸は誰やら心安い間らしい人を見附けて、座敷のずっと奥の方へずんずん行って、その人と小声で忙《せわ》しそうに話し出したので、純一は上り口に近い群の片端に、座布団を引き寄せて寂しく据わった。

この群では、識《し》らない純一の来たのを、気にもしない様子で、会話を続けている。話題に上っているのは、今夜演説に来る拊石である。老成らしい一人《いちにん》が云う。あれはとにかく芸術家として成功している。成功といっても一時世間を動かしたという側でいうのではない。文芸史上の意義でいうのである。それに学殖がある。短篇集なんぞの中には、西洋の事を書いて、西洋人が書いたとしきゃ思われないようなのがあると云う。そうすると、さっき声高に話していた男が、こう云う。学問や特別知識は何の価値もない。芸術家として成功しているとは、旨く人形を列《なら》べて、踊らせているような処を言うのではあるまいか。その成功が嫌《いや》だ。纏《まと》まっているのが嫌だ。人形を勝手に踊らせていて、エゴイストらしい自己が物蔭に隠れて、見物の面白がるのを冷笑しているように思われる。それをライフとアアトが別々になっているというのだと云う。こう云っている男は近眼目がねを掛けた瘦男《やせおとこ》で、柄にない大きな声を出すのである。傍《そば》から遠慮げに喙《くちばし》を容《い》れた男がある。

「それでも教員を罷《や》めたのなんぞは、生活を芸術に一致させようとしたのではなかろうか」

「分かるもんか」

目金《めがね》の男は一言で排斥した。

今まで黙っている一人の怜悧《れいり》らしい男が、遠慮げな男を顧みて、こう云った。

「しかし教員を罷めただけでも、鷗村なんぞのように、役人をしているのに比べて見ると、余程芸術家らしいかも知れないね」

話題は拊石から鷗村に移った。

純一は拊石の物などは、多少興味を持って読んだことがあるが、鷗村の物では、アンデルセンの飜訳《ほんやく》*だけを見て、こんなつまらない作を、よくも暇潰《ひまつぶ》しに訳したものだと思ったきり、この人に対して何の興味をも持っていないから、会話に耳を傾けないで、独りで勝手な事を思っていた。

会話はいよいよ栄《さか》えて、笑声《わらいごえ》が雑《まじ》って来る。

「厭味《いやみ》だと云われるのが気になると見えて、自分で厭味だと書いて、その書いたのを厭味だと云われているなんぞは、随分みじめだね」と、怜悧らしい男が云って、外の人と一しょになって笑ったのだけが、偶然純一の耳に止まった。

純一はそれが耳に止まったので、それまで独《ひと》りで思っていた事の端緒を失って、ふいとこう思った。自分の世間から受けた評に就いてかれこれ云えば、馬鹿にせられるか、厭味と思われるかに極《き》まっている。そんな事を敢《あえ》てする人はおめでたいかも知れない。厭味なのかも知れない。それとも実際無頓着《むとんちゃく》に自己を客観《かくかん》しているのかも知れない。それを心理的に判断することは、性格を知らないでは出来ない筈《はず》だと思った。

瀬戸が座敷の奥の方から、「小泉君」と呼んだ。純一がその方を見ると、瀬戸はもう初めの所にはいない。隅の方に、子供の手習机を据えて、その上に書類を散らかしている男と、火鉢を隔てて、向き合っているのである。

席を起《た》ってそこへ行って見れば、机の上には一円札やら小さい銀貨やらが、書類の側に置いてある。純一はそこで七十銭の会費を払った。

「席料と弁当代だよ」瀬戸は純一にこう云って聞せながら、机を構えている男に、

「今日は菓子は出ないのかい」と云った。

まだ返辞をしないうちに、例の赭顔の女中が大きい盆に一人前《ひとりまえ》ずつに包んだ餅菓子《もちがし》を山盛にして持って来て銘々に配り始めた。

配ってしまうと、大きい土瓶に番茶を入れたのを、所々に置いて行《ゆ》く。

純一が受け取った菓子を手に持ったまま、会計をしている人の机の傍にいると、

「おい、瀬戸」と呼び掛けられて、瀬戸は忙がしそうに立って行った。呼んだのは、初め這入《はい》ったとき瀬戸が話をしていた男である。髪を長く伸《のば》した、色の蒼い男である。又何か小声で熱心に話し出した。

人が次第に殖《ふ》えて来て、それが必ずこの机の傍に来るので、純一は元の席に帰った。余り上《あが》り口《ぐち》に近いので、自分の敷いていた座布団だけはまだ人に占領せられずにあったのである。そこで据わろうと思うと半分ばかり飲みさしてあった茶碗《ちゃわん》をひっくり返した。純一は少し慌てて、「これは失敬しました」と云って袂《たもと》からハンカチイフを出

して拭《ふ》いた。

「畳が驚くでしょう」

こう云って茶碗の主は、純一が銀座のどこやらの店で、ふいと一番善いのをと云って買った、フランドル*のバチスト*で拵《こしら》えたハンカチイフに目を注《つ》けている。この男は最初から柱に倚《よ》り掛かって、黙って人の話を聞きながら、折々純一の顔を見ていたのである。大学の制服の、襟にMの字の附いた*のを着た、体格の立派な男である。一寸《ちょっと》調子の変った返事なので、畳よりは純一の方が驚いて顔を見ていると、「君も画家ですか」と云った。「いえ。そうではありません。まだ田舎から出たばかりで、なんにも遣《や》っていないのです」

純一はこう云って、名刺を学生にわたした。学生は、「名刺があったかしらん」とつぶやきながら隠しを探って、小さい名刺を出して純一にくれた。大村荘之助*としてある。大村はこう云った。

「僕は医者になるのだが、文学好だもんだから、折々出掛けて来ますよ。君は外国語は何を遣っていますか」

「フランスを少しばかり習いました」

「何を読んでいます」

「フロオベル、*モオパッサン、*それから、ブウルジェエ、*ベルジック*のマアテルリンクなんぞを些《すこし》ばかり読みました」

「らくに読めますか」

「ええ。マアテルリンクなんぞは、脚本は分りますが、論文はむつかしくて困ります」

「どうむつかしいのです」

「なんだか要点が摑《つか》まえにくいようで」

「そうでしょう」

大村の顔を、微《かす》かな微笑が掠《かす》めて過ぎた。嘲《あざけり》の分子なんぞは少しも含まない、温い微笑である。感激し易《やす》い青年の心は、何故《なにゆえ》ともなくこの人を頼もしく思った。作品を読んで慕って来た大石に逢ったときは、その人が自分の想像に画《えが》いていた人と違ってはいないのに、どうも険しい巌《いわ》の前に立ったような心持がしてならなかった。大村という人は何をしている人だか知らない。医科の学生なら、独逸《ドイツ》*は出来るだろう。それにフランスも出来るらしい。只これだけの推察が、咄嗟《とっさ》の間に出来たばかりであるのに、なんだか力になって貰《もら》われそうな気がする。ニイチェ*という人は、「己《おれ》は流《ながれ》の岸の欄干だ*」と云ったそうだが、どうもこの大村が自分の手で摑えることの出来る欄干ではあるまいかと思われてならない。そして純一のこう思う心はその大きい瞳《ひとみ》を透《とお》して大村の心にも通じた。

この時梯子の下で、「諸君、平田先生が見えました」と呼ぶ声がした。平田というのは拊石の氏《うじ》なのである。

七

幹事らしい男に案内せられて、梯子を登って来る、拊石という人を、どんな人かと思って、純一は見ていた。

少し古びた黒の羅紗服《らしゃふく》*を着ている。背丈は中位である。顔の色は蒼いが、アイロニイ*を帯びた快活な表情である。世間では鷗村と同じように、継子《ままこ》根性のねじくれた人物だと云っているが、どうもそうは見えない。少し赤み掛かった、たっぷりある八字《はちじ》髭《ひげ》が、油気なしに上向《うえむき》に捩《ね》じ上げてある。純一は、髭というものは白くなる前に、四十代で赤み掛かって来る、その頃でなくては、日本人では立派にはならないものだと思った。

拊石は上《あが》り口《ぐち》で大村を見て、「何か書けますか」と声を掛けた。

「どうも持って行って見て戴《いただ》くようなものは出来ません」

「ちっと無遠慮に世間へ出して見給《みたま》え。活字は自由になる世の中だ」

「余り自由になり過ぎて困ります」

「活字は自由でも、思想は自由でないからね」

緩《ゆるや》かな調子で、人に強い印象を与える詞附《ことばつき》である。強い印象を与えるのは、常に思想が霊活に動いていて、それをぴったり適応した言語で表現するからであるらしい。
＊拊石は会計掛の机の側へ案内せられて、座布団の上へ胡坐《あぐら》をかいて、小さい紙巻の煙草《たばこ》を出して呑《の》んでいると、幹事が卓《たく》の向うへ行って、紹介の挨拶《あいさつ》をした。
拊石は不精らしく体を卓の向うへ運んだ。方々の話声の鎮《しず》まるのを、暫《しばら》く待っていて、ゆっくり口を開く。不断の会話のような調子である。

「諸君からイ＊ブセンの話をして貰いたいという事でありました。わたくしもイブセンに就いて、別に深く考えたことはない。イブセンに就いてのわたくしの智識《ちしき》は、諸君の既に有しておられる智識以上に何物もあるまいと思う。しかし知らない事を聞くのは骨が折れる。知っていることを聞くの気楽なるに如《し》かずである。お菓子が出ているようだから、どうぞお菓子を食べながら気楽に聞いて下さい」

こんな調子である。声色《せいしょく》を励ますというような処は少しもない。それかと云って、評判に聞いている雪嶺《せつれい》の演説*のように訥弁《とつべん》の能弁だというでもない。平板極まる中《うち》に、どうかすると非常に奇警な詞が、不用意にして出て来るだけは、雪嶺の演説を速記で読んだときと同じようである。

大分話が進んで来てから、こんな事を言った。「イブセンは初め諾威《ノオルウエイ》の小さいイブセンであって、それが社会劇に手を着けてから、大きな欧羅巴《ヨオロッパ》のイブセンになったというが、それが日本に伝わって来て、又ずっと小さいイブセンになりました。なんでも日本へ持って来ると小さくなる。ニイチェも小さくなる。トルストイ*も小さくなる。ニイチェの詞*を思い出す。地球はその時小さくなった。そしてその上に何物をも小さくする、最後の人類がひょこひょこ跳《おど》っているのである。我等は幸福を発見したと、最後の人類は云って、目をしばだたくのである。日本人は色々な主義、色々なイスム*を輸入して来て、それを弄《もてあそ》んで目をしばだたいている。何もかも日本人の手に入《い》っては小さいおもちゃになるのであるから、元が恐ろしい物であったからと云って、剛《こわ》がるには当らない。何も山鹿素行《やまがそこう》*や、四十七士*や、水戸浪士*を地下に起して、その小さくなったイブセンやトルストイに対抗させるには及ばないのです」まあ、こんな調子である。

それから新しい事でもなんでもないが、純一がこれまで蓄えて持っている思想の中心を動かされたのは拊石が諷刺《ふうし》的な語調から、忽然《こつぜん》真面目になって、イブセンの個人主義に両面があるということを語り出した処であった。拊石は先《ま》ず、次第にあらゆる習慣の縛《いましめ》を脱して、個人を個人として生活させようとする思想が、イブセンの生涯の作の上に、所謂《いわゆる》赤い糸になって一貫していることを言った。「種々の別離を己は閲《けみ》した」という様な心持である。これを聞いている間は、純一もこれまで自分が舟に棹《さお》さして下って行く順流を、演説者も同舟の人になって下って行くように感じていた。ところが、拊石は話頭を一転して、「これがイブセンの自己の一面です、Peer《ペエル》 Gynt《ギント》＊に詩人的に発揮している自己の一面です、世間的自己です」と結んで置いて、別にイブセンには最初から他の一面の自己があるということを言った。「若《も》しこの一面がなかったら、イブセンは放縦《ほうじゅう》を説くに過ぎない。イブセンはそんな人物ではない。イブセンには別に出世間的自己があって、始終向上して行《ゆ》こうとする。それがBrand《ブラント》＊に於いて発揮せられている。イブセンは何の為めに習慣の朽ちたる索《つな》を引きちぎって棄《す》てるか。ここに自由を得て、身を泥土《でいど》に委《ゆだ》ねようとするのではない。強い翼に風を切って、高く遠く飛ぼうとするのである」純一はこれを聞いていて、その語気が少しも荘重に聞かせようとする様子でなく、依然として平坦《へいたん》な会話の調子を維持しているにも拘《かかわ》らず、無理に自分の乗っている船の舳先《へさき》を旋《めぐ》らして逆に急流を溯《さかのぼ》らせられるような感じがして、それから暫くの間は、独りで深い思量に耽《ふけ》った。譬《たと》えば長い間集めた物を、一々心覚えをして箱に入れて置いたのを、人に上を下へと掻《か》き交ぜられたような物である。それを元の通りにするのはむずかしい。いや、元の通りにしようなんぞとは思わない。元の通りでなく、どうにか整頓しようと思う。そしてそれが出来ないのである。出来ないのは無理もない。そんな整頓は固《もと》より一朝一夕に出来る筈の整頓ではないのである。純一の耳には拊石の詞が遠い遠い物音のように、意味のない雑音になって聞えている。

純一はこの雑音を聞いているうちに、ふと聴衆の動揺を感じて、殆《ほとん》ど無意識に耳を欹《そばだ》てると、丁度拊石がこう云っていた。

「ゾラ*のClaude《クロオド》*は芸術を求める。イブセンのブラント*は理想を求める。その求めるものの為《た》めに、妻をも子をも犠牲にして顧みない。そして自分も滅びる。そこを藪《やぶ》睨《にらみ》*に睨んで、ブラントを諷刺だとさえ云ったものがある。実はイブセンは大真面目である。大真面目で向上の一路を示している。悉皆《しっかい》か絶無か。この理想はブラントという主人公の理想であるが、それが自己より出《い》でたるもの、自己の意志より出でたるものだという所に、イブセンの求めるものの内容が限られている。とにかく道は自己の行《ゆ》く為めに、自己の開く道である。倫理は自己の遵奉《じゅんぽう》*する為めに、自己の構成する倫理である。宗教は自己の信仰する為めに、自己の建立する宗教である。一言《いちげん》で云えば、Autonomie《オオトノミイ》＊である。それを公式にして見せることは、イブセンにも出来なんだであろう。とにかくイブセンは求める人であります。現代人であります。新しい人でありま
す」

拊石はこう云ってしまって、聴衆が結論だかなんだか分らずにいるうちに、ぶらりとテエブルを離れて前に据わっていた座布団の上に戻った。

あちこちに拍手するものがあったが、はたが応ぜないので、すぐに止《や》んでしまった。多数は演説が止んでもじっと考えている。一座は非常に静かである。

幹事が閉会を告げた。

下女が鰻飯《うなぎめし》の丼《どんぶり》を運び出す。方々で話声はちらほら聞えて来るが、その話もしめやかである。自分自分で考えることを考えているらしい。縛《いましめ》がまだ解けないのである。

幹事が拊石を送り出すを相図に、会員はそろそろ帰り始めた。

八

純一が梯子段の処に立っていると、瀬戸が忙《いそが》しそうに傍へ来て問うのである。

「君、もうすぐに帰るか」

「帰る」

「それじゃあ、僕は寄って行く処があるから、失敬するよ」

門口《かどぐち》で別れて、瀬戸は神田の方へ行《ゆ》く。倶楽部《クラブ》へ来たときから、一しょに話していた男が、跡から足を早めて追っ駈けて行った。

純一が小川町《おがわまち》*の方へ一人で歩き出すと、背後《うしろ》を大股《おおまた》に靴で歩いて来る人のあるのに気が附いた。振り返って見れば、さっき大村という名刺をくれた医科の学生であった。並ぶともなしに、純一の右側を歩きながら、こう云った。

「君はどっちへ帰るのです」

「谷中にいます」

「瀬戸は君の親友ですか」

「いいえ。親友というわけではないのですが、国で中学を一しょに遣ったものですから」

なんだか言いわけらしい返事である。血色の好《い》い、巌乗《がんじょう》な大村は、純一と歩度を合せる為めに、余程加減をして歩くらしいのである。小川町の通を須田町の方へ、二人は暫く無言で歩いている。

両側の店にはもう明りが附いている。少し風が出て、土埃《ほこり》を捲《ま》き上げる。看板ががたがた鳴る。天下堂*の前の人道を歩きながら、大村が「電車ですか」と問うた。

「僕は少し歩こうと思います」

「元気だねえ。それじゃあ、僕も不精をしないで歩くとしようか。しかし君は本郷へ廻っては損でしょう」

「いいえ。大した違いはありません」

又暫く詞《ことば》が絶えた。大村が歩度を加減しているらしいので、純一はなるたけ大股に歩こうとしている。しかし純一は、大村が無理をして縮める歩度は整っているのに、自分の強いて伸べようとする歩度は乱れ勝になるように感ずるのである。そしてそれが歩度ばかりではない。只なんとなく大村という男の全体は平衡を保っているのに、自分は動揺しているように感ずるのである。

この動揺の性質を純一は分析して見ようとしている。ところが、それがひどくむずかしい。先頃大石に逢った時を顧みれば、彼を大きく思って、自分を小さく思ったに違いない。しかし彼が何物をか有しているとは思わない。自分も相応に因襲や前極めを破壊している積りでいたのに、大石に逢って見れば、彼の破壊は自分なんぞより周到であるらしい。自分も今一《ひと》洗濯したら、あんな態度になられるだろうと思った。然《しか》るに今日拊石の演説を聞いているうちに、彼が何物をか有しているのが、髣髴《ほうふつ》として認められた様である。その何物かが気になる。自分の動揺は、その何物かに与えられた波動である。純一は突然こう云った。

「一体新人*というのは、どんな人を指して言うのでしょう」

大村は純一の顔をちょいと見た。そして目と口との周囲に微笑の影が閃《ひらめ》いた。

「さっき拊石さんがイブセンを新しい人だと云ったから、そう云うのですね。拊石さんは妙な人ですよ。新人というのが嫌いで、わざわざ新しい人と云っているのです。僕がいつか新人と云うと、新人とは漢語で花娵《はなよめ》の事だと云って、僕を冷かしたのです」

話が横道へ逸《そ》れるのを、純一はじれったく思って、又出直して見た。

「なる程旧人と新人ということは、女の事にばかり云ってあるようですね。そんなら僕も新しい人と云いましょう。新しい人はつまり道徳や宗教の理想なんぞに捕われていない人なんでしょうか。それとも何か別の物を有している人なんでしょうか」

微笑が又閃く。

「消極的新人と積極的新人と、どっちが本当の新人かと云うことになりますね」

「ええ。まあ、そうです。その積極的新人というものがあるでしょうか」

微笑が又閃く。

「そうですねえ。有るか無いか知らないが、有る筈《はず》には相違ないでしょう。破壊してしまえば、又建設する。石を崩しては、又積むのでしょうよ。君は哲学を読みましたか」

「哲学に就いては、少し読んで見ました。哲学その物はなんにも読みません」正直に、躊躇《ちゅうちょ》せずに答えたのである。

「そうでしょう」

夕《ゆうべ》の昌平橋*は雑沓《ざっとう》する。内神田*の咽喉《いんこう》を扼《やく》している、*ここの狭隘《きょうあい》*に、おりおり捲《ま》き起される冷たい埃《ほこり》を浴びて、影のような群集《ぐんじゅ》が忙《せわ》しげに摩《す》れ違っている。暫くは話も出来ないので、影と一しょに急ぎながら空を見れば、仁丹*の広告燈が青くなったり、赤くなったりしている。純一は暫く考えて見て云った。

「哲学が幾度建設せられても、その度毎《たびごと》に破壊せられるように、新人も積極的になって、何物かを建設したら、又その何物かに捕われるのではないでしょうか」

「捕われるのですとも。縄が新しくなると、当分当りどころが違うから、縛《いましめ》を感ぜないのだろうと、僕は思っているのです」

「そんなら寧《むし》ろ消極のままで、懐疑に安住していたらどうでしょう」

す」

「いいえ。懐疑と云ったのも当っていません。永遠に求めるのです。永遠の希求です」

「なんだか咀《のろ》われたものとでも云いそうだね」

純一は一寸窮した。「安住と云ったのは、矛盾でした。つまり永遠の懐疑です」

「懐疑が安住でしょうか」

「まあ、そんなものでしょう」

大村の詞はひどく冷澹《れいたん》なようである。しかしその音調や表情に温《あたたか》みが籠《こも》っているので、純一は不快を感ぜない。聖堂*の裏の塀のあたりを歩きながら、純一は考え考えこんな事を話し出した。

「さっき倶楽部でもお話をしたようですが、僕はマアテルリンクを大抵読んで見ました。それから同じ学校にいた友達だというので、Verhaeren《フエルハアレン》*を読み始めたのです。この間 La《ラ》 Multiple《ミユルチプル》 Splendeur《スプランドヨオル》*が来たもんですから、それを国から出て来るとき、汽車で読みました。あれには大分纏《まと》まった人世観のようなものがあるのですね。妙にこう敬虔《けいけん》なような態度を取っているのですね。まるで日本なんぞで新人だと云っている人達とは違っているもんですから、へんな心持がしました。あなたの云う積極的新人なのでしょう。日本で消極的な事ばかし書いている新人の作を見ますと、縛られた縄を解《ほど》いて行《ゆ》く処に、なる程と思う処がありますが、別に深く引き附けられるような感じはありません。あのフェルハアレンの詩なんぞを見ますと、妙な人生観があるので、それが直ぐにこっちの人生観にはならないのですが、その癖あの敬虔なような調子に引き寄せられてしまうのです。ロダン*は友達だそうですが、丁度ロダンの彫刻なんぞも、同じ事だろうと思うのです。そうして見ると、西洋で新人と云われている連中は、皆気息の通《かよ》っている処があって、それが日本の新人とは大分違っているように思うのです。拊石さんのイブセンの話も同じ事です。どうも日本の新人という人達は、拊石の云ったように、小さいのではありますまいか」

「小さいのですとも。あれはClique《クリク》*の名なのです」大村は恬然《てんぜん》*としてこう云った。

銘々勝手な事を考えて、二人は本郷の通*を歩いた。大村の方では田舎もなかなか馬鹿にはならない、自分の知っている文科の学生の或るものよりは、この独学の青年の方が、眼識も能力も優れていると思うのである。

大学前から、道幅のまだ広げられない森川町*に掛かるとき、大村が突然こう云った。

「君、瀬戸には気を着けて交際し給えよ」

「ええ。分かっています。Bohême《ボエエム》*ですから」

「うん。それが分かっていれば好《い》いのです」

近いうちに大村の西片町*の下宿を尋ねる約束をして、純一は高等学校の角を曲った。

九

十一月二十七日*に有楽座*でイブセンの John《ジヨン》 Gabriel《ガブリエル》 Borkmann《ボルクマン》 が興行せられた*。

これは時代思潮の上から観《み》れば、重大なる出来事であると、純一は信じているので、これより前に、まだ純一が国にいた頃、自由劇場の発表があるのを待ち兼ねていたように、早速会員になって置いた。しかしシェエクスピイアやギョオテ*は、縦《たと》いどんなに旨《うま》く演ぜられたところで、結構には相違ないが、今の青年に痛切な感じを与えることはむずかしかろう。痛切でないばかりではない。事に依《よ》ると、あんなクラッシック*な、俳諧《はいかい》*の用語で言えば、一時流行でなくて千古不易*の方に属する作を味う余裕は、青年の多数には無いと云っても好かろう。極端に言えば、若《も》しシェエクスピイアのような作が新しく出たら、これはドラム*ではない、テアトル*だなんぞと云うかも知れない。その韻文をも冗漫だと云うかも知れない。ギョオテもそうである。ファウスト*が新作として出たら、青年は何と云うだろうか。第二部は勿論《もちろん》であるが、第一部でも、これは象徴ではない、アレゴリイ*だとも云い兼ねまい。なぜと云うに、近世の写実の強い刺戟《しげき》に慣れた舌には、百年前《ぜん》の落ち着いた深い趣味は味いにくいからである。そこでその古典的なシェエクスピイアがどう演ぜられたか。当時の新聞雑誌で見れば、ヴェネチア*の街が駿河台《するがだい》*の屋鋪町《やしきまち》で、オセロ*は日清戦争時代の将官の肋骨服《ろっこつふく》*に、三等勲章*を佩《お》びて登場したということである。その舞台や衣裳《いしょう》を想像して見たばかりで、今の青年は侮辱せられるような感じをせずにはいられないのである。

二十七日の晩に、電車で数寄屋橋《すきやばし》*まで行って、有楽座へ這入《はい》ると、パルケット*の四列目あたりに案内せられた。見物はもうみんな揃《そろ》って、興行主の演説*があった跡で、丁度これから第一幕が始まるという時であった。

東京に始めて出来て、珍らしいものに言い囃《はや》されている、この西洋風の夜の劇場に這入って見ても、種々の本や画《え》で、劇場の事を見ている純一が為《た》めには、別に目を駭《おどろ》かすこともない。

純一の席の近処は、女客ばかりであった。左に二人並んでいるのは、まだどこかの学校にでも通っていそうな庇髪《ひさしがみ》の令嬢で、一人は縹色《はなだいろ》*の袴《はかま》、一人は菫色《すみれいろ》の袴を穿《は》いている。右の方にはコオトを着たままで、その上に毛の厚い skunks《スカンクス》* の襟巻をした奥さんがいる。この奥さんの左の椅子《いす》が明いていたのである。

純一が座に着くと、何やら首を聚《あつ》めて話していた令嬢も、右手の奥さんも、一時に顔を振り向けて、純一の方を向いた。縹色のお嬢さんは赤い円顔で、菫色のは白い角張った顔である。その角張った顔が何やらに似ている。西洋人が胡桃《くるみ》を噬《か》み割らせる、恐ろしい口をした人形*がある。あれを優しく女らしくしたようである。国へ演説に来たとき、一度見た事のある島田三郎*という人に、どこやら似ている。どちらも美しくはない。それと違って、スカンクスの奥さんは凄《すご》いような美人で、鼻は高過ぎる程高く、切目の長い黒目《くろめ》勝《がち》の目に、有り余る媚《こび》がある。誰《たれ》やらの奥さんに、友達を引き合せた跡で、「君、今の目附は誰にでもするのだから、心配し給《たも》うな」と云ったという話があるが、まあ、そんな風な目である。真黒い髪が多過ぎ長過ぎるのを、持て余しているというように見える。お嬢さん達はすぐに東西の桟敷《さじき》*を折々きょろきょろ見廻して、前より少し声を低めたばかり、大そうな用事でもあるらしく話し続けている。

奥さんは良《や》や久しい間、純一の顔を無遠慮に見ていたのである。

「そら、幕が開《あ》いてよ」と縹のお嬢さんが菫のお嬢さんをつついた。「いやあね。あんまりおしゃべりに実が入《い》って知らないでいたわ」

桟敷が闇《くら》くなる。さすが会員組織*で客を集めただけあって、所々の話声がぱったり止《や》む。舞台では、これまでの日本の芝居で見物の同情を惹《ひ》きそうな理窟《りくつ》を言う、エゴイスチック*なボルクマン夫人が、倅《せがれ》の来るのを待っている処へ、倅ではなくて、若かった昔の恋の競争者で、情に脆《もろ》い、じたらくなような事を言う、アルトリュスチック*な妹エルラが来て、長い長い対話が始まる。それを聞いているうちに、筋の立った理窟を言う夫人の、強そうで弱みのあるのが、次第に同情を失って、いくじのなさそうな事を言う妹の、弱そうで底力のあるのに、自然と同情が集まって来る。見物は少し勝手が違うのに気が附く。対話には退屈しながら、期待の情に制せられて、息を屏《つ》めて聞いているのである。ちと大き過ぎた二階の足音が、破産した銀行頭取だと分かる所で、こんな影を画くような手段に馴《な》れない見物が、始めて新しい刺戟を受ける。息子の情婦のヴィルトン夫人が出る。息子が出る。感情が次第に激して来る。皆引っ込んだ跡に、ボルクマン夫人が残って、床の上に身を転がして煩悶《はんもん》するところで幕になった。

見物の席がぱっと明るくなった。

「ボルクマン夫人の転がるのが、さぞ可笑《おか》しかろうと思ったが、存外可笑しかないことね」と菫色が云った。

「ええ。可笑しかなくってよ。とにかく、変っていて面白いわね」と縹色が答えた。

右の奥さんは、幕になるとすぐ立ったが、間もなく襟巻とコオトなしになって戻って来た。空気が暖《あたたか》になって来たからであろう。鶉縮緬《うずらちりめん》*の上着に羽織、金春式唐織《こんぱるしきからおり》*の丸帯*であるが、純一は只黒ずんだ、立派な羽織を着ていると思って見たのである。それから膝《ひざ》の上に組み合せている指に、殆《ほとん》ど一本一本指環《ゆびわ》が光っているのに気が着いた。

　奥さんの目は又純一の顔に注がれた。

「あなたは脚本を読んでいらっしゃるのでしょう。次の幕はどんな処でございますの」

　落ち着いた、はっきりした声である。そしてなんとなく金石《きんせき》の響を帯びているように感ぜられる。しかし純一には、声よりは目の閃きが強い印象を与えた。横着らしい笑《えみ》が目の底に潜んでいて、口で言っている詞《ことば》とは、まるで別な表情をしているようである。そう思うと同時に、左の令嬢二人が一斉に自分の方を見たのが分かった。

「こん度の脚本は読みませんが、フランス訳で読んだことがあります。次の幕はあの足音のした二階を見せることになっています」

「おや、あなたフランス学者」奥さんはこう云って、何か思うことあるらしく、にっこり笑った。

　丁度この時幕が開いたので、答うることを須《もち》いない問のような、奥さんの詞は、どういう感情に根ざして発したものか、純一には分からずにしまった。

舞台では檻《おり》の狼《おおかみ》のボルクマン*が、自分にピアノを弾いて聞せてくれる小娘の、小さい心の臓をそっと開けて見て、ここにも早く失意の人の、苦痛の萌芽《ほうが》が籠もっているのを見て、強いて自分の抑鬱《よくうつ》不平の心を慰めようとしている。見物は只娘フリイダの、小鳥の囀《さえず》るような、可哀《かわゆ》らしい声を聞いて、浅草公園の菊細工のある処*に這入って、紅雀《べにすずめ》の籠《かご》の前に足を留めた時のような心持になっている。

「まあ、可哀《かわい》いことね」と縹色のお嬢さんの囁《ささや》くのが聞えた。

小鳥のようなフリイダが帰って、親鳥の失敗詩人が来る。それも帰る。そこへ昔命に懸けて愛した男を、冷酷なきょうだいに夫にせられて、不治の病に体のしんに食い込まれているエルラが、燭《しょく》を秉《と》って老いたる恋人の檻に這入って来る。妻になったという優勝の地位の象徴でもあるように、大きい巾《きれ》を頭に巻き附けた夫人グンヒルドが、扉の外で立聞をして、恐ろしい幻のように、現れて又消える。爪牙《そうが》の鈍った狼のたゆたうのを、大きい愛の力で励まして、エルラはその幻の洞窟《どうくつ》たる階下の室に連れて行《ゆ》こうとすると、幕が下りる。

又見物の席が明るくなる。ざわざわと、風が林をゆするように、人の話声が聞えて来る。純一は又奥さんの目が自分の方に向いたのを知覚した。

「これからどうなりますの」

「こん度は又二階の下です。もうこん度で、あらかた解決が附いてしまいます」

奥さんに詞を掛けられてから後《のち》は、純一は左手の令嬢二人に、鋭い観察の対象にせられたように感ずる。令嬢が自分の視野に映じている間は、その令嬢は余所《よそ》を見ているが、正面を向くか、又は少しでも右の方へ向くと、令嬢の視線が矢のように飛んで来て、自分の項《うなじ》に中《あた》るのを感ずる。見ていない所の見える、不愉快な感じである。Y県にいた時の、中学の理学の教師に、山村というお爺《じ》いさんがいて、それがSpiritisme《スピリチスム》＊に関する、妙な迷信を持っていた。その教師が云うには、人は誰でも体の周囲《まわり》に特殊な雰囲気を有している。それを五官を以てせずして感ずるので、道を背後《うしろ》から歩いて来る友達が誰《たれ》だということは、見返らないでも分かると云った。純一は五官を以てせずして、背後《はいご》に受ける視線を感ずるのが、不愉快でならなかった。

幕が開《あ》いた。覿面《てきめん》に死と相見ているものは、姑息《こそく》に安んずることを好まない。老いたる処女エルラは、老いたる夫人の階下の部屋へ、檻の獣《けもの》を連れて来る。鶺鴒《いっぽう》ならぬ三人に争われる、＊獲《え》ものの青年エルハルトは、夫人に呼び戻されて、この場へ帰る。母にも従わない。父にも従わない。情誼《じょうぎ》の縄で縛ろうとするおばにも従わない。「わたくしは生きようと思います」と云う、猛烈な叫声を、今日の大向うを占めている、数多《あまた》の学生連に喝采《かっさい》せられながら、萎《しお》れる前に、吸い取られる限《かぎり》の日光を吸い取ろうとしている花のようなヴィルトン夫人に連れられて、南国をさして雪中を立とうとする、銀の鈴の附いた橇《そり》に乗りに行《ゆ》く。

この次の幕間《まくあい》であった。少し休憩の時間が長いということが、番附にことわってあったので、見物が大抵一旦《いったん》席を立った。純一は丁度自分が立とうとすると、それより心持早く右手の奥さんが立ったので、前後から人に押されて、奥さんの体に触れては離れ、離れては触れながら、外の廊下の方へ歩いて行く。微《かすか》な parfum《パルフユウム》*の匂《におい》がおりおり純一の鼻を襲うのである。

奥さんは振り向いて、目で笑った。純一は何を笑ったとも解《かい》せぬながら、行儀好く笑い交した。そして人に押されるのが可笑しいのだろうと、跡から解釈した。

廊下に出た。純一は人が疎《まばら》になったので、遠慮して奥さんの傍《そば》を離れようと思って、わざと歩度を緩め掛けた。しかしまだ二人の間に幾何《いくばく》の距離も出来ないうちに、奥さんが振り返ってこう云った。

「あなたフランス語をなさるのなら、宅に書物が沢山ございますから、見にいらっしゃいまし。新しい物ばかり御覧になるのかも知れませんが、古い本にだって、宜《よろ》しいものはございますでしょう。御遠慮はない内《うち》なのでございますの」

前から識《し》り合っている人のように、少しの窘迫《きんぱく》*の態度もなく、歩きながら云われたのである。純一は名刺を出して、奥さんに渡しながら、素直にこう云った。

「わたくしは国から出て参ったばかりで、谷中に家を借りておりますが、本は殆《ほと》どなんにも持っていないと云っても宜しい位です。もし文学の本がございますのですと、少し古い本で見たいものが沢山ございます」

「そうですか。文学の本がございますの。全集というような物が揃えてございますの。その外は歴史のような物が多いのでしょう。亡《な》くなった主人は法律学者でしたが、その方の本は大学の図書館に納めてしまいましたの」

奥さんが未亡人《びぼうじん》*だということを、この時純一は知った。そして初めて逢った自分に、宅へ本を見に来いなんぞと云われるのは、一家の主権者になっていられるからだなと思った。奥さんは姓名だけの小さく書いてある純一の名刺を一寸《ちよつと》読んで見て、帯の間から繻珍《しゆちん》*の紙入を出して、それへしまって、自分の名刺を代りにくれながら、「あなた、お国は」と云った。

「Y県です」

「おや、それでは亡くなった主人と御同国でございますのね。東京へお出《いで》になったばかりだというのに、ちっともお国詞が出ませんじゃございませんか」

「いいえ。折々出ます」

奥さんの名刺には坂井れい子と書いてあった。純一はそれを見ると、すぐ「坂井恒《こう》先生の奥さんでいらっしゃったのですね」と云って、丁寧に辞儀をした。

「宅を御存じでございましたの」

「いいえ。お名前だけ承知していましたのです」

坂井先生はY県出身の学者として名高い人であった。Montesquieu《モンテスキユウ》＊ の Esprit《エスプリイ》 des《デ》 lois《ロア》＊を漢文で訳したのなんぞは、評判が高いばかりで、広く世間には行われなかったが、Code《コオド》 Napoléon《ナポレオン》＊の典型的な飜訳《ほんやく》は、先生が亡くなられても、価値を減ぜずにいて、今も坂井家では、これによって少からぬ収入を得ているのである。純一も先生が四十を越すまで独身でいて、どうしたわけか、娘にしても好《い》いような、美しい細君を迎えて、まだ一年と立たないうちに、脊髄《せきずい》病で亡くなられたということは、中学にいた時、噂《うわさ》に聞いていたのである。

噂はそれのみではない。先生は本職の法科大学＊教授としてよりは、代々の当路者から種々《いろいろ》な用事を言い附けられて、随分多方面に働いておられたので、亡くなられた跡には一廉《ひとかど》の遺産があった。それを未亡人が一人で管理していて、旧藩主を始め、同県の人と全く交際を絶って、何を当てにしているとも分からない生活をしていられる。子がないのに、養子をせられるでもない。誰《たれ》も夫人と親密な人というもののあることを聞かない。先生の亡くなる僅《わず》か前に落成した、根岸のvilla《ヴィルラ》*風の西洋造に住まっておられるが、静かに夫の跡を弔っていられるらしくはない。先生の存生《ぞんじょう》の時よりも派手な暮らしをしておられる。その生活は一《いっ》の秘密だということであった。

純一が青年の空想は、国でこの噂話を聞いた時、種々《いろいろ》な幻像を描き出していたので、坂井夫人という女は、面白い小説の女主人公のように、純一の記憶に刻み附けられていたのである。

純一は坂井先生の名を聞いていたという返事をして、奥さんの顔を見ると、その顔には又さっきの無意味な、若《もし》くは意味の掩《おお》われている微笑が浮んでいる。丁度二人は西の階段の下に佇《たたず》んでいたのである。

「上へ上がって見ましょうか」と奥さんが云った。

「ええ」

二人は階段を登った。

その時上の廊下から、「小泉君じゃあないか」と声を掛けるものがある。上から四五段目の処まで登っていた純一が、仰向いて見ると、声の主は大村であった。

「大村君ですか」

この返事をすると、奥さんは頤《あご》で知れない程の会釈《えしゃく》をして、足を早めて階段を登ってしまって、一人で左へ行った。

純一は大村と階段の上り口に立っている。丁度 Buffet《ビユツフエエ》＊と書いて、その下に登って左を指した矢の、書き添えてある札を打ち附けた柱の処である。純一は懐《なつ》かしげに大村を見て云った。

「好く丁度一しょになったものですね。不思議なようです」

「なに、不思議なものかね。興行は二日しかない。＊我々は是非とも来る。そうして見ると、二分の一の probabilité《プロバビリテエ》＊で出合うわけでしょう。ところが、ジダスカリア＊の連中なんぞは、皆大抵続けて来るから、それが殆ど一分の一になる」

「瀬戸も来ていますかしらん」

「いたようでしたよ」

「これ程立派な劇場ですから、foyer《フオアイエエ》＊とでも云ったような散歩場《ば》も出来ているでしようね」

「出来ていないのですよ。先《ま》ずこの廊下あたりがフォアイエエになっている。広い場所があっちにあるが、食堂になっているのです。日本人は歩いたり話したりするよりは、飲食をする方を好くから、食堂を広く取るようになるのでしょう」

純一の左の方にいた令嬢二人が、手を繋《つな》ぎ合って、頻《しき》りに話しながら通って行った。

その外種々《いろいろ》な人の通る中で、大村がおりおりあれは誰《たれ》だと教えてくれるのである。

それから純一は、大村と話しながら、食堂の入口まで歩いて行って、おもちゃ店《みせ》のあるあたりに暫《しばら》く立ち留まって、食堂に出入《でいり》する人を眺めていると、ベルが鳴った。

純一が大村に別れて、階段を降りて、自分の席へ行《ゆ》くとき、腰掛の列の間の狭い道で人に押されていると、又parfum《パルフユウム》の香《か》がする。振り返って見て、坂井の奥さんの謎《なぞ》の目に出合った。

雪の門口《かどぐち》の幕が開《あ》く。ヴィルトン夫人に娘を連れて行かれた、不遇の楽天詩人たる書記は、銀の鈴を鳴らして行く橇に跳飛《はねと》ばされて、足に怪我をしながらも、尚《なお》娘の前途を祝福して、寂しい家の燈《ともしび》の下《もと》に泣いている妻を慰めに帰って行く。道具が変って、丘陵の上になる。野心ある実業家たる老主人公が、平生心にえがいていた、大工場の幻を見て、雪のベンチの上に瞑目《めいもく》すると、優しい昔の情人と、反目の生活を共にした未亡人とが、屍《かばね》の上に握手して、幕は降りた。

出口が込み合うからと思って、純一は暫く廊下に立ち留まって、舞台の方を見ていた。舞台では、一旦卸した幕を上げて、俳優が大詰*の道具の中で、大詰の姿勢を取って、写真を写させている。

「左様なら。御本はいつでもお出《いで》になれば、御覧に入れます」

純一が見返る暇に、坂井夫人の後姿は、出口の人込みの中にまぎれ入ってしまった。返事も出来なかったのである。純一は跡を見送りながら、ふいと思った。「どうも己《おれ》は女の人に物を言うのは、窮屈でならないが、なぜあの奥さんと話をするのを、少しも窮屈に感じなかったのだろう。それにあの奥さんは、妙な目の人だ。あの目の奥には何があるかしらん」

帰るときに気を附けていたが、大村にも瀬戸にも逢わなかった。左隣にいたお嬢さん二人が頻りに車夫の名を呼んでいるのを見た。

十

純一が日記の断片

十一月三十日。晴。毎日几帳面《きちょうめん》に書く日記でもあるように、天気を書くのも可笑《おか》しい。どうしても己には続いて日記を書くということが出来ない。こないだ大村を尋ねて行った時に、その話をしたら、「人間は種々《いろいろ》なものに縛られているから、自分で自分をまで縛らなくても好《い》いじゃないか」と云った。なる程、人間が生きていたと云って、何も齷齪《あくそく》*として日記を附けて置かねばならないと云うものではあるまい。しかし日記に縛られずに何をするかが問題である。何の目的の為めに自己を解放するかが問題である。

作る。製作する。神が万物を製作したように製作する。これが最初の考えであった。しかしそれが出来ない。「下宿の二階に転がっていて、何が書けるか」などという批評家の詞を見る度に、そんなら世界を周遊したら、誰にでもえらい作が出来るかと反問して遣《や》りたいと思う反抗が一面に起ると同時に、己はその下宿屋の二階もまだ知らないと思う怯懦《きょうだ》*が他の一面に萌《きざ》す。丁度Titanos《チタノス》*が岩石を砕いて、それを天に擲《なげう》とうとしているのを、傍に尖《とが》った帽子を被《かぶ》った一寸坊が見ていて、顔を蹙《しか》めて笑っているようなものである。

そんならどうしたら好《い》いか。

生きる。生活する。

答は簡単である。しかしその内容は簡単どころではない。

一体日本人は生きるということを知っているだろうか。小学校の門を潜《くぐ》ってからというものは、一しょう懸命にこの学校時代を駈け抜けようとする。その先きには生活があると思うのである。学校というものを離れて職業にあり附くと、その職業を為《な》し遂げてしまおうとする。その先きには生活があると思うのである。そしてその先には生活はないのである。

現在は過去と未来との間に劃《かく》した一線である。この線の上に生活がなくては、生活はどこにもないのである。

そこで己《おれ》は何をしている。

今日はもう半夜を過ぎている。もう今日ではなくなっている。しかし変に気が澄んでいて、寐《ね》ようと思ったって、寐られそうにはない。

その今日でなくなった今日には閲歴がある。＊それが人生の閲歴、生活の閲歴でなくてはならない筈《はず》である。それを書こうと思って久しく徒《いたずら》に過ぎ去る記念に、空虚な数字のみを留《とど》めた日記の、新しいペエジを開いたのである。

しかし己の書いている事は、何を書いているのだか分からない。実は書くべき事が大いにある筈で、それが殆ど無いのである。やはり空虚な数字のみにして置いた方が増しかも知れないと思う位である。

朝は平凡な朝であった。極《き》まって二三日置きに国から来る、お祖母《ばあ》様の手紙が来た。食物《しょくもつ》に気を附けろ、往来で電車や馬車や自動車に障《さわ》って怪我《けが》をするなというような事が書いてあった。食物や車の外には、危険物のあることを知らないのである。

それから日曜だというので、瀬戸が遣って来た。ひどく知己らしい事を言う。何か己とあの男と秘密を共有していて、それを同心戮力《りくりょく》*して隠蔽《いんぺい》している筈だというような態度を取って来る。そして一日の消遣策《しょうけんさく》*を二つ三つ立てて己の採択に任せる。その中に例の如《ごと》く une《ユヌ》 direction《ジレクション》 dominante《ドミナント》* がある。それは磁石の針の如くに、かの共有している筈の秘密を指しているのである。己はいつもなるべくそれと方向を殊《こと》にしている策を認容するのであるが、こん度はためしにどれをも廃棄して、「きょうは僕は内で本を読むのだ」と云って見た。その結果は己の予期した通りであった。瀬戸は暫くもじもじしていたがとうとう金を貸せと云った。

己にはかれの要求を満足させることは、さほどむずかしくはなかった。しかし己は中学時代に早く得ている経験を繰り返したくなかった。「君こないだのもまだ返さないで、甚だ済まないが」と云うのは尤《もっと》も無邪気なのである。「長々難有《ありがと》う」と云って一旦出して置いて、改めてプラス幾らかの要求をするというのは古い手である。それから一番振《ふる》っているのは、「もうこれだけで丁度になりますからどうぞ」というのであった。端《はし》たのないようにする物、纏《まと》めて置く物に事を闕《か》いて、借金を纏めて置かないでも好さそうなものである。己はそういう経験を繰り返したくなかった。そこで断然初めからことわることにした。然《しか》るにそのことわるということの経験は甚だ乏しい。己だって国から送って貰《もら》うだけの金を何々に遣うという予算を立てているから、不用な金はない。しかしその予算を狂わせれば、貸されない事はない。かれの要求するだけの金は現に持っているのである。それを無いと云おうか。そんな嘘《うそ》は衝《つ》きたくない。又嘘を衝いたって、それが嘘だということは、先方へはっきり知れている。それは不愉快である。

つい国を立つすぐ前である。やはりこんな風に心中でとつ置いつした結果、「君これは返さなくても好《い》いが、僕はこれきり出さないよ」と云った事があった。そしてその友達とはそれきり絶交の姿になった。実につまらない潔癖であったのだ。嘘を衝きたくないからと云って、相手の面目を潰《つぶ》すには及ばないのである。それよりはまだ嘘を衝いた方が好《よ》いかも知れない。

己は勇気を出して瀬戸にこう云った。「僕はこれまで悪い経験をしている。君と僕との間には金銭上の関係を生ぜさせたくない。どうぞその事だけは已《や》めてくれ給《たま》え」と云った。瀬戸は驚いたような目附をして己の顔を見ていたが、外の話を二つ三つして、そこそこに帰ってしまった。あの男は己よりは世慣れている。多分あの事の為めに交際を廃《や》めはすまい。只その態度を変えるだろう。もう「君はえらいよ」は言わなくなって、却《かえっ》て少しは前より己をえらく思うかも知れない。

しかし己はこんな事を書く積りで、日記を開《あ》けたのではなかった。目的の不慥《ふたしか》な訪問をする人は、故《ことさ》らに迂路《うろ》*を取る。己は自分の書こうと思う事が、心にはっきり分かっていないので、強いて余計な事を書いているのではあるまいか。

午後から坂井夫人を訪ねて見た。有楽座で識《し》りあいになってから、今日尋ねて行《ゆ》くまでには、実は多少の思慮を費していた。行こうか行くまいかと、理性に問うて見た。フランスの本が集めてあるというのだから、往《い》って見たら、利益を得ることもあろうとは思ったが、人の噂に身の上が疑問になっている奥さんの邸《やしき》に行《ゆ》くのは、好くあるまいかと思った。ところが、理性の上で pro《プロウ》* の側の理由と contra《コントラ》* の側の理由とが争っている中へ、意志が容喙《ようかい》した。己は往って見たかった。その往って見たかったというのは、書物も見たかったには相違ない。しかし容赦なく自己を解剖して見たら、どうもそればかりであったとは云われまい。

己はあの奥さんの目の奥の秘密が知りたかったのだ。

有楽座から帰ってから、己はあの目を折々思出した。どうかすると半ば意識せずに思い出していて、それを意識してはっと思ったこともある。言わばあの目が己を追い掛けていた。或《あるい》はあの目が己を引き寄せようとしていたと云っても好《い》いかも知れない。実は理性の争《あらそい》に、意志が容喙したと云うのは、主客を顚倒《てんどう》した話で、その理性の争というのは、あの目の磁石力に対する、無力なる抗抵《こうてい》に過ぎなかったかも知れない。

とうとうその抗抵に意志の打ち勝ってしまったのが今日であった。己は根岸へ出掛けた。

家《うち》は直ぐ知れた。平らに苅《か》り込んだ樫《かし》の木が高く黒板塀の上に聳《そび》えているのが、何かの秘密を蔵しているかと思われるような、外観の陰気な邸であった。石の門柱《もんばしら》に鉄格子《ごうし》の扉が取り附けてあって、それが締めて、脇《わき》の片扉だけが開《あ》いていた。門内の左右を低い籠塀《かごべい》で為切《しき》って、その奥に西洋風に戸を締めた入口がある。ベルを押すと、美しい十四五の小間使*が出て、名刺を受け取って這入《はい》って、間もなく出て来て「どうぞこちらへ」と案内した。

通されたのは二階の西洋間であった。一番先に目に附いたのは Watteau《ワットオ》* か何かの画を下画に使ったらしい、美しい gobelins《ゴブラン》* であった。園《その》の木立の前で、立っている婦人の手に若い男が接吻《せっぷん》している図である。草木の緑や、男女の衣服の赤や、紫や、黄のかすんだような色が、丁度窓から差し込む夕日を受けて眩《まば》ゆくない、心持の好《い》い調子に見えていた。

小間使が茶をもて来て、「奥様が直ぐにいらっしゃいます」と云って、出て行った。

茶を一口飲んで、書籍の立て並べてある棚の前に行って見た。

書棚の中にある本は大抵己のあるだろうと予期していた本であった。Corneille《コルネイユ》* と

Racine《ラシイヌ》* と Molière《モリエエル》* とは立派に製本した全集が揃《そろ》えてある。それから Voltaire《ヴォルテエル》* の物や Hugo《ユウゴオ》* の物が大分ある。

背革の文字をあちこち見ているところへ、奥さんが出て来られた。

己は謎らしい目を再び見た。己は誰も云いそうな、簡単で平凡な詞《ことば》と矛盾しているような表情を再びこの女子《おんな》の目の中に見出《みいだ》した。そしてそれを見ると同時に、己のここへ来たのは、コルネイユやラシイヌに引き寄せられたのではなくて、この目に引き寄せられたのだと思った。

己は奥さんとどんな会話をしたかを記憶しない。この記憶の消え失《う》せたのはインテレクト*の上の余り大きい損耗ではないに違いない。しかし奇妙な事には、己の記憶は決して空虚ではない。談話を忘れる癖に或る単語を覚えている。今一層適切に言えば、言語を忘れて音響を忘れないでいる。或る単語が幾つか耳の根に附いているようなのは、音響として附いているのである。

記憶の今一つの内容は奥さんの挙動である。体の運動である。どうして立っておられたか、どうして腰を掛けられたか、又指の尖《さき》の余り細り過ぎているような手が、いかに動かずに、殆《ほとん》ど象徴的に膝《ひざ》の上に繋ぎ合わされていたか、その癖その同じ手が、いかに敏捷《びんしょう》に、女中の運んで来た紅茶を取り次いで渡したかというような事である。

こういう音響や運動の記憶が、その順序の不確《ふたしか》な割に、その一々の部分がはっきりとして残っているのである。

ここに可笑《おか》しい事がある。己は奥さんの運動を覚えているが、その静止しておられる状態に対しては記憶が頗《すこぶ》る朧気《おぼろげ》なのである。その美しい顔だけでも表情で覚えているので、形で覚えているのではない。その目だけでもそうである。国にいた時、或る爺《じじ》いが己に、牛の角と耳とは、どちらが上で、どちらが下に附いておりますかと問うた。それ位の事は己も知っていたから、直ぐに答えたら、爺いが云った。「旦那方《だんな》でそれが直ぐにお分かりになるお方はめったにござりません」と云った。形の記憶は誰《たれ》も乏しいと見える。独り女の顔ばかりではない。

そんなら奥さんの着物に就いて、どれだけの事を覚えているか。これがいよいよ覚《おぼ》束《つか》ない。記憶は却て奥さんの詞をたどる。己が見るともなしに、奥さんの羽織の縞《しま》を見ていると、奥さんが云われた。「おかしいでしょう。お婆《ば》あさんがこんな派手な物を着て。わたしは昔の余所行《よそゆき》を今の不断着にしますの」と云われた。己はこの詞を聞いて、始《はじめ》てなる程そうかと思った。華美に過ぎるというような感じは己にはなかった。己には只着物の美しい色が、奥さんの容姿《すがた》には好く調和しているが、どこやら世間並でない処があるというように思われたばかりであった。

己の日記の筆はまだ迂路を取っている。己は怯懦である。久しく棄《す》てて顧みなかったこの日記を開いて、筆を把《と》ってこれに臨んだのは何の為《た》めであるか。或る閲歴を書こうと思ったからではないか。なぜその閲歴を為す勇気があって、それを書く勇気がないか。それとも勇気があって敢《あえ》て為したのではなくて、人に余儀なくせられて濫《みだ》りに為したのであるか。濫りに為して恥じないのであるか。

己は根岸の家の鉄の扉を走って出たときは血が涌《わ》き立っていた。そして何か分からない爽快《そうかい》を感じていた。一種の力の感じを持っていた。あの時の自分は平生の自分とは別であって、平生の自分はあの時の状態に比べると、脈のうちに冷たい魚《うお》の血を蓄えていたのではないかとさえ思われるようであった。

しかしそれは体の感じであって、思想は混沌《こんとん》としていた。己は最初は大股《おおまた》に歩いた。薩摩下駄が寒い夜の土を踏んで高い音を立てた。そのうちに歩調が段々に緩くなって、鶯坂《うぐいすざか》*の上を西へ曲って、石燈籠《いしどうろう》の列をなしている、お霊屋《たまや》*の前を通る頃には、それまで膚《はだえ》を燃やしていた血がどこかへ流れて行ってしまって、自分の顔の蒼《あお》くなって、膚に粟《あわ》を生ずるのを感じた。それと同時に思想が段々秩序を恢復《かいふく》して来た。澄んだ喜びが涌いて来た。譬《たと》えば paroxysme《パロクシスム》* をなして発作する病を持っているものが、その発作の経過し去った後《のち》に、安堵《あんど》の思をするような工合であった。己は手に一巻のラシイヌを持っていた。そしてそれを返しに行かなくてはならないという義務が、格別愉快な義務でもないように思われた。もうあの目が魔力を逞《たくまし》うして、自分を引き寄せることが出来なくなったのではあるまいかと思われた。

突然妙な事が己の記憶から浮き上がった。それは奥さんの或る姿勢である。己がラシイヌを借りて帰ろうとすると、寒いからというので、小間使に言い付けて、燗《かん》をした葡萄酒《ぶどうしゅ》を出させて、己がそれを飲むのをじっと見ていながら、それまで前屈《まえかが》みになって掛けていられた長椅子《ながいす》に、背を十分に持たせて白足袋を穿《は》いた両足をずっと前へ伸ばされた。記憶から浮き上がったのは意味のない様なあの時の姿勢である。

あれを思い出すと同時に、己は往《ゆ》くときから帰るまでの奥さんとの対話を回顧して見て、一つも愛情にわたる詞のなかったのに驚いた。そしてあらゆる小説や脚本が虚構ではあるまいかと疑って見た。その時ふいとAude《オオド》*という名が思い出された。只《ただ》オオドの目は海のように人を漂わしながら、死せる目であった、空虚な目であったというのに、奥さんの謎《なぞ》の目は生きているだけが違う。あの目はいろいろな事を語った。しかしあの姿勢も何事をか己に語ったのである。あんな語りようは珍らしい。飽くまで行儀正しい処と、一変して飽くまでfrivole《フリヴォル》*な処とのあるのも、あれもオオドだと、つくづく思いながら歩いていたら、美術学校と図書館との間を曲がる曲がり角で、巡査が突然角燈*を顔のところへ出したので、びっくりした。

己は今日の日記を書くのに、目的地に向って迂路を取ると云ったが、これでは遂《つい》に目的地を避けて、その外辺を一周したようなものである。しかし己は知らざる人であったのが、今日知る人になったのである。そしてその一時涌き立った波が忽《たちま》ち又歛《おさ》まって、まだその時から二時間余りしか立たないのに、心は哲人の如くに平静になっている。己はこんな物とは予期していなかった。

予期していなかったのはそればかりではない。己が知る人になるのに、こんな機縁で知る人になろうとも予期していなかった。己は必ず恋愛を待って、始て知る人になろうとも思わなかったが、又恋愛というものなしに、自衛心が容易に打ち勝たれてしまおうとも思わなかった。そしてあの坂井夫人は決して決して己の恋愛の対象ではないのである。

己に内面からの衝動、本能の策励《さくれい》*のあったのは已《すで》に久しい事である。己は心が不安になって、本を読んでいるのに、目が徒《いたず》らに文字を見て、心がその意義を繹《たず》ねることの出来なくなることがあった。己はふいと何の目的もなく外に出たくなって飛び出して、忙がしげに所々《しょしょ》を歩いていて、その途中で自分が何物かを求めているのに気が付いて、あの Gautier《ゴオチエエ》* の Mademoiselle《マドモアセユ》 Maupin《モオパン》* にある少年のように女を求めているのに気が付いて、自ら咎《とが》めはしなかったが、自ら嘲《あざけ》ったことがある。あの時の心持は妙な心持であった。或る aventure《アヴァンチュウル》 *に遭遇して見たい。その相手が女なら好《い》い。そしてその遭遇に身を委《ゆだ》ねてしまうか否《いな》かは疑問である。その刹那《せつな》に於ける思慮の選択か、又は意志の判断に待つのである。自分の体は愛惜すべきものである。容易に身を委ねてしまいたくはない。事に依《よ》ったら、女に遇《あ》って、女が己に許すのに、己は従わないで、そして女をなるべく侮辱せずに、なだめて慰藉《いしゃ》して別れたら、面白かろう。そうしたら、或は珍らしい純潔な交《まじわり》が成り立つまいものでもない。いやいや。それは不可能であろう。西洋の小説を見るのに、そんな場合には女は到底侮辱を感ぜずにはいないものらしい。又よしや一時純潔な交のようなものが出来ても、それはきっと似て非なるもので、その純潔は汚瀆《おとく》の繰延《くりのべ》に過ぎないだろう。所詮《しょせん》そうそう先の先までは分かるものではない。とにかくアヴァンチュウルに遭遇して見てからの事である。まあ、こんな風な思量が、半ば意識の閾《しきい》の下に、半ばその閾を踰《こ》えて、心の中に往来していたことがある。そういう時には、己はそれに気が付いて、意識が目をはっきり醒《さ》ますと同時に、己はひどく自ら恥じた。己はなんという怯懦《きょうだ》な人間だろう。なぜ真の生活を求めようとしないか。なぜ猛烈な恋愛を求めようとしないか。己はいくじなしだと自ら恥じた。

しかしとにかく内面からの衝動はあった。そして外面からの誘惑もないことはなかった。己は小さい時から人に可哀《かわゆ》がられた。好《い》い子という詞が己の別名のように唱えられた。友達と遊んでいると、年長者、殊《こと》に女性の年長者が友達の侮辱を基礎にして、その上に己の名誉の肖像を立ててくれた。好い子たる自覚は知らず識《し》らずの間に、己の影を顧みて自ら喜ぶ情を養成した。己の vanité《ヴァニテエ》* を養成した。それから己は単に自分の美貌《びぼう》を意識したばかりではない。己は次第にそれを利用するようになった。己の目で或る見かたをすると、強情な年長者が脆《もろ》く譲歩してしまうことがある。そこで初めは殆ど意識することなしに、人の意志の抵抗を感ずるとき、その見かたをするようになった。己は次第にこれが媚《こび》であるということを自覚せずにはいられなかった。それを自覚してからは、大丈夫《だいじょうふ》たるべきものが、こんな宦官《かんがん》*のするような態度をしてはならないと反省することもあったが、好い子から美少年に進化した今日も、この媚が全くは無くならずにいる。この媚が無形の悪習慣というよりは、寧《むし》ろ有形の畸形《きけい》のように己の体に附いている。この媚は己の醒めた意識が滅《ほろぼ》そうとした為めに、却《かえ》って raffiné《ラフイネエ》* になって、無邪気らしい仮面を被《かぶ》って、その蔭《かげ》に隠れて、一層威力を逞くしているのではないかとも思われるのである。そして外面から来る誘惑、就中《なかんずく》異性の誘惑は、この自ら喜ぶ情と媚とが内応をするので、己の為めには随分防遏《ぼうあつ》し難いものになっているに相違ないのである。

今日の出来事はこう云う畠《はたけ》に生えた苗に過ぎない。

己はこの出来事のあったのを後悔してはいない。なぜというに、現社会に僅有絶無《きんゆうぜつむ》というようになっているらしい、男子の貞操は、縦《たと》い尊重すべきものであるとしても、それは身を保つとか自ら重んずるとかいう利己主義だというより外に、何の意義をも有せざるように思うからである。そういう利己主義は己にもある。あの時己は理性の光に刹那の間照されたが、歯牙《しが》の相撃とうとするまでになった神経興奮の雲が、それを忽ち蔽《おお》ってしまった。その刹那の光明の消えるとき、己は心の中で、「なに、未亡人だ」と叫んだ。平賀源内*がどこかで云っていたことがある。「人の女房に流し目で見られたときは、頸《くび》に墨を打たれた*と思うが好《よ》い。後家は」何やらというような事であった。そんな心持がしたのである。

とにかく己は利己主義の上から、或る損失を招いたということを自覚する。そしてこれから後《のち》に、又こんな損失を招きたくないということをも自覚する。しかし後悔と名づける程の苦い味を感じてはいないのである。

苦みはない。そんなら甘みがあるかというに、それもない。あのとき一時発現した力の感じ、発揚の心状は、すぐに迹《あと》もなく消え失せてしまって、この部屋に帰って、この机の前に据わってからは、何の積極的な感じもない。この体に大いなる生理的変動を生じたものとは思われない。尤《もっと》も幾分かいつもより寂しいようには思う。しかしその寂しさはあの根岸の家に引き寄せられる寂しさではない。恋愛もなければ、係恋《あこがれ》もない。

一体こんな閲歴が生活であろうか。どうもそうは思われない。真の充実した生活では慥《たしか》にない。

己には真の生活は出来ないのであろうか。己もデカダンス*の沼に生えた、根のない浮草で、花は咲いても、夢のような蒼白い花に過ぎないのであろうか。

もう書く程の事もない。夜の明けないうちに少し寐《ね》ようか。しかし寐られれば好《い》いが。只この寐られそうにないのだけが、興奮の記念かも知れない。それともその余波さえ最早《もはや》消えてしまっていて、今寐られそうにないのは、長い間物を書いていたせいかも知れない。

十一

純一の根岸に行った翌日は、前日と同じような好《い》い天気であった。

純一はいつも随分夜をふかして本なぞを読むことがあっても、朝起きて爽快を覚えないことはないのであるが、今朝、日の当っている障子の前にすわって見れば、鈍い頭痛がしていて、目に羞明《しゅうめい》*を感じる。顔を洗ったら、直るだろうと思って、急いで縁に出た。

細かい水蒸気を含んでいる朝の空気に浸されて、物が皆青白い調子に見える。暇があるからだと云って、長次郎が松葉を敷いてくれた蹲《つくば》いのあたりを見れば、敷松葉*の界《さかい》にしてある、太い縄の上に霜がまだらに降っている。

ふいと庭下駄を穿いて門に出て、しゃがんで往来を見ていた。絆纏《はんてん》*を着た職人が二人きれぎれな話をして通る。息が白く見える。

暫《しばら》くしゃがんでいるうちに、頭痛がしなくなった。縁に帰って楊枝《ようじ》を使うとき、前日の記憶がぼんやり浮んで来た。あの事を今一度ゆっくり考えて見なくてはならないというような気がする。障子の内では座敷を掃く音がしている。婆あさんがもう床を上げてしまって、東側の戸を開けて、埃《ほこり》を掃き出しているのである。

顔を急いで洗って、部屋に這入《はい》って見ると、綺麗《きれい》に掃除がしてある。目はすぐに机の上に置いてある日記に惹《ひ》かれた。きのう自分の実際に遭遇した出来事よりは、それを日記にどう書いたということが、当面の問題であるように思われる。記憶は記憶を呼び起す。そして純一は一種の不安に襲われて来た。それはきのうの出来事に就いての、ゆうべの心理上の分析には大分行き届かない処があって、全体の判断も間違っているように思われるからである。夜の思想から見ると昼の思想から見るとで同一の事相が別様の面目を呈して来る。

ゆうべの出来事はゆうべだけの出来事ではない。これから先きはどうなるだろう。自分の方に恋愛のないのは事実である。しかしあの奥さんに、もう自分を引き寄せる力がないかどうだか、それは余程疑わしい。ゆうべ何もかも過ぎ去ったように思ったのは、瘧《おこり》*の発作の後《のち》に、病人が全快したように思う類《るい》ではあるまいか。又あの謎《なぞ》の目が見たくなることがありはすまいか。ゆうべ夜が更《ふ》けてからの心理状態とは違って、なんだかもう少しあの目の魔力が働き出して来たかとさえ思われるのである。

それに宿主なしに勘定は出来ない。問題はこっちがどう思うかというばかりではない。向うの思わくも勘定に入れなくてはならない。有楽座で始て逢《あ》ってから、向うは目的に向って一直線に進んで来ている。自分は受身である。これから先きを自分がどうしようかというよりは、向うがどうしてくれるかという方が問題かも知れない。恋愛があるのないのと生利《なまぎき》*な事を思ったが、向うこそ恋愛はないのであろう。そうして見れば、我が為《た》めに恥ずべきこの交際を、向うがいつまで継続しようと思っているかが問題ではあるまいか。それは固《もと》より一時の事であるには違いない。しかし一時というのは比較的な詞《ことば》である。

こんな事を思っている処へ、婆あさんが朝飯を運んで来たので、純一は箸《はし》を取り上げた。婆あさんは給仕をしながら云った。

「昨晩は大相《たいそう》遅くまで勉強していらっしゃいましたね」

「ええ。友達の処へ本を借りに行って、つい話が長くなってしまって、遅く帰って来て、それから少し為事《しごと》をしたもんですから」

言いわけらしい返事をして、これがこの内へ来てからの、嘘《うそ》の衝《つ》き始めだと、ふいと思った。そして厭《いや》な心持がした。

食事が済むと、婆あさんは火鉢に炭をついで置いて帰った。

純一はゆうべ借りて来たラシイヌを出して、一二枚開けて見たが、読む気になれなかった。そこでこんなクラッシックなものは、気分のもっと平穏な時に読むべきものだと、自分で自分に言いわけをした。それから二三日前に、神田の三才社《さんさいしゃ》*で見附けて、買って帰ったHuysmans《ヒュイスマンス*》の小説のあったのを出して、読みはじめた。

小説家たる主人公と医者の客との対話が書いてある。話題は過ぎ去ったものとしての自然主義の得失である。次第次第に実世間に遠ざかって、しまいには殆《ほとん》ど縁の切れたようになった文芸を、ともかくも再び血のあり肉のあるものにしたのは、この主義の功績である。しかし煩瑣《はんさ》な、冗漫な文字《もんじ》で、平凡な卑猥《ひわい》な思想を写すに至ったこの主義の作者の末路を、飽くまで排斥する客の詞にも、確に一面の真理がある。自然主義の功績を称《とな》える処には、バルザック*が挙げてある。フロオベルが挙げてある。ゴンクウル*が挙げてある。最後にゾラが挙げてある。とにかく立派な系図である。

純一は日本での en miniature《アン　ミニアチユウル》*自然主義運動を回顧して、どんなに贔屓目《ひいきめ》に見ても、さ程難有《ありがた》くもないように思った。純一も東京に出て、近く寄って預言者*を見てから、渇仰《かつこう》の熱が余程冷却しているのである。

対話が済んで客が帰る。主人公が独りで物を考えている。そこにこんな事が書いてある。「材料の真実な事、部分部分の詳密な事、それから豊富で神経質な言語、これ等は写実主義の保存せられなくてはならない側である。しかしその上に霊的価値を汲《く》むものとならなくてはならない。奇蹟《きせき》を官能の病で説明しようとしてはならない。人生に霊と体《たい》との二つの部分があって、それが鎔合《ようごう》せられている。寧ろ混淆《こんこう》せられている。小説も出来る事なら、そんな風に二つの部分があらせたい。そしてその二つの部分の反応《はんおう》、葛藤《かつとう》、調和を書くことにしたい。一言《いちごん》で言えば、ゾラの深く穿《うが》って置いた道を踏んで行《ゆ》きながら、別にそれと併行している道を空中に通ぜさせたい。それが裏面の道、背後の道である。一言で言えば霊的自然主義を建立するのである。そうなったらば、それは別様な誇りであろう。別様な完全であろう。別様な強大であろう」そういう立派な事が出来ないで、自然主義をお座敷向きにしようとするリベラル*な流義と、電信体*の悪く気取った文章で、徒《いたず》らに霊的芸術の真似《まね》をしていて、到底思想の貧弱を覆《おお》うことの出来ない流義とが出来ているというのである。

純一はここまで読んで来て、ふいと自分の思想が書物を離れて動き出した。目には文字《もんじ》を見ていて、心には別の事を思っている。

それは自分のきのうの閲歴が体だけの閲歴であって、自分の霊は別に空中の道を歩いていると思ったのが始で、それから本に書いてある事が余所《よそ》になってしまったのである。

あの霊を離れた交《まじわり》を、坂井夫人はいつまで継続しようとするだろうか。きのうも既に心に浮かんだオオド*のように、いつまでも己に附き纏《まと》うのだろうか。それとも夫人は目的を達するまでは、一直線に進んで来たが、既に目的を達した時が初《はじめ》の終《おわり》なのであろうか。借りて帰っているラシイヌの一巻が、今は自分を向うに結び附けている一筋の糸である。あれを返すとき、向うは糸を切るであろうか。それともその一筋を二筋にも三筋にもしはすまいか。手紙をよこしはすまいか。この内へ尋ねて来はすまいか。

こう思うと、なんだかその手紙が待たれるような気がする。その人が待たれるような気がする。あのお雪さんは度々この部屋へ来た。いくら親しくしても、気が置かれて、帰ったあとでほっと息を衝く。あの奥さんは始めて顔を見た時から気が置けない。この部屋へでもずっと這入って来て、どんなにか自然らしく振舞うだろう。何を話そうかと気苦労をするような事はあるまい。話なんぞはしなくても分かっているというような風をするだろう。

純一はここまで考えて、空想の次第に放縦になって来るのに心附いた。そして自分を腑甲斐《ふがい》なく思った。

自分は男子ではないか。経験のない為めに、これまでは受身になっていたにしても、何もいつまでも受身になっている筈《はず》がない。向うがどう思ったって、それにどう応ずるかはこっちに在る。もう向うの自由になっていないと、こっちが決心さえすればそれまでである。借りた本は小包にしてでも返される。手紙が来ても、開けて見なければ好《い》い。尋ねて来たら、きっぱりとことわれば好い。

純一はここまで考えて、それが自分に出来るだろうかと反省して見た。そして躊躇《ちゅうちょ》した。それを極《き》めずに置く処に、一種の快味があるのを感じた。その躊躇している虚に乗ずるように、色々な記憶が現れて来る。しなやかな体の起《た》ちよう据わりよう、意味ありげな顔の表情、懐《なつ》かしい声の調子が思い出される。そしてそれを惜む未錬の情のあることを、我ながら抹殺《まっさつ》してしまうことが出来ないのである。又してもこの部屋であの態度を見たらどうだろうなどと思われる。脱ぎ棄てた吾嬬《あずま》コオト、*その上に置いてあるマッフまでが、*さながら目に見えるようになるのである。

純一はふと気が附いて、自分で自分を嘲《あざけ》って、又Huysmans《ヒュイスマンス》を読み出した。Durtal《ドュルタル》という主人公が文芸家として旅に疲れた人なら、自分はまだ途《みち》に上らない人である。ドュルタルは現世界に愛想《あいそ》をつかして、いっその事カトリック教*に身を投じようかと思っては、幾度《いくたび》かその「空虚に向っての飛躍」を敢てしないで、袋町*から踵《くびす》を旋《めぐ》らして帰るのである。それがなぜ愛想をつかしたかと思うと、実に馬鹿らしい。現世界は奇蹟の多きに堪《た》えない。金なんぞも大いなる奇蹟である。何か為事をしようと思っている人の手には金がない。金のある人は何も出来ない。富人が金を得れば、悪業《あくぎょう》が増長する。貧人が金を得れば堕落の梯《はしご》を降《くだ》って行《ゆ》く。金が集まって資本になると、個人を禍《わざわい》するものが一変して人類を禍するものになる。千万の人はこれがために餓死して、世界はその前に跪《ひざまず》く。これが悪魔の業《わざ》でないなら、不可思議であろう。奇蹟であろう。この奇蹟を信ぜざることを得ないとなれば、三位《さんみ》一体《いったい》のドグマ*も信ぜられない筈がなくなると云うのである。

　純一は顔を蹙《しか》めた。そして作者の厭世《えんせい》主義には多少の同情を寄せながら、そのカトリック教を唯一《ゆいいつ》の退却路にしているのを見て、因襲というものの根ざしの強さを感じた。

　十一時半頃に大村が尋ねて来た。月曜日の午前の最終一時間の講義と、午後の臨床講義とは某教授の受持であるのに、その人が事故があって休むので、今日は遠足でもしようかと思うということである。純一はすぐに同意して云った。

「僕はまだちっとも近郊の様子を知らないのです。天気もひどく好《い》いから、どこへでも御一しょに行きましょう」

「天気はこの頃の事さ。外国人が岡目八目で、*やっぱり冬寒くなる前が一番好《い》いと云っているね」

「そうですかねえ。どっちの方へ行きますか」

「そうさ。僕もまだ極めてはいないのです。とにかく上野から汽車に乗ることにするさ」

「もうすぐ午《ひる》ですね」

「上野で食って出掛けるさ」

純一が袴《はかま》を穿《は》いていると、大村は机の上に置いてある本を手に取って見た。

「大変なものを読んでいるね」

「そうですかね。まだ初めの方を見ているのですが、なんだかひどく厭世的な事が書いてあります」

「そうそう。行《ゆ》き留まりのカトリック教まで行って、半分道だけ引き返して、霊的自然主義*になるという処でしょう」

「ええ。そこまで見たのです。一体先きはどうなるのですか」

こう云いながら、純一は袴を穿いてしまって、鳥打帽を手に持った。大村も立って戸口に行って腰を掛けて、編上沓《あみあげぐつ》*を穿き掛けた。

「まあ、歩きながら話すから待ち給《たま》え」

純一は先きへ下駄を引っ掛けて、植木屋の裏口を覗《のぞ》いて、午食《ひる》をことわって置いて、大村と一しょに歩き出した。大村と並んで歩くと、動《やや》もすればこの巌乗《がんじょう》な大男に圧倒せられるような感じのするのを禁じ得ない。

純一の感じが伝わりでもしたように、大村は一寸《ちょっと》純一の顔を見て云った。

「ゆっくり行こうね」

なんだか譲歩するような、庇護《ひご》するような口調であった。しかし純一は不平には思わなかった。

「さっきの小説の先きはどうなるのですか」と、純一が問うた。

「いや。大変なわけさ。相手に出て来る女主人公は正真正銘の satanisteサタニスト《サタニスト》 * なのだからね。しかしドュルタルは驚いて手を引いてしまうのです。フランスの社会には、道徳も宗教もなくなって、只悪魔主義*だけが存在しているという話になるのです。今まであの作者のものは読まなかったのですか」

「ええ。つい読む機会がなかったのです。あの本も註文《ちゅうもん》して買ったのではないのです。瀬戸が三才社に大分沢山フランスの小説が来ていると云ったので、往って見たとき、ふいと買ったのです」

「瀬戸はフランスは読めないでしょう」

「読めないのです。学校で奨励しているので、会話かなんかを買いに行ったとき、見て来て話したのです」

「そんな事でしょう。まあ、読んで見給え。随分猛烈な事が書いてあるのだ。一体青年の読む本ではないいね」

目で笑って純一の顔を見た。純一は黙って歩いている。

天王寺前の通に出た。天気の好《い》いわりに往来は少い。墓参《はかまいり》に行くかと思われるような女子供の、車に乗ったのに逢った。町屋*の店先に莚蓆《むしろ》*を敷いて、子供が日なたぼこりをして遊んでいる。

動物園*前から、東照宮の一の鳥居の内を横切って、精養軒の裏口から這入《はい》った。帳場の前を横切って食堂に這入ると、丁度客が一人もないので、給仕が二三人煖炉《だんろ》の前で話をしていたが、驚いたような様子をして散ってしまった。その一人のヴェランダ*に近い卓《テエブル》の処まで附いて来たのに、食事を誂《あつら》えた。

酒はと問われて、大村は麦酒《ビイル》、純一はシトロン*を命じた。大村が「寒そうだな」と云った。

「酒も飲めないことはないのですが、構えて飲むという程好きでないのです」

「そんなら勧めたら飲むのですか」

この詞が純一の耳には妙に痛切に響いた。「ええ。どうも僕は passif《パッシイフ》* で行けません」

「誰だってあらゆる方面に actif《アクチイフ》* に agressif《アグレッシイフ》* に遣《や》るわけには行かないよ」

給仕がスウプを持って来た。二人は暫《しばら》く食事をしながら、雑談をしているうちに、何の連絡もなしに、純一が云った。

「男子の貞操という問題はどういうものでしょう」

「そうさ。僕は医学生だが、男子は生理上に、女子よりも貞操が保ちにくく出来ているだけは、事実らしいのだね。しかし保つことが不可能でもなければ、保つのが有害でも無論ないということだ。御相談とあれば、僕は保つ方を賛成するね」

純一は少し顔の赤くなるのを感じた。「僕だって保ちたいと思っているのです。しかし貞操なんというものは、利己的の意義しかないように思うのですが、どうでしょう」

「なぜ」

「つまり自己を愛惜するに過ぎないのではないでしょうか」

大村は何やら一寸考えるらしかったが、こう云った。「そう云えば云われないことはないね。僕の分からないと思ったのは、生活の衝動とか、種族の継続とかいうような意義から考えたからです。その方から見れば、生活の衝動を抑制しているのだから、egoistique《エゴイスチック*》 よりは altruistique《アルトリュスチック*》 の方になるからね。なんだか哲学臭いことを言うようだが、そう見るのが当り前のようだからね」

純一は手に持っていたフォオクを置いて、目をかがやかした。「なる程そうです。どうぞ僕の希望ですから、哲学談をして下さい。僕は国にいた頃からなんでも因襲に囚《とら》われているのはつまらないと、つくづく思ったのです。そして腹の底で、自分の周囲の物を、何もかも否定するようになったのですね。それには小説やなんぞに影響せられた所もあるのでしょう。それから近頃になって、自分の思想を点検して見るようになったのです。いつかあなたと新人の話をしたでしょう。丁度あの頃からなのです。あの時積極的新人ということを言ったのですが、その積極的ということの内容が、どうも僕にははっきりしていなかったのです」

給仕が大村の前にあるフライの皿を引いて、純一の前へ来て顔を覗《のぞ》くようにした。純一は「好《い》いよ」と云って、フォオクを皿の中へ入れて、持って行かせて話し続けた。「そこで折々ひとりで考えて見たのです。そうすると、自分の思想が凡《すべ》て利己的なようなのですね。しかもけちな利己主義で、殆《ほとん》ど独善主義とでも言って好《い》いように思われたのです。僕はこんな事では行けないと思ったのです。或る物を犠牲にしなくては、或る物は得られないと思ったのです。ところが、僕なんぞの今までした事には、犠牲を払うとか、献身的態度に出るとかいうような事が一つもないでしょう。それからというものはあれも利己的だ、これも利己的だと思ったのです。それだもんですから、貞操ということを考えた時も、生活の受用や種族の継続が犠牲になっているという側を考えずに、自己の保存だ、利己的だという側ばかり考えたのです」

大村の顔には、憎らしくない微笑が浮んだ。「そこで自己を犠牲にして、恋愛を得ようと思ったというのですか」

「いいえ。そうではないのです。それは僕だって恋愛というものを期待していないことはないのです。しかし恋愛というものを人生の総《すべ》てだとは思いませんから、恋愛を成就《じょうじゅ》するのが、積極的新人の面目だとも思いません」純一は稍《や》やわざとらしい笑《わらい》をした。「つまり貧乏人の世帯調べのように、自己の徳目を数えて見て、貞操なんということを持ち出したのです」

「なる程。人間のする事は、殊《こと》に善と云われる側の事になると、同じ事をしても、利己の動機でするのもあろうし、利他の動機でするのもあろうし、両方の動機を有しているのもあるでしょう。そこで新人だって積極的なものを求めて、道徳を構成しようとか、宗教を構成しようとかいうことになれば、それはどうせ利己では行けないでしょうよ」

「それではどうしても又因襲のような或る物に縛《ばく》せられるのですね。いつかもその事を言ったら、あなたは縄の当り処が違うと云ったでしょう。あれがどうも好く分らないのですが」

「大変な事を記憶していましたね。僕はまあ、こんな風に思っているのです。因襲というのは、その縛《いましめ》が本能的で、無意識なのです。新人が道徳で縛られるのは、同じ縛《いましめ》でも意識して縛られるのです。因襲に縛られるのが、窃盗をした奴が逃げ廻っていて、とうとう縛られるのなら、新人は大泥坊が堂々と名乗って出て、笑いながら縛《ばく》に就くのですね。どうせ囚われだの縛《いましめ》だのという語《ことば》を使うのだから」

大村が自分で云って置いて、自分が無遠慮に笑うので、純一も一しょになって笑った。暫くしてから純一が云った。

「そうして見ると、その道徳というものは自己が造るものでありながら、利他的であり、social《ソシアル*》であるのですね」

「無論そうさ。自己が造った個人的道徳が公共的になるのを、飛躍だの、復活だのと云うのだね。だから積極的新人が出来れば、社会問題も内部から解決せられるわけでしょう」

二人は暫く詞が絶えた。料理は小鳥の炙《あぶり》ものに萵苣《ちさ*》のサラダが出ていた。それを食ってしまって、ヴェランダへ出て珈琲《コオフイイ》を飲んだ。

勘定を済ませて、快い冬の日を角帽と鳥打帽とに受けて、東京に珍らしい、乾いた空気を呼吸しながら二人は精養軒を出た。

十二

二人は山を横切って、常磐華壇《ときわかだん》*の裏の小さな坂を降りて、停車場《ば》*に這入《はい》った。時候が好《い》いので、近在のものが多く出ると見えて、札売場の前には草鞋《わらじ》*ばきで風炉敷包《ふろしきづつみ》を持った連中が、ぎっしり詰まったようになって立っている。

「どこにしようか」と、大村が云った。

「王子*も僕はまだ行ったことがないのです」と純一が云った。

「王子は余り近過ぎるね。大宮*にしよう」大村はこう云って、二等*待合の方に廻って、一等の札を二枚買った。

時間はまだ二十分程ある。大村が三等客の待つベンチのある処の片隅で、煙草《たばこ》を買っている間に、純一は一等待合に這入って見た。

ここで或る珍らしい光景が純一の目に映じた。

中央に据えてある卓《テエブル》の傍《わき》に、一人の夫人が立っている。年はもう五十を余程越しているが、純一の目には四十位にしか見えない。地味ではあるが、身の廻りは立派にしているように思われた。小さく巻いた束髪に、目立つような髪飾もしていないが、鼠《ねずみ》色《いろ》の毛皮の領巻《えりまき》をして、同じ毛皮のマッフを持っている。そして五六人の男女に取り巻かれているが、その姿勢や態度が目を駭《おどろ》かすのである。

先《ま》ず女王がcercle《セルクル》をしているとしか思われない。留守を頼んで置く老女に用事を言い附ける。随行らしい三十歳ばかりの洋服の男に指図をする。送って来たらしい女*学生風の少女に一人一人訓戒めいた詞《ことば》を掛ける。切口状《きりこうじょう》*めいた詞が、血の色の極淡い脣《くちびる》から凜《りん》として出る。洗錬を極めた文章のような言語に一句の無駄がない。それを語尾一つ曖昧《あいまい》にせずに、はっきり言う。純一は国にいたとき、九州の大演習を見に連れて行《ゆ》かれて、師団長*が将校*集まれの喇叭《ラッパ》*を吹かせて、命令を伝えるのを見たことがある。あの時より外には、こんな口吻《こうふん》で物を言う人を見たことがないのである。

純一は心のうちで、この未知の夫人と坂井夫人とを比較することを禁じ得なかった。どちらも目に立つ女であって、どこか技巧を弄《ろう》しているらしい、しかしそれが殆ど自然に迫っている。外《ほか》の女は下手が舞台に登ったようである。丁度芸術にも日本には或るmaniérisme《マニエリスム》*が行われているように、風俗にもそれがある。本で読んだり、画で見たりする、西洋の女のように自然が勝っていない。そしてその技巧のある夫人の中で、坂井の奥さんが女らしく怜悧《れいり》な方の代表者であるなら、この奥さんは女丈夫《じょじょうふ》とか、賢夫人とか云われる方の代表者であろうと思った。

そこへ、純一はどこへ行ったかと見廻しているような様子で、大村が外から覗いたので、純一はすぐに出て行って、一しょに三等客の待っているベンチの側《そば》の石畳みの上を、あちこち歩きながら云った。

「今一等待合にいた夫人は、当り前の女ではないようでしたが、君は気が附きませんでしたか」

「気が附かなくて。あれは、君、有名な高畠詠子《たかばたけえいこ》*さんだよ」

「そうですか」と云った純一は、心の中《うち》になる程と頷《うなず》いた。東京の女学校長で、あらゆる毀誉褒貶《きよほうへん》*を一身に集めたことのある人である。校長を退《しりぞ》いた理由としても、種々の風説が伝えられた。国にいたとき、田中先生の話に、詠子さんは演説が上手で、或る目的を以て生徒の群に対して演説するとなると、ナポレオン*が士卒を鼓舞するときの雄弁の面影があると云った。悪徳新聞*のあらゆる攻撃を受けていながら、告別の演説でも、全校の生徒を泣かせたそうである。それも一時《いちじ》の感動ばかりではない。級《クラス》ごとに記念品を贈る委員などが出来たとき、殆ど一人《いちにん》もその募りに応ぜなかったものはないということである。とにかく英雄である。絶えず自己の感情を自己の意志の下《もと》に支配している人物であろうと、純一は想像した。

「女丈夫だとは聞いていましたが、一寸見てもあれ程態度の目立つ人だとは思わなかったのです」

「うん。態度の représentative《ルプレザンタチイヴ》*な女だね」

「それに実際えらいのでしょう」

「えらいのですとも。君、オオトリシアン*で、まだ若いのに自殺した学者があったね。Otto《オットオ》 Weininger《ワイニンゲル》*というのだ。僕なんぞはニイチェから後《のち》の書物では、あの人の書いたものに一番ひどく動《うご》かされたと云っても好《い》いが、あれがこう云う議論をしていますね。どの男でも幾分か女の要素を持っているように、どの女でも幾分か男の要素を持っている。個人は皆M＋W*だというのさ。そして女のえらいのはMの比例数が大きいのだそうだ」

「そんなら詠子さんはMを余程沢山持っているのでしょう」と云いながら、純一は自分には大分Wがありそうだと思って、いやな心持がした。

風炉敷包を持った連中は、もうさっきから黒い木札の立ててある改札口に押し掛けている。埒《らち》*が開《あ》くや否《いな》や、押し合ってプラットフォオムへ出る。純一はとかくこんな時には、透くまで待っていようとするのであるが、今日大村が人を押し退《の》けようともせず、人に道を譲りもせずに、群集《ぐんじゅ》を空気扱いにして行《ゆ》くので、その背後に附いて、早く出た。

一等室に這入って見れば、二人が先登《せんとう》であった。そこへ純一が待合室で見た洋服の男が、赤帽*に革包《かばん》を持たせて走って来た。赤帽が縦側の左の腰掛の真ん中へ革包を置いて、荒い格子縞《こうしじま》の駱駝《らくだ》*の膝掛《ひざかけ》を傍《そば》に鋪《し》いた。洋服の男は外へ出た。大村が横側の後《うしろ》に腰掛けたので、純一も並んで腰を掛けた。

続いて町のものらしい婆《ば》あさんと、若い女とが這入って来た。物馴れない純一にも、銀杏返《いちょうがえ》し*に珊瑚珠《さんごじゅ》の根掛《ねがけ》*をした女が芸者だろうということだけは分かった。二人の女は小さい革包を間に置いて腰を掛けたが、すぐに下駄を脱いで革包を挟んで、向き合って、きちんと据わった。二人の白足袋がsymétrique《シメトリック》*に腰掛の縁《へり》にはみ出している。芸者らしい女は平気でこっちを見ている。純一は少し間の悪いような心持がしたので、救《すくい》を求めるように大村を見た。大村は知らぬ顔をして、人の馳《は》せ違うプラットフォオムを見ていた。

乗るだけの客が大抵乗ってしまった頃に、詠子さんが同じ室《しつ》に這入って来た。さっきの洋服の男は、三等にでも乗るのであろう。挨拶《あいさつ》をして走って行った。女学生らしい四五人がずらりと窓の外に立ち並んだ。詠子さんは開《ひら》いていた窓から、年寄の女に何か言った。

発車の笛が鳴った。「御機嫌宜《よろ》しゅう」、「さようなら」なんぞという詞が、愛相《あいそう》の好《よ》い女学生達の口から、囀《さえず》るように出た。詠子さんは窓の内に真っ直に立って、頤《あご》で会釈《えしやく》をしている。女学生の中《うち》の年上で、痩《や》せた顔の表情のひどく活潑《かつぱつ》なのが、汽車の大分遠ざかるまで、ハンケチを振って見送っていた。

詠子さんは静かに膝掛の上に腰を卸して、マッフに両手を入れて、端然としている。

暫《しばら》くは誰も物を言わない。日暮里《にっぽり》*の停車場《ば》を過ぎた頃、始めて物を言い出したのは、黒《くろ》うと*らしい女連《おんなづれ》であった。「往《い》くと思っているでしょうか」と若いのが云うと、「思っていなくってさ」と年を取ったのが云う。思いの外に遠慮深い小声である。しかし静かなこの室では一句も残らずに聞える。それが始終主格のない話ばかりなのである。

大村が黙っているので、純一も遠慮して黙っている。詠子さんはやはり端然としている。

窓の外は同じような田圃道《たんぼみち》ばかりで、おりおりそこに客を載せてゆっくり歩いている人力車なんぞが見える。刈跡から群がって雀《すずめ》が立つ。醜い人物をかいた広告の一つに、鴉《からす》の止まっていたのが、嘴《くちばし》を大きく開《あ》いて啼《な》きながら立つ。

室内は、左の窓から日の差し込んでいる処に、小さい塵《ちり》が跳《おど》っている。黒人《くろうと》らしい女連も黙ってしまう。なぜだか大村が物を言わないので、純一も退屈には思いながら黙っていた。

王子を過ぎるとき、窓から外を見ていた純一が、「ここが王子ですね」と云うと、大村は「この列車は留まらないのだよ」と云ったきり、又黙ってしまった。

赤羽*で駅員が一人這入って来て、卓《テエブル》の上に備えてある煎茶《せんちゃ》の湯に障《さわ》って見て、出て行った。ここでも、蕨《わらび》*や浦和*でも、多少の乗客の出入《でいり》はあったが、純一等のいる沈黙の一等室には人の増減がなかった。詠子さんは始終端然としているのである。

三時過ぎに大宮に着いた。駅員に切符を半分折り取らせて、停車場を出るとき、大村がさも楽々したという調子で云った。

「ああ苦しかった」

「なぜです」

「馬鹿げているけれどね、僕は或る種類の人間には、なるべく自己を観察して貰《もら》いたくないのだ」

「その種類の人間に詠子さんが属しているのですか」

大村は笑った。「まあ、そうだね」

「一体どういう種類なのでしょう」

「そうさね。一寸《ちょっと》説明に窮するね。要するに自己を誤解せられる虞《おそれ》のある人には、自己を観察して貰いたくないとでも云ったら好《い》いのでしょう」純一は目を睜《みは》っている。

「これでは余り抽象的かねえ。所謂《いわゆる》教育界の人物なんぞがそれだね」

「あ。分かりました。つまりhypocrites《イポクリイト》＊だと云うのでしょう」

大村は又笑った。「そりゃあ、あんまり酷だよ。僕だってそれ程教育家を悪く思っていやしないが、人を鋳型《いがた》に搿《は》めて拵《こしら》えようとしているのが癖になっていて、誰をでもその鋳型に搿めて見ようとするからね」

こんな事を話しながら、二人は公園の門を這入った。常磐木＊の間に、葉の黄ばんだ雑木の交っている茂みを見込む、二本柱の門に、大宮公園＊と大字で書いた木札の、稍《やや》古びたのが掛かっているのである。

落葉の散らばっている、幅の広い道に、人の影も見えない。なる程大村の散歩に来そうな処だと、純一は思った。只どこからか微《かす》かに三味線《しゃみせん》の音《ね》がする。純一が云った。

「さっきお話しのワイニンゲルなんぞは女性をどう見ているのですか」

「女性ですか。それは余程振《ふる》っていますよ。なんでも女というものには娼妓《しょうぎ》のチイプ＊と母のチイプとしかないというのです。簡単に云えば、娼と母《ぼ》とでも云いますかね。あの論から推すと、東京《とうけい》＊や無名通信で退治《たいじ》ている役者買＊の奥さん連は、事実である限りは、どんなに身分が高くても、どんな金持を親爺《おやじ》や亭主に持っていても、あれは皆娼妓です。芸者という語を世界の字書に提供した日本に、娼妓の型が発展しているのは、不思議ではないかも知れない。子供を二人しか生まないことにして、そろそろ人口の耗《へ》って来るフランスなんぞは、娼妓の型の優勝を示しているのに外ならない。要するにこの質《たち》の女はantisociale《アンチソシアル》*です。幸《さいわい》な事には、他の一面には母《はは》の型があって、これも永遠に滅びない。母の型の女は、子を欲しがっていて、母として子を可哀《かわい》がるばかりではない。娘の時から犬ころや猫や小鳥をも、母として可哀がる。娵《よめ》に行けば夫をも母として可哀がる。人類の継続の上には、この型の女が勲功を奏している。だから国家が良妻賢母主義で女子を教育するのは尤《もっと》もでしょう。調馬手*が馬を育てるにも、駈足は教えなくても好《い》いようなもので、娼妓の型には別に教育の必要がないだろうから」

「それでは女子が独立していろいろの職業を営んで行くようになる、あの風潮に対してはどう思っているのでしょう」

「あれはM>Wの女と看做《みな》して、それを育てるには、男の這入るあらゆる学校に女の這入るのを拒まないようにすれば好《い》いわけでしょうよ」

「なる程。そこで恋愛はどうなるのです。母の型の女を対象にしては恋愛の満足は出来ないでしょうし、娼妓の型の女を対象にしたら、それは堕落ではないでしょうか」

「そうです。だから恋愛の希望を前途に持っているという君なんぞの為《た》めには、ワイニンゲルの論は残酷を極めているのです。女には恋愛というようなものはない。娼妓の型には色欲がある。母の型には繁殖の欲があるに過ぎない。恋愛の対象というものは、凡《すべ》て男子の構成した幻影だというのです。それがワイニンゲルの為めには非常に真面目《まじめ》な話で、当人が自殺したのも、その辺に根ざしているらしいのです」

「なる程」と云った純一は、暫く詞もなかった。坂井の奥さんが娼妓の型の代表者として、彼れの想像の上に浮ぶ。饜《あ》くことを知らない polype《ポリプ》* の腕に、自分は無意味の餌《え》になって抱《いだ》かれていたような心持がして、堪えられない程不愉快になって来るのである。そしてこう云った。

「そんな事を考えると、厭世《えんせい》的になってしまいますね」

「そうさ。ワイニンゲルなんぞの足跡《そくせき》を踏んで行けば、厭世は免れないね。しかし恋愛なんという概念のうちには人生の酔《えい》を含んでいる。Ivresse《イヴレス》* を含んでいる、鴉片《アヘン》*や Haschisch《アッシシュ》* のようなものだ。鴉片は支那までが表向禁じているが、人類が酒を飲まなくなるかは疑問だね。Dionisos《ジオニソス》* は Apollon《アポルロン》* の制裁を受けたって、滅びてしまうものではあるまい。問題は制裁奈何《いかん》にある。どう縛られるか、どう囚われるかにあると云っても好かろう」

二人は氷川《ひかわ》神社*の拝殿近く来た。右側の茶屋から声を掛けられたので、殆《ほとん》ど反射的に避けて、社《やしろ》の背後の方へ曲がった。

落葉の散らばっている小道の向うに、木立に囲まれた離れのような家が見える。三味線の音はそこからする。四五人のとよめき笑う声と女の歌う声とが交って来る。音締《ねじめ》の悪い三味線の伴奏で、聴くに堪えない卑《いや》しい歌を歌っている。丁度日が少し傾いて来たので、幸に障子が締め切ってあって、この放たれた男女の一群《ひとむれ》と顔を合せずに済んだ。二人は又この離れを避けた。

社の東側の沼の畔《ほとり》に出た。葦簀《よしず》*を立て繞《めぐ》らして、店をしまっている掛茶屋がある。

「好《い》い処ですね」と、覚えず純一が云った。

「好かろう」と、大村は無邪気に得意らしく云って、腰掛けに掛けた。

大村が紙巻煙草に火を附ける間、純一は沼の上を見わたしている。僅《わず》か二三間先きに、枯葦《かれあし》の茂みを抜いて立っている杙《くい》があって、それに鴉が一羽止まっている。こっちを向いて、黒い円い目で見て、紫色の反射のある羽をちょいと動かしたが、又居ずまいを直して逃げずにいる。

大村が突然云った。「まだ何も書いて見ないのですか」

「ええ。蜚《と》ばず鳴かずです」*と、純一は鴉を見ながら答えた。

「好く文学者の成功の事を、大いなる coup《クウ》*をしたと云うが、あれは采《さい》を擲《なげう》つので、つまり芸術を賭博《とばく》に比したのだね。それは流行作者、売れる作者になるにはそういう偶然の結果もあろうが、censure《サンシユウル》*問題は別として、今のように思想を発表する道の開けている時代では、価値のある作が具眼者*に認められずにしまうという虞れは先《ま》ず無いね。だから急ぐには及ばないが、遠慮するにも及ばない。起《た》とうと思えば、いつでも起てるのだからね」

「そうでしょうか」

「僕なんぞはそういう問題では、非常に楽天的に考えていますよ。どんなに手広に新聞雑誌を利用している clique《クリク》*でも、有力な分子はいつの間にか自立してしまうから、党派そのものは脱殻《ぬけがら》になってしまって、自滅せずにはいられないのです。だからそんなものに、縋《すが》ったって頼もしくはないし、そんなものに黙殺せられたって、悪く言われたって阻喪*するには及ばない。無論そんな仲間に這入るなんという必要はないのです」

「しかし相談相手になって貰われる先輩というようなものは欲しいと思うのですが」

「そりゃあっても好《い》いでしょうが、縁のある人が出合うのだから、強いて求めるわけには行かない。紹介状やなんぞで、役に立つ交際が成り立つことは先ず無いからね」

こんな話をしているうちに、三味線や歌が聞え已《や》んだので、純一は時計を見た。

「もう五時を大分過ぎています」

「道理で少し寒くなって来た」と云って、大村が立った。

鴉が一声啼いて森の方へ飛んで行った。その行方を見送れば、いつの間にか鼠色《ねずみいろ》の薄い雲が空を掩《おお》うていた。

二人は暫く落葉の道を歩いて上りの汽車に乗った。

十三

純一が日記は又白い処ばかり多くなった。いつの間にか十二月も半ばを過ぎている。珍らしい晴天続きで、国で噂《うわさ》に聞いたような、東京の寒さをもまだ感じたことがない。植長の庭の菊も切られてしまって、久しく咲いていた山茶花《さざんか》までが散り尽した。もう色のあるものと云っては、常磐樹《ときわぎ》に交って、梅もどきやなんぞのような、赤い実のなっている木が、あちこちに残っているばかりである。

中沢のお雪さんが余り久しく見えないと思いながら、問いもせずにいると、或る日婆《ば》あさんがこんな事を話した。お雪さんに小さい妹がある。それがジフテリイ*になって大学の病院*に這入《はい》った。ジフテリイは血清注射*で直ったが、跡が腎臓炎《じんぞうえん》になって、なかなか退院することが出来ない。お雪さんは稽古《けいこ》に行った帰りに、毎日見舞に行って、遅くなって帰る。休日には朝早くからおもちゃなんぞを買って行って、終日附いているということである。「ほんとにあんな気立ての好《い》い子ってありません」と婆あさんが褒めて話した。

この頃純一は久し振りで一度大石路花を尋ねた。下宿が小石川の富坂《とみざか》*上に変っていた。純一はまだ何一つ纏《まと》まった事を始めずにいるのを恥じて、若《も》し行きなり何をしているかと問われはすまいかと心配して行ったが、そんな事は少しも問わない。寧《むし》ろなんにもしないのが当り前だとでも思っているらしく感ぜられた。丁度這入って行ったとき、机の上に一ぱい原稿紙を散らかして、何か書き掛けていたらしいので「お邪魔なら又参ります」と云うと「搆《かま》わないよ、器械的に書いているのだから、いつでも已《や》めて、いつでも続けられる。重宝な作品だ」と真面目な顔で云った。そしていつもの詞《ことば》少なに応答をする癖とまるで変って、自分の目下の境遇を話して聞せてくれた。それが極端に冷静な調子で、自分はなんの痛癢《つうよう》*をも感ぜずに、第三者の出来事を話しているように聞えるのである。純一は直ぐに、その話が今書き掛けている作品と密接の関係を有しているのだということを悟った。話しながら、事柄の経過の糸筋を整理していらしいのである。話している相手が誰でも構わないらしいのである。

路花の書いている東京新聞は、初め社会の下層を読者にして、平易な事を平易な文で書いていた小新聞《こしんぶん》*に起って、次第に品位を高めたものであった。記者と共に調子は幾度も変った。しかし近年のように、文芸方面に向って真面目に活動したことはなかった。それは所謂自然主義の唯一《ゆいいつ》の機関と云っても好《い》いようになってからの事である。ところが社主*が亡《な》くなって、新聞は遺産として、親から子の手に渡った。これまでの新聞の発展は、社主が意識して遂げさせた発展ではなかった。思想の新しい記者が偶然這入《ふ》る。学生やなんぞのような若い読者が偶然殖える。記事は知らず識《し》らず多数の新しい読者に迎合するようになる。こういう交互の作用がいつか自然主義の機関を成就させたのであった。それを故《もと》の社主は放任していたのである。新聞は新しい社主の手に渡った。少壮政治家の鉄のような腕《かいな》が意識ある意志によって揮《ふる》われた。社中のものの話に聞けば、あの背《せい》の低い、肥満した体を巴里為立《パリイじた》てのフロックコオトに包んで、鋭い目の周囲に横着そうな微笑を湛《たた》えた新社主誉田男爵《ほんだだんしゃく》は、欧羅巴《ヨオロッパ》の某大国の Corps《コオル》* diplomatique《ジプロマチック》*で鍛えて来た社交的伎倆《ぎりょう》を逞《たくまし》ゅうして、或る夜一代の名士を華族会館*の食堂に羅致《らち》*したのである。今後は賛助員の名の下に、社会のあらゆる方面の記事を東京新聞に寄せることになったという、この名士とはどんな人々であったか。帝国大学の総ての分科の第一流の教授連がその過半を占めていたのである。新聞はこれからacadémique《アカデミック》*になるだろう。社会の出来事は、謂《い》わば永遠の形の下《もと》に見た鳥瞰図《ちょうかんず》*になって、新聞を飾るだろう。同じ問題でも、今まで焼芋の皮の燻《くすぶ》る、縁《ふち》の焦げた火鉢の傍《そば》で考えた事が発表せられた代りに、こん度は温室で咲かせた熱帯の花の蔭《かげ》から、雪を硝子《ガラス》越しに見る窓の下で考えた事が発表せられるだろう。それは結構である。そんな新聞もあっても好《い》い。しかし社員の中《うち》で只一人華族会館のシャンパニエ*の杯《さかずき》を嘗《な》めなかった路花はどうしても車の第三輪*になるのである。それなのに「見てい給《たま》え、今に僕なんぞの新聞は華族新聞になるんだ」と、平気な顔をして云っている。

純一は著作の邪魔なぞをしてはならないと思ったので、そこそこに暇乞《いとまごい》をして、富坂上の下宿屋を出た。そして帰り道に考えた。東京新聞が大村の云う小さいクリクを形づくって、不公平な批評をしていたのは、局外から見ても、余り感心出来なかった。しかしとにかく主張があった。特色があった。推し測って見るに、新聞社が路花を推《すい》戴《たい》*したことがあるのではあるまいから、路花の思想が自然に全体の調子を支配する様になって、あの特色は生じたのだろう。そこで社主が代って、あの調子を社会を荼毒《とどく》する*ものだと認めたとしよう。一般の読者を未丁年者*として見る目で、そう認めたのは致し方がない。只驚くのは新聞をアカデミックにしてその弊を除こうとした事である。それでは反動に過ぎない。抑圧だと云っても好《い》い。なぜ思想の自由を或る程度まで許して置いて、そして矯正しようとはしないのだろう。路花の立場から見れば、ここには不平がなくてはならない。この不平は赫《かく》とした赤い怒りになって現れるか、そうでないなら、緑青《ろくしょう》*のような皮肉になって現れねばならない。路花はどんな物を書くだろうか。いやいや。やはりいつもの何物に出逢っても屈折しないラジウム光線*のような文章で、何もかも自己とは交渉のないように書いて、「ああ、わたくしの頭にはなんにもない」なんぞと云うだろう。今の文壇は、愚痴というものの外に、力の反応《はんおう》を見ることの出来ない程に萎弱《いじやく》しているのだが、これなら何等の反感をも起さずに済む筈《はず》だ。純一はこんな事を考えながら指《さす》が谷《や》*の町を歩いて帰った。

十四

十二月は残り少なになった。前月の中頃から、四十日《しじゅうにち》程の間雨が降ったのを記憶しない。純一は散歩もし飽きて、自然に内にいて本を読んでいる日が多くなる。二三日続くと、頭が重く、気分が悪くなって、食機《しょくき》*が振わなくなる。そういう時には、三崎《さんさき》町《ちょう》*の町屋が店をしまって、板戸を卸す頃から、急に思い立って、人気《ひとけ》のない上野の山を、薩摩下駄をがら附かせて歩いたこともある。

或るそういう晩の事であった。両大師*の横を曲がって石燈籠《いしどうろう》の沢山並んでいる処を通って、ふと鶯坂《うぐいすざか》の上に出た。丁度青森線*の上りの終列車が丘の下を通る時であった。死せる都会のはずれに、吉原*の電灯が幻のように、霧の海に漂っている。暫《しばら》く立って眺めているうちに、公園で十一時の鐘が鳴った。巡査が一人根岸から上がって来て、純一を角灯で照して見て、暫く立ち留まって見ていて、お霊屋《たまや》の方へ行った。

純一の視線は根岸の人家の黒い屋根の上を辿《たど》っている。坂の両側の灌木《かんぼく》と、お霊屋の背後の森とに遮《さえぎ》られて、根岸の大部分は見えないのである。

坂井夫人の家はどの辺だろうと、ふと思った。そして温い血の波が湧《わ》き立って、冷たくなっている耳や鼻や、手足の尖《さき》までも漲《みなぎ》り渡るような心持がした。

坂井夫人を尋ねてから、もう二十日ばかりになっている。純一は内に据わっていても、外を歩いていても、おりおり空想がその人の俤《おもかげ》を想《おも》い浮べさせることがある。これまで対象のない係恋《あこがれ》に襲われたことのあるに比べて見れば、この空想の戯《たわむ》れは度数も多く光彩も濃いので、純一はこれまで知らなかった苦痛を感ずるのである。

身の周囲《まわり》を立ち籠《こ》めている霧が、領《えり》や袖《そで》や口から潜《もぐ》り込むかと思うような晩であるのに、純一の肌は燃えている。恐ろしい「盲目なる策励」が理性の光を覆《おお》うて、純一にこんな事を思わせる。これから一走りにあの家へ行って、門のベルを鳴らして見たい。己《おれ》がこの丘の上に立ってこう思っているように、あの奥さんもほの暗い電燈の下の白い courte-pointe《クウルト　ポアント》＊の中で、己を思っているのではあるまいか。

純一は忽《たちま》ち肌の粟立《あわだ》つのを感じた。そしてひどく刹那《せつな》の妄想《もうそう》を慙《は》じた。

馬鹿な。己はどこまでおめでたい人間だろう。芝居で只一度逢《あ》って、只一度尋ねて行っただけの己ではないか。己が幾人かの中の一人に過ぎないということは、殆ど問うことを須《ま》たない。己の方で遠慮をしていれば、向うからは一枚の葉書もよこさない。二十日ばかりの長い間、己は待たない、待ちたくないと思いながら、意志に背いて便《たより》を待っていた。そしてそれが徒《いたず》ら事であったではないか。純一は足元にあった小石を下駄で蹴飛《けと》ばした。石は灌木の間を穿《うが》って崖《がけ》の下へ墜《お》ちた。純一はステッキを揮《ふ》って帰途に就いた。

＊　　＊　　＊

純一が夜上野の山を歩いた翌日は、十二月二十二日であった。朝晴れていた空が、午後は薄曇になっている。読みさした雑誌を置いて、純一は締めた障子を見詰めてぼんやりしている。己はいつかラシイヌを読もうと思っていて、まだ少しも読まないと、ふと思ったのが縁になって、遮り留めようとしている人の俤が意地悪く念頭に浮かんで来る。「いつでも取り換えにいらっしゃいよ。そう申して置きますから、わたくしがいなかったら、ずんずん上がって取り換えていらっしゃって宜《よろ》しゅうございます」と坂井の奥さんは云った。その権利をこちらではまだ一度も用に立てないでいるのである。葉書でも来はすまいかと、待ちたくないと戒めながら、心の底で待っていたが、あれは顚倒《てんどう》した考えであったかも知れない。おとずれはこちらからすべきである。それをせぬ間、向うで控えているのは、あの奥さんのつつましい、frivole《フリヴォル》でないのを証拠立てているのではあるまいか。それともわざと縦《はな》って置いて、却《かえ》って確実に、擒《とりこ》にしようとする手管かも知れない。若しそうなら、その手管がどうやら己の上に功を奏して来そうにも感ぜられる。遠慮深い人でないということは、もう経験していると云っても好《い》い。どうしても器《うつわ》を傾けて飲ませずに、渇したときの一滴に咽《のど》を霑《うるお》させる手段に違いない。純一はこんな事を思っているうちに、空想は次第に放縦になって来るのである。

この時飛石を踏む静かな音がした。

「いらっしって」女の声である。

純一ははっと思った。ちゃんと机の前に据わっているのだから、誰《たれ》に障子を開けられても好《い》いのであるが、思っていた事を気が咎《とが》めて、慌《あわ》てて居住まいを直さなくてはならないように感じた。

「どなたです」と云って、内から障子を開けた。

にっこり笑って立っているのはお雪さんである。きょうは廂髪《ひさしがみ》の末を、三組《みつぐみ》のお下げにしている。長い、たっぷりある髪を編まれるだけ編んで、その尖の処に例のクリイム色のリボンを掛けている。黄いろい縞の銘撰《めいせん》の着物が、いつかじゅう着ていたのと、同じか違うか、純一には鑒別《かんべつ》が出来ない。只羽織が真紫のお召であるので、いつかのとは違っているということが分かった。

「どうぞお掛けなさい。それとも寒いなら、お上がんなさいまし。お妹御さんが悪かったのですってね。もうお直りになったのですか」純一はお雪さんに物を言うとなると、これまで苦しいのを勉《つと》めて言うような感じがしてならなかったのであるが、きょうはなんだかその感じが薄らいだようである。全く無くなってしまいはしないが、薄らいだだけは確かなようである。

「よく御存じね。婆あやがお話ししたのでしょう。腎臓の方はどうせ急には直らないのだということですから、きのう退院して参りましたの。もう十日も前から婆あやにも安《やす》にも逢わないもんですから、わたくしはあなたがどっかへ越しておしまいなさりはしないかと思ってよ」こう云いながら、徐《しず》かに縁側に腰を掛けた。暫く来《こ》なかったので、少し遠慮をするらしく、いつかじゅうよりは行儀が好《い》い。

「なぜそう思ったのです」

「なぜですか」と無意味に云ったが、暫くして「ただそう思ったの」と少しぞんざいに言い足した。

雲の絶間から、傾き掛かった日がさして、四目垣*の向うの檜《ひのき》の影を縁《えん》の上に落していたのが、雲が動いたので消えてしまった。

「わたくしこんな事をしていると、あなた風を引いておしまいなさるわ」細い指をちよいと縁に衝《つ》いて、立ちそうにする。

「這入《はい》ってお締めなさい」

「好くって」返事を待たずに千代田草履を脱ぎ棄てて這入った。

障子はこの似つかわしい二人を狭い一間に押し籠めて、外界との縁を断ってしまった。しかしこういう事はこれが始めではない。今までも度々あって、その度毎《たびごと》に純一は胸を躍らせたのである。

「画《え》があるでしょう。ちょいと拝見」

純一と並んで据わって、机の上にあった西洋雑誌をひっくり返して見ている。

お召の羽織の裾《すそ》がしっとりした jet《ジエ》 de《ド》 la《ラ》 draperie《ドラプリイ》*をなして、純一が素早く出して薦めた座布団の上に委積《たたな》わって*、その上へたっぷり一握《ひとつか》みある濃い褐色のお下げが重げに垂れている。

頬から、腮《あご》から、耳の下を頸《くび》に掛けて、障《さわ》ったら、指に軽い抗抵をなして窪《くぼ》みそうな、鴇色《ときいろ》*の肌の見えているのと、ペエジを翻《かえ》す手の一つ一つの指の節に、抉《えぐ》ったような窪みの附いているのとの上を、純一の不安な目は往反《おうへん》している。

風景画なんぞは、どんなに美しい色を出して製版してあっても、お雪さんの注意を惹《ひ》かない。人物に対してでなくては興味を有せないのである。風景画の中の小さい点景人物を指して、「これはどうしているのでしょう」などと問う。そんな風で純一は画解きをさせられている。

袖と袖と相触れる。何やらの化粧品の香《か》に交って、健康な女の皮膚の匂《におい》がする。どの画かを見て突然「まあ、綺麗《きれい》だこと」と云って、仰山に体をゆすった拍子に、腰のあたりが衝突して、純一は鈍い、弾力のある抵抗を感じた。

それを感ずるや否《いな》や、純一は無意識に、殆《ほとん》ど反射的に坐《ざ》を起《た》って、大分遠くへ押し遣《や》られていた火鉢の傍《そば》へ行って、火箸《ひばし》を手に取って、「あ、火が消えそうになった、少しおこしましょうね」と云った。

「わたくしそんなに寒かないわ」極めて穏かな調子である。なぜ純一が坐を移したか、少しも感ぜないと見える。

「こんなに大きな帽子があるでしょうか」と云うのを、火をいじりながら覗《のぞ》いて見れば、雑誌のしまいの方にある婦人服の広告であった。

「そんなのが流行《はやり》だそうです。こっちへ来ている女にも、もうだいぶ大きいのを被《かぶ》ったのがありますよ」

お雪さんは雑誌を見てしまった。そして両手で頬杖《ほおづえ》を衝いて、無遠慮に純一の顔を見ながら云った。

「わたくしあなたにお目に掛かったら、いろんな事をお話ししなくてはならないと思ったのですが、どうしたんでしょう、みんな忘れてしまってよ」

「病院のお話でしょう」

「ええ。それもあってよ」病院の話が始まった。お医者は一週間も二週間も先きの事を言っているのに、妹は這入った日から、毎日内へ帰ることばかし云っているのである。一日毎に新しく望《のぞみ》を属《ぞく》して、＊一日毎にその望が空《むな》しくなるのである。それが可哀《かわい》そうでならなかったと、お雪さんはさも深く感じたらしく話した。それから見舞に行って帰りそうにすると泣くので、とうとう寐入《ねい》るまでいたことやら、妹がなぜ直ぐに馴染んだかと不思議に思った看護婦が、やはり長く附き合って見たら、一番好《い》い人であったことやら、なんとか云う太ったお医者が廻診の時にお雪さんが居合わすと、きっと頬っぺたを衝っ衝いたことやら、純一はいろいろな事を聞せられた。

話を聞きながら、純一はお雪さんの顔を見ている。譬《たと》えば微《かす》かな風が径尺*の水盤*の上を渡るように、この愛くるしい顔には、絶間なく小さい表情の波が立っている。お雪さんの遊びに来たことは、これまで何度だか知らないが、純一はいつもこの娘の顔を見るよりは、却ってこの娘に顔を見られていた。それがきょう始て向うの顔をつくづく見ているのである。

そして純一はこう云うことに気が附いた。お雪さんは自分を見られることを意識しているということに気が附いた。それは当り前の事であるのに、純一の為《た》めには、そう思った刹那に、大いなる発見をしたように感ぜられたのである。なぜかというに、この娘が人の見るに任す心持は、同時に人の為《な》すに任す心持だと思ったからである。人の為すに任すと云っては、まだ十分でない、人の為すを待つ、人の為すを促すと云っても好さそうである。しかし我一歩を進めたら、彼一歩を迎えるだろうか。それとも一歩を退《しりぞ》くだろうか。それとも守勢《しゅせい》を取って踏み応《こた》えるであろうか。それは我には分からない。又多分彼にも分からないのであろう。とにかく彼には強い智識《ちしき》欲がある。それが彼をして待つような促すような態度に出《い》でしむるのである。

純一はこう思うと同時に、この娘を或る破砕し易《やす》い物、こわれ物、危殆《きたい》*なる物として、これに保護を加えなくてはならないように感じた。今の自分の位置にいるものが自分でなかったら、お雪さんの危《あやう》いことは実に甚だしいと思ったのである。そしてお雪さんがこの間《ま》に這入った時から、自分の身の内に漂っていた、不安なような、衝動的なような感じが、払い尽されたように消え失《う》せてしまった。

火鉢の灰を掻《か》きならしている純一が、こんな風に頓《とみ》に感じた冷却は、不思議にもお雪さんに通じた。夢の中でする事が、抑制を受けない為めに、自在を得ているようなものである。そして素直な娘の事であるから、残惜しいという感じに継いで、すぐに諦《あきら》めの感じが起る。

「またこん度遊びに来ましょうね」何か悪い事でもしたのをあやまるように云って、坐を立った。

「ええ。お出《いで》なさいよ」純一は償《つぐの》わずに置く負債があるような心持をして、常よりは優しい声で云って、重たげに揺らぐお下げの後姿を見送っていた。

この日の夕方であった。純一は忙《いそがわ》しげに支度をして初音町の家を出た。出る前にはなぜだか暫く鏡を見ていた。そして出る時手にラシイヌの文集を持っていた。

十五

純一が日記の断片

恥辱を語るペエジを日記に添えたくはない。しかし事実はどうもすることが出来ない。

己は部屋を出るとき、ラシイヌの一巻を手に取りながら、こんな事を思った。読もうと思う本を持って散歩に出ることは、これまでも度々あった。今日はラシイヌを持って出る。この本が外の本と違うのは、あの坂井夫人の所へ行くことの出来るpossibilité《ポッシビリテエ》*を己に与えるというだけの事である。行《ゆ》くと行かぬとの自由はまだ保留してあると思った。

こんな考えは自《みずか》ら欺《あざむ》くに近い。実は余程前から或る希求に伴う不安の念が、次第に強くなって来た。己は極力それを卻《しりぞ》けようとした。しかし卻けても又来る。敵と対陣して小ぜりあいの絶えないようなものである。

大村はこの希求を抑制するのが、健康を害するものではないと云った。害せないかも知れぬが、己は殆どその煩《わずら》わしさに堪えなくなった。そしてある時は、こんなうるさい生活は人間のdignité《ジグニテエ》*を傷《きず》つけるものだとさえ思った。

大村は神経質*の遺伝のあるものには、この抑制が出来なくて、それを無理に抑制すると病気になると云った。己はそれを思い出して、我《わが》神経系にそんな遺伝があるのかとさえ思った。しかしそんな筈《はず》はない。己の両親は健康であったのが、流行病で一時に死んだのである。

己の自制力の一角を破壊したものは、久し振に尋ねて来たお雪さんである。お雪さんと並んで据わっていたとき、自然が己に投げ掛けようとした弶《わな》の、頭の上近く閃《ひらめ》くのが見えた。

お雪さんもあの弶を見たには違いない。しかしそれを遁《のが》れようとしたのは、己の方であった。

そして己は自分のそれを遁れようとするのを智なりとして、お雪さんを見下《みく》だしていた。

その時己は我自制力を讃美《さんび》していて、丁度それと同時に我自制力の一角が破壊せられるのに心附かずにいた。一たび繫《つな》がれては断ち難い、堅靱《けんじん》なる索《なわ》を避けながら、己は縛せられても解き易い、脆弱《ぜいじゃく》なる索に対する、戒心を弛《し》廃《はい》*させた。

無智なる、可憐《かれん》なるお雪さんは、この破壊この弛廃を敢《あえ》てして自ら暁《さと》らないのである。

もしお雪さんが来なかったら、己は部屋を出るとき、ラシイヌを持って出なかっただろう。

己はラシイヌを手に持って、当てもなく上野の山をあちこち歩き廻っているうちに、不安の念が次第に増長して来て、脈搏《みゃくはく》の急になるのを感じた。丁度酒の酔《えい》が循《めぐ》って来るようであった。

公園の入口まで来て、何となく物騒がしい広小路の夕暮を見渡していたとき、己は熱を病んでいるように、気が遠くなって、脚が体の重りに堪えないようになった。

何を思うともなしに引き返して、弁天*へ降りる石段の上まで来て、又立ち留まった。ベンチの明いているのが一つあるので、それに腰を掛けて、ラシイヌを翻《ひるがえ》して見たが、もうだいぶ昏《くら》くて読めない。無意味に引っ繰り返して、題号なんぞの大きい活字を拾って、Phèdre《フエエドル》*なんという題号を見て、ぼんやり考え込んでいた。

ふいと気が附いて見ると、石段の傍にある街燈に火が附いていた。形が妙に大きくて、不愉快な黄色に見える街燈であった。まさかあんな色の色硝子《いろガラス》でもあるまい。こん度通る時好く見ようと思う。

人間の心理状態は可笑《おか》しなものである。己はあの明りを見て、根岸へ行こうと決心した。そして明りの附いたのと決心との間に、密接の関係でもあるように感じた。人間は遅疑しながら何かするときは、その行為の動機を有り合せの物に帰するものと見える。

根岸へ向いて歩き出してからは、己はぐんぐん歩いた。歩度は次第に急になった。そして見覚えのある生垣や門が見えるようになってからも、先方の思わくに気兼をして、歩度を緩めるような事はなかった。あの奥さんがどう迎えてくれるかとは思ったが、その迎えかたにこっちが困るような事があろうとは思わなかったのである。

門には表札の上の処に小さい電燈が附いていて、潜《くぐ》りの戸*が押せば開《あ》くようになっていた。それを這入って、門口《かどぐち》のベルを押したときは、さすがに胸が跳《おど》った。それは奥さんに気兼をする感じではなくて、シチュアシヨン*の感じであった。

いつか見た小間使の外にどんな奉公人がいるか知らないが、もう日が暮れているのだから、知らない顔のものが出て来はしないかと思った。しかしベルが鳴ると、直ぐにあの小間使が出た。奥さんがしづえと呼んでいたっけ。代々の小間使の名かも知れない。おおかた表玄関のお客には、外の女中は出ないのだろう。

ベルが鳴ってから電気を附けたと見えて、玄関の腋《わき》の櫺子《れんじ》*の硝子にぱっと明りが映ったのであった。

己の顔を見て「おや」と云って、「一寸《ちょっと》申し上げて参ります」と、急いで引き返して行った。黙って上がっても好《い》いと云われたことはあるが、そうも出来ない。奥へ行ったかと思うと、直ぐに出て来て、「洋室は煖炉《ストオブ》が焚《た》いてございませんから、こちらへ」と云って、赤い緒の上草履を揃《そろ》えて出した。

廊下を二つ三つ曲がった。曲がり角に電気が附いているきりで、どの部屋も真暗で、しんとしている。

しずえの軽い足音と己の重い足音とが反響をした。短い間ではあったが、夢を見ているような物語めいた感じがした。

突き当りに牡丹《ぼたん》に孔雀《くじやく》をかいた、塗縁《ぬりぶち》*の杉戸がある。上草履を脱いで這入って見ると内外《うちそと》が障子で、内の障子から明りがさしている。国の内に昔お代官の泊った座敷というのがあって、あれがあんな風に出来ていた。なんというものだか知らない。仮りに書院造り*の colonnade《コロンナアド》* と名づけて置く。恒《こう》先生はだいぶお大名染《だいみようじ》みた事が好きであったと思う。

しずえが腰を屈《かが》めて、内の障子を一枚開けた。この間《ま》には微かな電燈が只一つ附けてあった。何も掛けてない、大きい衣《い》桁《こう》*が一つ置いてあるのが目に留まった。しずえは向うの唐紙*の際《きわ》へ行って、こん度は膝《ひざ》を衝《つ》いて、「いらっしゃいました」と云って、少し間を置いて唐紙を開けた。

己はとうとう奥さんに逢《あ》った。この第三の会見は、己が幾度か実現させまいと思って、未来へ押し遣るようにしていたのであったが、とうとう実現させてしまったのである。しかも自分が主動者になって。

「どうぞお這《は》入《い》り下さいまし、大変お久し振でございますね」と奥さんは云って、退紅色*の粗い形《かた》の布団を掛けた置炬燵《おきごたつ》を脇《わき》へ押し遣って、桐《きり》の円火鉢の火を掻き起して、座敷の真ん中に鋪《し》いてある、お嬢様の据わりそうな、紫縮緬《むらさきちりめん》の座布団の前に出した。炬燵の傍《かたわら》には天外《てんがい》の長者星*が開けて伏せてあった。

己は奥さんの態度に意外な真面目《まじめ》と意外な落着きとを感じた。只例の謎《なぞ》の目のうちに、微かな笑《えみ》の影がほのめいているだけであった。奥さんがどんな態度で己に対するだろうという、はっきりした想像を画《えが》くことは、己には出来なかった。しかし目前の態度が意外だということだけは直ぐに感ぜられた。そして一種の物足らぬような情と、萌芽《ほうが》のような反抗心とが、己の意識の底に起った。己が奥さんを「敵」として視る最初は、この瞬間であったかと思う。

奥さんは人に逢うのを予期してでもいたかと思われるように、束髪の髪の毛一筋乱れていなかった。こん度は己も奥さんの着物をはっきり記憶している。羽織はついぞ見たことのない、黄の勝った緑いろの縮緬であった。綿入はお召縮緬だろう。明るい褐色に、細かい黒い格子があった。帯は銀色に鈍く光る、粗い唐草のような摸様《もよう》*であった。薄桃色の帯揚げが、*際立って艶《えん》に若々しく見えた。

己は良心の軽い呵責《かしやく》を受けながら、とうとう読んで見ずにしまったラシイヌの一巻を返した。奥さんは見遣りもせず手にも取らずに、「お帰りの時、どれでも外のをお持ちなさいまし」と云った。

前からあったのと同じ桐の火鉢が出る。茶が出る。菓子が出る。しづえは静かに這入って静かに立って行《ゆ》く。一間のうちはしんとしていて、話が絶えると、衝く息の音が聞える程である。二重に鎖《とざ》された戸の外には風の音もしないので、汽車が汽笛を鳴らして過ぎる時だけ、実世間の消息が通うように思われるのである。

奥さんは己の返した一つの火鉢を顧みないで、指の尖《さき》の驚くべく細い、透き徹るような左の手を、退紅色摸様の炬燵布団の上に載せて、稍《やや》神経質らしく指を拡《ひろ》げたりすぼめたりしながら、目を大きく瞬《みは》って己の顔をじっと見て、「お烟草《たばこ》を上がりませんの」だの、「この頃あなた何をしていらっしって」だのというような、無意味な問を発する。己も勉《つと》めて無意味な返事をする。己は何か言いながら、覚えず奥さんの顔とお雪さんの顔とを較《くら》べて見た。

まあ、なんという違いようだろう。お雪さんの、血の急流が毛細管の中を奔《はし》っているような、ふっくりしてすべっこくない顔には、刹那《せつな》も表情の変化の絶える隙《ひま》がない。埒《らち》もない対話をしているのに、一一《いちいち》の詞《ことば》に応じて、一一の表情筋の顫動《せんどう》が現れる。Naif《ナイフ》*な小曲に sensible《サンシイブル》*な伴奏がある。

それに較べて見ると、青み掛かって白い、希臘《ギリシヤ》風に正しいとでも云いたいような奥さんの顔は、殆《ほとん》ど masque《マスク》*である。仮面である。表情の影を強いて尋ねる触角は尋ねて、いつでも大きい濃い褐色の瞳《ひとみ》に達してそこに止まる。この奥にばかり何物かがある。これがあるので、奥さんの顔には今にも雷雨が来《こ》ようかという夏の空の、電気に飽いた重くるしさがある。鷲鳥や猛獣の物をねらう目だと云いたいが、そんなに獰猛なのではない。Nymphe《ニンフ》*というものが熱帯の海にいたら、こんな目をしているだろうか。これがなかったら奥さんの顔を mine de mort《ミイヌ　ド　モオル》*と云っても好かろう。美しい死人の顔色と云っても好かろう。

そういう感じをいよいよ強めるのは、この目にだけある唯一《ゆいいつ》の表情が談話と合一しない事である。口は口の詞を語って、目は目の詞を語る。謎の目を一層謎ならしめて、その持主を Sphinx《スフアンクス》*にする処はここにある。

或る神学者がdogma《ドグマ》＊は詞だと云うと、或る他の神学者が詞は詞だが、「強いられたる」詞だと云ったと聞いたが、奥さんの目の謎に己の与えた解釈も強いられたる解釈である。

己がこの日記を今の形のままでか、又はその形を改めてか、世に公《おおやけ》にする時が来るだろうか。それはまだ解釈せられない疑問である。仮に他日これを読む人があるとして、己はここでその読む人に言う。「読者よ。僕は君に或る不可思議な告白をせねばならない。そしてその告白の端緒はこれから開ける」

奥さんの目の謎は伝染する。その謎の詞に己の目も応答しなくてはならなくなる。

夜の静けさと闇とに飽いている上野の森を背に負うた、根岸の家の一間で、電燈は軟《やわらか》い明りを湛《たた》え、火鉢の火が被《かぶ》った白い灰の下から、羅《うすぎぬ》＊を漏る肌の光のように、優しい温《あたた》まりを送る時、奥さんと己とは、汽車の座席やホテルの食卓を偶然共にした旅人と旅人とが語り交すような対話をしている。万人に公開しても好《い》いような対話である。初度の会見の折の出来事を閲《けみ》して来た己が、決して予期していなかった対話である。

それと同時に奥さんはその口にする詞の一語一語を目の詞で打消して、「あなたとわたくしとの間では、そんな事はどうでも好うございまさあねえ」とでもいうように、ironiquement《イロニックマン》＊に打消して全く別様な話をしている。Une《ユヌ》 persuasion《ペルシユアジョン》 puissante《ピユイッサント》 et《エエ》

chaleuse《シャリヨナリヨオズ*》である。そして己の目は無慙《むざん》に、抗抵なくこの話に引き入れられて、同じ詞を語る。

席と席とは二三尺を隔てて、己の手を翳《かざ》しているのと、奥さんに閑却せられているのと、二つの火鉢が中に置いてある。そして目は吸引し、霊は回抱する。一団の火焔《かえん》が二人を裹《つつ》んでしまう。

己はこういう時間の非常に長いのを感じた。その時間は苦痛の時間である。そして或る瞬間に、今あからさまに覚える苦痛を、この奥さんを知ってからは、意識の下で絶間なく、微《かすか》に覚えているのであったという発見が、稲妻のように、地獄の焔《ほのお》と烟《けむり》に巻かれている、己の意識を掠《かす》めて過ぎた。

この間《あいだ》に苦痛は次第に奥さんを敵として見させるようになった。時間が延びて行《ゆ》くに連れて、この感じが段々長じて来た。若《も》し己が強烈な意志を持っていたならば、この時席を蹴《け》て起《た》って帰っただろう。そして奥さんの白い滑かな頬を批《う》たずに帰ったのを遺憾としただろう。

突然なんの著明な動機もなく、なんの過渡《かと》もなしに。（この下日記の紙一枚引き裂きあり）

その時己は奥さんの目の中《うち》の微笑が、凱歌《がいか》を奏するような笑《わらい》に変じているのを見た。

そして一たび断《た》えた無意味な、余所々々《よそよそ》しい対話が又続けられた。奥さんを敵とする己の感じは愈々《いよいよ》強まった。奥さんは云った。

「わたくし二十七日に立って、箱根の福住《ふくずみ》*へ参りますの。一人で参っておりますから、お暇ならいらっしゃいましな」

「さようですね。僕は少し遣って見ようかと思っている為事《しごと》がありますから、どうなりますか分りません。もう大変遅くなりました」

「でもお暇がございましたらね」

奥さんが、傍に這っている、絹糸を巻いた導線の尖の控鈕《ぼたん》を押すと、遠くにベルの鳴る音がした。廊下の足音が暫《しばら》くの間はっきり聞えていてから、次の間まで来たしづえの御用を伺う声がした。呼ばなければ来ないように訓練してあるのだなと、己は思った。

しづえは己を書棚のある洋室へ案内するのである。己は迂闊《うかつ》にも、借りている一巻を返すことに就いてはいろいろ考えていたが、跡を借《かり》るということに就いてはちっとも考えていなかった。己は思案する暇《ひま》もなく、口実の書物を取り換えに座を起った。打勝たれた人の腑甲斐《ふがい》ない感じが、己の胸を刺した。

先きに立って這入って、電燈を点じてくれたしづえと一しょに、己は洋室にいたとき、意識の海がまだ波立っていた為めか、お雪さんと一しょにいるより、一層強い窘《きん》迫《ぱく》と興奮とを感じた。しかしこの娘はフランスの小説や脚本にある部屋附きの女中とは違って、おとなしく、つつましやかに、入口《いりくち》の傍に立ち留まって、両手の指を緋鹿《ひが》子《こ》*の帯上げの上の処で、からみ合わせていた。こういう時に恐るべき微笑もせずに、極めて真面目に。

己は選びもせずに、ラシイヌの外《ほか》の一巻を抽《ぬ》き出して、持て来た一巻を代りに入れて置いて、しづえと一しょに洋室を出た。

己を悩ました質《しち》*の、ラシイヌの一巻は依然として己の手の中《うち》に残ったのである。そして又己を悩まさなくては済まないだろう。

奥さんの部屋へ、暇乞《いとまご》いに覗《のぞ》くと、奥さんは起って送りに出た。上草履を直したしづえは、廊下の曲り角で姿の見えなくなる程距離を置いて、跡から附いて来た。

「お暇があったら箱根へいらっしゃいましね」と、静かな緩い語気で、奥さんは玄関に立っていて繰り返した。

「ええ」と云って、己は奥さんの姿に最後の一瞥《いちべつ》を送った。

髪の毛一筋も乱れていない。着物の襟をきちんと正して立っている、しなやかな姿が、又端なく己の反感を促した。敵は己を箱根へ誘致せずには置かないかなと、己は心に思いながら右の手に持っていた帽を被って出た。

空は青く晴れて、低い処を濃い霧の立ち籠《こ》めている根岸の小道を歩きながら、己は坂井夫人の人と為《な》りを思った。その時己の記憶の表面へ、力強く他の写象*を排して浮き出して来たのは、ベルジック文壇の耆宿《きしゆく》*Lemonnier《ルモンニエエ》*の書いたAude《オオド》が事であった。あの読んだ時に、女というものの一面を余りに誇張して書いたらしく感じたオオドのような女も、坂井夫人が有る以上は、決して無いとは云われない。

恥辱のペエジはここに尽きる。

己は拙《まず》い小説のような日記を書いた。

十六

十二月二十五日になった。大抵腹を立てるような事はあるまいと、純一の推測していた瀬戸が、一昨日《おとつい》谷中の借家へにこにこして来て、今夜亀清楼《かめせいろう》*である同県人の忘年会に出ろと勧めたのである。純一は旧主人*の高縄《たかなわ》*の邸《やしき》へ名刺だけは出して置いたが、余り同県人の交際を求めようとはしないでいるので、最初断ろうとした。しかし瀬戸が勧めて已《や》まない。会に出る人のうちに、いろいろな階級、いろいろな職業の人があるのだから、何か書こうとしている純一が為《た》めには、面白い観察をすることが出来るに違いないと云うのである。純一も別に明日《あす》何をしようという用事が極《き》まってもいなかったので、とうとう会釈《えしやく》負けをしてしまった。

丁度瀬戸のいるところへ、植長の上《かみ》さんのお安《やす》というのが、亭主の誕生日なので拵《こしら》えたと云って赤飯を重箱に入れて、煮染《にしめ》を添えて持って来た。何も馳走がなかったのに、丁度好《い》いというので、純一は茶碗《ちやわん》や皿を持て来て貰《もら》うことにして、瀬戸に出すと、上さんは茶を入れてくれた。黒繻子《くろじゆす》*の領《えり》の掛かったねんねこ絆纏《ばんてん》*を着て、頭を櫛巻《くしまき》*にした安の姿を、瀬戸は無遠慮に眺めて、「こんなお上さんの世話を焼いてくれる内があるなら、僕なんぞも借りたいものだ」と云った。「田舎者で一向届きませんが、母がまめに働くので、小泉さんのお世話は好くいたします」と謙遜《けんそん》する。「なに、届かないものか。紺足袋を穿《は》いている処を見ても、稼人《かせぎにん》だということは分かる」と云う。

「わたくし共の田舎では、女でも皆紺足袋を穿きます」と説明する。その田舎というのが不思議だ。お上さんのような、意気な女が田舎者である筈《はず》がないと云う。とうとう安が故郷は銚子《ちようし》*だと打明けた。段々聞いて見ると、瀬戸が写生旅行に行ったとき、安の里の町内に泊ったことがあったそうだ。いろいろ銚子の話をして、安が帰った跡で、瀬戸が狡猾《こうかつ》らしい顔をして、「明日柳橋＊へ行ったって、僕の材料はないが、君の所には惜しい材料がある」と云った。どういうわけかと問うと、芸者なんぞは、お白いや頬紅の effet《エフエエ》＊を研究するには好《い》いかも知れないが、君の家主《いえぬし》のお上さんのような生地《きじ》の女はあの仲間にはないと云った。それから芸者に美人があるとか無いとかいう議論になった。その議論の結果は芸者に美人がないではないが、皆拵えたような表情をしていて、芸者という type《チイプ》を研究する粉本《ふんぽん》＊にはなっても、女という自然をあの中に見出《みいだ》すことは出来ないということになった。この「女という自然」は慥《たしか》に安に於いて見出すことが出来ると瀬戸に注意せられて、純一も首肯せざるを得なかった。話し草臥《くたび》れて瀬戸が帰った。純一は一人になってこんな事を思った。一体己には esprit《エスプリイ》 non《ノン》 préocupé《プレオキュペエ》＊が闕《か》けている。安という女が瀬戸の frivole《フリヴォル》な目で発見せられるまで、己の目には唯《ただ》家主の娵《よめ》というものが写っていた。人妻が写っていた。それであの義務心の強そうな、好んで何物をも犠牲にするような性格や、その性格を現わしている、忠実な、甲斐甲斐しい一般現象に対しては同情を有していたが、どんな顔をしているということにさえも、ろくろく気が附かなかった。瀬戸に注意せられてから、あの顔を好く思い浮べて見ると、田舎生れの小間使上がりで、植木屋の女房になっている、あの安がどこかに美人の骨相を持っている。色艶《いろつや》は悪い。身綺麗《みぎれい》にはしていても髪容《かみかたち》に搆《かま》わない。それなのにあの円顔の目と口とには、複製図で見たMonna Lisa《モンナリイザ》＊の媚《こび》がある。芸者やなんぞの拵えた表情でない表情を、安は有しているに違いない。思って見れば、抽象的な議論程容易なものは無い。瀬戸でさえあんな議論をするが、明治時代の民間の女と明治時代の芸者とを、簡単な、しかも典型的な表情や姿勢で、現わしている画《え》は少いようだ。明治時代はまだ一人のConstantin Guys《コンスタンタンギス》＊を生まないのである。自分も因襲の束縛を受けない目だけをでも持ちたいものだ。今のような事では、芸術家として世に立つ資格がないと、純一は反省した。五時頃に瀬戸が誘いに来た。

「きょうはお安さんがはんべっていないじゃないか」と、厭《いや》な笑顔をして云う。

「めったに来やしない」

純一は生帳面《きちょうめん》な、気の利《き》かない返事をしながら、若し瀬戸の来た時に、お雪さんでもいたら、どんなに冷かされるか、知れたものではないと、気味悪く思った。中沢の奥さんが箪笥《たんす》を買って遣《や》って、内から嫁入をさせたとき、奥さんに美しく化粧をして貰って、別な人のようになって出て来て、いつも友達のようにしていたのが、叮嚀《ていねい》に手を衝《つ》いて暇乞をすると、暫《しばら》く見ていたお雪さんが、おいおい泣き出して皆を困らせたという話や、それから中沢家で、安の事を今でもお娵の安と云っているという話が記憶に浮き出して来た。

支度をして待っていた純一は、瀬戸と一しょに出て、上野公園の冬木立の間を抜けて、広小路で電車に乗った。

須田町で九段両国の電車に乗り換えると、不格好な外套《がいとう》を被《き》て、この頃見馴れない山高帽*を被《かぶ》った、酒飲みらしい老人の、腰を掛けている前へ行って、瀬戸がお辞儀をして、「これからお出掛ですか、わたくしも参るところで」と云っている。

瀬戸は純一を直ぐにその老人に紹介した。老人はY県出身の漢学者で、高山先生という人であった。美術学校では、岡倉時代*からいろいろな学者に、科外講義に出て貰って、講義録を出版している。高山先生もその講義に来たとき、同県人の生徒だというので、瀬戸は近附きになったのである。

高山先生は宮内省《くないしょう》に勤めている。漢学者で仏典も精《くわ》しい。鄧完白《とうかんぱく》*風の篆書《てんしょ》*を書く。漢文が出来て、Y県人の碑銘を多く撰《えら》んでいる。純一も名は聞いていたのである。

暫くして電車が透いたので、純一は瀬戸と並んで腰を掛けた。

瀬戸は純一に小声で云った。「あの先生はあれでなかなか剽軽《ひょうきん》な先生だよ。漢学はしていても、通人*なのだからね」

純一は先生が幅広な、夷三郎《えびすさぶろう》*めいた顔をして、女にふざける有様を想像して笑いたくなるのを我慢して、澄ました顔をしていた。

両国の橋手前《はしでまえ》で電車を下りて、左へ曲って、柳橋を渡って、高山先生の跡に附いて亀清《かめせい》*に這入《はい》った。

先生がのろのろ上がって行くと、女中が手を銜いて、「曽根さんでいらっしゃいますか」と云った。

「うん」と云って、女中に引かれて梯子《はしご》を登る先生の跡を、瀬戸が附いて行くので、純一も跡から行った。曽根というのは、書肆《しょし》博聞社*の記者兼番頭さんをしている男で、忘年会の幹事だと、瀬戸が教えてくれた。この男の名も、純一は雑誌で見て知っていた。

登って取っ附きの座敷が待合になっていて、もう大勢の人が集まっていた。

外はまだ明るいのに、座敷には電燈が附いている。一方の障子に嵌《は》めた硝子《ガラス》越しに、隅田川が見える。斜に見える両国橋*の上を電車が通っている。純一は這入ると直ぐ、座布団の明いているのを見附けて据わって、鼠掛《ねずみが》かった乳色の夕べの空気を透かして、ぽつぽつ火の附き始める向河岸《むこうがし》を眺めている。

一番盛んに見える、この座敷の一群は、真中に据えた棋盤《ごばん》*の周囲に形づくられている。当局者*というと、当世では少々恐ろしいものに聞えるが、ここで局*に当っている老人と若者とは、どちらも極《きわめ》てのん気な容貌《ようぼう》をしている。純一は象棋《しょうぎ》も差さず棋《ご》も打たないので、棋を打っている人を見ると、単に時間を打ち殺す人としか思わない。そう云えばと云って、何も時間が或る事件に利用せられなくてはならないと云う程の窮屈な utilitaire《ユチリテエル*》になっているのでもないが、象棋や domino《ドミノ*》のように、短時間に勝負の付くものと違って、この棋というものが社交的遊戯になっている間は、危険なる思想が蔓延《まんえん》するなどという虞《おそれ》はあるまいと、若い癖に生利《なまぎき》な皮肉を考えている。それも打っている人はまだ好《い》い。それを幾重《いくえ》にも取り巻いて見物して居る連中に至っては、実に気が知れない。

この群《むれ》の隣に小さい群が出来ていて、その中心になっているのは、さっき電車で初めて逢《あ》った高山先生である。先生は両手を火鉢に翳《かざ》しながら、何やら大声で話している。純一はしょさいなさにこれに耳を傾けた。聞けば狸《たぬき》の話をしている。

「そりゃあわたし共のいた時の聖堂なんというものは、今の大学の寄宿舎なんぞとは違って、風雅なものだったよ。狸が出たからね。我々は廊下続きで、障子を立て切った部屋を当てがわれている。そうすると夜なか過ぎになって、廊下に小さい足音がする。人間の足音ではない。それが一つ一つ部屋を覗《のぞ》いて歩くのだ。起きていると通り過ぎてしまう。寐《ね》ているなら行燈《あんどん》の油を嘗《な》めようというのだね。だから行燈は自分で掃除しなくても好《い》い。廊下に出してさえ置けば、狸奴《め》が綺麗に舐《な》めてくれる。それは至極結構だが、聖堂には狸が出るという評判が立ったもんだから、狸の贋物《にせもの》が出来たね。夏なんぞは熱くて寐られないと、紙鳶《たこ》糸《いと》に杉の葉を附けて、そいつを持って塀の上に乗って涼んでいる。下を通る奴は災難だ。頭や頬っぺたをちょいちょい杉の葉でくすぐられる。そら、狸だというので逃げ出す。大小を挿《さ》した奴は、刀の反りを打って空《くう》を睨《にら》んで通る。随分悪い徒《いたず》らをしたものさね。しかしその頃の書生だって、そんな子供のするような事ばかししていたかというと、そうではない。塀を乗り越して出て、夜の明けるまでに、塀を乗り越して帰ったこともある。人間に論語＊さえ読ませて置けばおとなしくしていると思うと大違いさ」

狸の話が飛んだ事になってしまった。純一は驚いて聞いていた。

そこへ瀬戸が来て、「君会費を出したか」と云うので、純一はやっと気が附いて、瀬戸に幹事の所へ連れて行って貰った。

曽根という人は如才なさそうな小男である。「学生諸君は一円です」と云う。

純一は一寸《ちょっと》考えて、「学生でなければ幾らですか」と云った。

曽根は余計な事を問う奴だと思うらしい様子であったが、それでも慇懃《いんぎん》に「五円ですが」と答えた。

「そうですか」と云って、純一が五円札を一枚出すのを見て、背後《うしろ》に立っていた瀬戸が、「馬鹿にきばるな」と冷かした。曽根は真面目《まじめ》な顔をして、名を問うて帳面に附けた。

そのうち人が段々来て、曽根の持っていた帳面の連名の上に大抵丸印が附いた。最後に某大臣が見えたのを合図に、隣の間《ま》との界《さかい》の襖《ふすま》が開かれた。

何畳敷か知らぬが、ひどく広い座敷である。廊下からの入口《いりくち》の二間だけを明けて座布団が四角に並べてある。その間々に火鉢が配ってある。向うの床の間の前にある座布団や火鉢はだいぶ小さく見える程である。

曽根が第一に大臣を床の間の前へ案内しようとすると、大臣は自分と同じフロックコオトを着た、まだ三十位の男を促して、一しょに席を立たせた。只大臣の服には、控鈕《ぼたん》の孔《あな》に略綬《りやくじゆ》*が挿《はさ》んである。その男のにはそれが無い。後《のち》に聞けば、高縄の侯爵家《こうしやくけ》*の家扶*が名代《みようだい》*に出席したのだそうである。

座席に札なぞは附けてないので、方々で席の譲り合いが始まる。笑いながら押し合ったり揉《も》み合ったりしているうちに、謙譲している男が、引き摩《ず》られて上座《じようざ》に据えられるのもある。なかなかの騒動である。

ようようの事で席の極まるのを見ていると、中程より下に分科大学*の襟章《えりじるし》を附けたのもある。種々な学校の制服らしいのを着たのもある。純一や瀬戸と同じような小倉《こくら》袴《ばかま》のもある。所謂《いわゆる》学生諸君が六七人いるのである。

こんな時には純一なんぞは気楽なもので、一番跡から附いて出て、末席《ばっせき》と思った所に腰を卸すと、そこは幹事の席ですと云って、曽根が隣へ押し遣った。

ずっと見渡すに、上流の人は割合いに少いらしい。純一は曽根に問うて見た。

「今晩出席しているのは、国から東京に出ているものの小部分に過ぎないようですが、一体どんなたちの人がこの会を催したのですか」

「小部分ですとも。素《も》と少壮官吏*と云ったような人だけで催すことになっていたのが、人の出入《でいり》がある度に、色々交《まじ》って来たのですよ。今では新俳優*もいます」

こんな話をしているうちに、女中が膳《ぜん》を運んで来始めた。

土地は柳橋、家は亀清である。純一は無論芸者が来ると思った。それに瀬戸がきのうの話の様子では来る例になっているらしかった。それに膳を運ぶのが女中であるのは、どうした事かと思った。

酒が出た。幹事が挨拶《あいさつ》をした。その中《うち》に侯爵家から酒を寄附せられたという報告などがあった。それからY県出身の元老大官が多い中に、某大臣が特に後進を愛してこういう会に臨まれたのを感謝するというような詞《ことば》もあった。

大臣は大きな赤い顔をして酒をちびりちびり飲んでいる。純一は遠くからこの人の巌乗《がんじょう》な体を見て、なる程世間の風波に堪えるには、あんな体でなくてはなるまいと思った。折々近処の人と話をする。話をする度にきっと微笑する。これも世に処し人を遇する習慣であろう。しかし話をし止《や》めると、眉間《みけん》に深い皺《しわ》が寄る。既往に於ける幾多の不如意《ふにょい》が刻み附けた écriture runique《エクリチユウル　リユニック》* であろう。

吸物が吸ってしまわれて、刺身が荒された頃、所々《しょしょ》から床の間の前へお杯頂戴《さかずきちょうだい》に出掛けるものがある。所々で知人と知人とが固まり合う。誰《たれ》やらが誰やらに紹介して貰《もら》う。そこにもここにも談話が湧《わ》く。忽《たちま》ちどこかで、「芸者はどうしたのだ」と叫んだものがある。誰かが笑う。誰かが賛成と呼ぶ。誰かがしっと云う。

この時純一は、自分の直ぐ傍《そば》で、幹事を取り巻いて盛んに議論をしているものがあるのに気が附いた。聞けば、芸者を呼ぶ呼ばぬの問題に就いて論じているのである。

暫く聞いているうちに、驚く可《べ》し、宴会に芸者がいる、宴会に芸者がいらぬと争っている、その中へ謂《い》わば tertium comparationis《テルチウム　コンパラシヨニス》* として例の学生諸君が引き出されているのである。宴会に芸者がいらぬのではない。学生諸君のいる宴会だから、芸者のいない方が好《い》いという処に、Antigéishaisme《アンチゲイシヤイスム》* の側は帰着するらしい。それから一体誰がそんな事を言い出したかということになった。

この声高《こわだか》に、しかも双方から ironie《イロニイ》* の調子を以て遣られている議論を、おとなしく真面目に引き受けていた曽根幹事は、已《や》むことを得ず、こういう事を打明けた。こんど度の忘年会の計画をしているうちに、或る日教育会*の職員になっている塩田《しおだ》に逢った。塩田の云うには、あの会は学生も出ることだから、芸者を呼ばないが好《い》いと云うことであった。それから先輩二三人に相談したところが、異議がないので、芸者なしということになったそうである。

「偽善だよ」と、聞いていた一人が云った。「先輩だって、そんな議論を持ち出されたとき、己は芸者が呼んで貰いたいと云うわけには行かない。議論を持ち出したものの偽善が、先輩を余儀なくして偽善をさせたのだ」

「それは穿《うが》って云えばそんなものかも知れないが、あらゆる美徳を偽善にしてしまっても困るね」と、今一人が云った。

「美徳なものか。芸者が心《しん》から厭《いや》なのなら、美徳かも知れない。又そうでなくても、好きな芸者の誘惑に真面目に打勝とうとしているのなら、それも美徳かも知れない。学生のいないところでは呼ぶ芸者を、いるところで呼ばないなんて、そんな美徳はないよ」

「しかし世間というものはそうしたもので、それを美徳としなくてはならないのではあるまいか」

「これはけしからん。それではまるで偽善の世界になってしまうね」

議論の火の手は又熾《さか》んになる。純一は面白がって聞いている。熾んにはなる。しかしそれは花火綫香《せんこう》が熾んに燃えるようなものである。なぜというに、この言い争っている一群《ひとむれ》の中に、芸者が真に厭だとか、下《く》だらないとか思っているらしいものは一人もない。いずれも自分の好む所を暴露しようか、暴露すまいか、どの位まで暴露しようかなどという心持でしゃべっているに過ぎない。そこで偽善には相違ない。そんなら偽善呼ばわりをしている男はどうかというに、これも自分が真の善というものを持っているので、偽善を排斥するというのでもなんでもない。暴露主義である。浅薄な、随《したが》って価値のない Cynisme《シニスム》*であると、純一は思っている。

とにかく塩田君を呼んで来《こ》ようじゃないかということになった。曽根は暫《しばら》く方々見廻していたが、とうとう大臣の前に据わって辞儀をしている塩田を見附けて、連れに行った。

塩田という名も、新聞や雑誌に度々出たことがあるので、純一は知っている。どんな人かと思って、曽根の連れて来るのを待っていると、想像したとはまるで違った男が来た。新しい道徳というものに、頼《よ》るべきものがない以上は、古い道徳に頼《よ》らなくてはならない、古《むかし》に復《かえ》るが即《すなわ》ち醒覚《せいかく》*であると云っている人だから、容貌も道学先生*らしく窮屈に出来ていて、それに幾分か世と忤《さか》っている、misanthrope《ミザントロオプ》＊らしい処がありそうに思ったのに、引っ張られて来た塩田は、やはり曽根と同じような、番頭らしい男である。曽根は小男なのに、塩田は背が高い。曽根は細面で、尖《とが》ったような顔をしているのに、塩田は下膨れの顔で、濃い頰髯《ほおひげ》を剃《そ》った迹《あと》が青い。しかしどちらも如才なさそうな様子をして、目にひどく融通の利《き》きそうなironique《イロニック》＊な閃《ひらめ》きを持っている。

「こんな事を言わなくては、世間が渡られない。それでお互にこんな事を言っている。実際はそうばかりは行かない。それもお互に知っている」とでも云うような表情が、この男の断えず忙《いそが》しそうに動いている目の中に現れているのである。

「芸者かね。何も僕が絶待《ぜったい》的に拒絶したわけじゃあないのです。学生諸君も来られる席であって見れば、そんなものは呼ばない方が穏当だろうと云ったのですよ」塩田は最初から譲歩し掛かっている。

「そんなら君の、その不穏当だという感じを少し辛抱して貰えば好《い》いのだ」と、偽善嫌いの男が露骨に出た。

相談は直ぐに纏《まと》まった。塩田は費用をどうするかと云い出して、一頓挫《いっとんざ》を来たしそうであったが、会費が余り窮屈には見積ってない処へ、侯爵家の寄附があったから、その心配はないと云って、曽根は席を起《た》った。

四五人を隔てて据わっていた瀬戸が、つと純一の前に来た。そして小声で云った。

「僕のような学生という奴は随分侮辱せられているね。さっきからの議論を聞いただろう」

純一が黙って微笑《ほほえ》んでいると、瀬戸は「君は学生ではないのだが」と言い足した。

「もう冷かすのはよし給《たま》え。知らない人ばかりの宴会だから、恩典に浴したくなかったのだ。僕はこんな会へ来たら、国の詞《ことば》でも聞かれるかと思ったら、皆東京子《とうきようつこ》になってしまっているね」

「そうばかりでもないよ。大臣の近所へ行って聞いていて見給え。ござりますのざに、アクセントのあるのなんぞが沢山聞かれるから」

「まあ、どうやらこうやら柳橋の芸者というものだけは、近くで拝見ができそうだ」

「なに。今頃出し抜《ぬけ》に掛けたって、ろくな芸者がいるものか。よくよくのお茶碾《ちゃひ》き*でなくては」

「そういうものかね」

こんな話をしている時、曽根が座敷の真中に立って、大声でこう云った。

「諸君。大臣閣下は外《ほか》に今一つ宴会がおありなさるそうで、お先きへお立ちになりました。諸君に宜《よろ》しく申してくれと云うことでありました。どうぞ跡の諸君は御ゆっくりなさるように願います。只今別品《べっぴん》*が参ります」

所々《しょしょ》に拍手するものがある。見れば床の間の前の真中の席は空虚になっていた。

殆《ほとん》ど同時に芸者が五六人這入《はい》って来た。

十七

席はもう大分乱れている。所々に少《ちい》さい圏《わ》を作って話をしているかと思えば、空虚な坐布団も間々《あいだあいだ》に出来ている。芸者達は暫く酌をしていたが、何か囁《ささや》き合って一度に立ってこん度は三味線を持って出た。そして入口《いりぐち》のあたりで、床の間に併行した線の上に四人が一列に並んで、弾いたり歌ったりすると、二人はその前に立って踊った。そうぞうしかった話声があらかた歇《や》んだ。中にはひどく真面目になって踊を見ているものもある。

まだ純一の前を起たずに、背を円くして胡坐《あぐら》を掻《か》いて、不精らしく紙巻煙草《たばこ》を飲んでいた瀬戸が、「長歌*の老松《おいまつ》*というのだ」と、教育的説明をして、暫くして又こう云った。

「見給え。あのこっちから見て右の方で踊っている芸者なんぞは、お茶碾き仲間にしては別品だね」

「僕なんぞはどうせ上手か下手か分からないのだから、踊はお酌の方が綺麗《きれい》で好かろうと思う。なぜきょうはお酌が来ないのだろう」

「そうさね。明いたのがいなかったのだろう」

こう云って、瀬戸はついと起って、どこかへ行ってしまった。純一は自分の右も左も皆空席になっているのに気が附いて、なんだか居心が悪くなった。そこで電車で逢《あ》って一しょに来た、あの高山先生の処へでも行って見ようかと、ふと思い附いて、先生の顔が見えたように思った、床の間の左の、違棚《ちがいだな》*のあたりを見ると、先生は相変らず何やら盛んに話している。自分の隣にいた曽根も先生の前へ行っている。純一は丁度好《い》いと思って、曽根の背後《うしろ》の方へ行って据わって、高山先生の話を聞いた。先生はこんな事を言っている。

「秦淮《しんわい》*には驚いたね。さようさ。幅が広い処で六間もあろうか。まあ、六間幅の溝《どぶ》だね。その水のきたないことおびただしい。それから見ると、西湖《せいこ》*の方はとにかく湖水らしい。好《い》い景色だと云って好《い》い処もある。同じ湖水でも、洞庭湖《どうていこ》*は駄目だ。冬往《い》って見たからかも知れないが、洲《す》*ばかりあって一向湖水らしくない」

先生の支那に行《ゆ》かれた時の話と見える。先生は純一の目の自分の顔に注がれているのに気が附いて、「失礼ですが、持ち合せていますから」と云って、杯《さかずき》を差した。それを受けると、横の方から赤い襦袢《じゆばん》*の袖《そで》の絡《から》んだ白い手がひょいと出て、酌をした。その手の主を見れば、さっき踊っているのを、瀬戸が別品だと云って褒めた女であった。

純一は先生に返杯をして、支那の芝居の話やら、西瓜《すいか》の核《たね》をお茶受けに出す話やらを跡に聞き流して、自分の席に帰った。両隣共依然として空席になっている。純一はぼんやりして、あたりを見廻している。

同じ列の曽根の空席を隔てた先きに、やはり官吏らしい、四十恰好《しじゆうがつこう》の、洋服の控鈕《ぼたん》の孔《あな》から時計の金鎖を垂らしている男が、さっき三味線を弾いていた、更《ふ》けた芸者を相手に、頻《しき》りに話している。小さい銀杏返《いちようがえ》しを結《い》って、黒繻子《くろじゆす》の帯を締めている中婆《ちゆうば》あさんである。相手にとは云っても、客が芸者を相手にしているだけで、芸者は些《すこ》しもこの客を相手にしてはいない。客は芸者を相手にしている積りでいる積りで、徹頭徹尾芸者に揶揄《からか》われている。客を子供扱いにすると云おうか。そうでもない。無智な子供を大人が扱うには、多少いたわる情がある。この老妓《ろうぎ》*は malintentionnée《マルアンタンシヨンネエ》* に侮辱を客に加えて、その悪意を包み隠すだけの抑制をも自己の上に加えていないのである。客は自己の無智に乗ぜられていながら、少しもそれを暁《さと》らずに、薄い笑談《じようだん》の衣を掛けた、苦い皮肉を浴《あび》せられて、無邪気に笑い興じている。

純一は暫く聞いていて、非常に不快に感じた。馬鹿にせられている四十男は、気の毒がって遣《や》る程の価値はない。それに対しては、純一は全然 indifférent《アンジフエラン》* でいる。しかし老妓は憎い。

芸者は残忍な動物である。これが純一の最初に芸者というものに下した解釈であった。

突然会話の続きを断《た》って、この Atropos《アトロポス》* は席を立った。

その時、老妓の席を立つのを待っていたかと思われるように、入り代って来て据わった島田*は、例の別品である。手には徳利を持っている。

「あなた、お熱いところを」と、徳利を金鎖の親爺《おやじ》の前へ、つと差し出した。

親爺は酒を注《つ》がせながら、女の顔をうるさく見て、「お前の名はなんと云うのだい」と問う。

「おちゃら」と返事をしたが、その返事には愛敬笑《あいきょうわらい》も伴っていない。そんならと云って、さっきの婆あさんのように、人を馬鹿にしたと云う調子でもない。おちゃらの顔の気象は純然たる calme《カルム》* が支配している。無風である。

純一は横からこの女を見ている。極《ごく》若い。この間までお酌という雛《ひよこ》でいたのが、ようようdrue《ドリユウ》*になったのであろう。細面の頬にも、鼻にも、天然らしい一抹《いちまつ》の薄紅《うすくれない》が漲《みなぎ》っている。涼しい目の瞳《ひとみ》に横から見れば緑色の反射がある。着物は落ち着いた色の、上着と下着とが濃淡を殊《こと》にしていると云う事だけ、純一が観察した。藤鼠《ふじねずみ》*、色変りの織縮緬《おりちりめん》に、唐織お召の丸帯をしていたのである。帯上げは上に、腰帯は下に、帯を中にして二つの併行線を劃《かく》した緋《ひ》と、折り返して据わった裾《すそ》に、三角形をなしている襦袢の緋とが、先《ま》ずひどく目を刺戟《しげき》する。

純一が肴《さかな》を荒しながら向うをちょいちょい見ると、女の方でも小さい煙管《きせる》*で煙草を飲みながらこっちをちょいちょい見る。ひょいと島田髷《しまだまげ》を前へ俯向《うつむ》けると、脊柱《せきちゅう》の処の着物を一摑《ひとつか》み、ぐっと下へ引っ張って着たような襟元に、*尖《さき》を下にした三角形の、白いぼんの窪《くぼ》*が見える。純一はふとこう思った。この女は己《おれ》のいる処の近所へ来るようにしているのではあるまいか。さっき高山先生の前に来た時も、知らない内に己の横手に据わっていた。今金鎖の親爺の前に来ているのも己の席に近いからではあるまいかと思ったのである。しかし直ぐに又自分を嘲《あざけ》った。幾ら瀬戸の言うのが事実で、今夜来ている芸者はお茶碾きばかりでも、小倉袴《こくらばかま》を穿《は》いた書生の跡を追い廻す筈《はず》がない。我ながら馬鹿気た事を思ったものだと、純一は心機一転して、丁度持て来た茶碗《ちゃわん》蒸《む》しを箸《はし》で掘り返し始めた。

この時黒羽《くろは》二重《ぶたえ》*の五所紋《いつつもん》の羽織*を着流した、ひどくにやけた男が、金鎖の前に来て杯を貰《もら》っている。二十代の驚くべく垢《あか》の抜けた男で、物を言う度に、薄化粧をしているらしい頰に、竪《たて》に三本ばかり深い皺《しわ》が寄る。その物を言う声が、なんとも言えない、不自然な、きいきい云うような声である。Voix《ヴォア》 de《ド》 fausset《フオオセエ》*である。

左の手を畳に衝《つ》いて受けた杯に、おちゃらが酌をすると、「憚様《はばかりさま》」と挨拶《あいさつ》をする。香油*に光る髪が一握程、狭い額に垂れ掛かっている。

金鎖がこんな事を云う。「こないだは内の子供等が有楽座へ見に行って、帰ってから君のお噂《うわさ》をしていましたよ。大相《たいそう》面白かったそうで」

「いえ未熟千万でございまして。しかしどうぞ御閑暇《ごかんか》の節に一度御見物を願いたいものでございます」

純一は曽根の話に、新俳優が来ていると云ったことを思い出した。そして御苦労にもこの俳優の為《た》めに前途を気遣った。俳優は種々な人物に扮《ふん》して、それぞれ自然らしい科白《かはく》*をしなくてはならない。それが自分に扮しているだけで、すでにあんな不自然に陥っている。あのまま青年俳優の役で舞台に出たら、どうだろう。どうしても真面《まじ》目《め》な劇にはならない。Facétie《ファセエチィ》*である。俄《にわか》*である。先ずあの声はどうしたのだろう。あの男だって、決して生れながらにあんな声が出るのではあるまい。わざわざ好《い》い声をしようと思って、あんな声を出して、それが第二の天賦《てんぷ》になったのだろう。譬《たと》えば子供が好《い》い子をしろと云われて、醜い grimace《グリマス》＊を見せるようなものだろう。気の毒な事だと思った。

こう思うと同時に、純一はおちゃらがこの俳優に対して、どんな態度に出るかを観察することを怠らない。

社会のあらゆる方面は、相接触する機会のある度に、容赦なく純一の illusion《イリユウジヨン》＊を打破してくれる。殊に東京に出てからは、どの階級にもせよ、少し社会の水面に頭を出して泳いでいる人間を見る毎《ごと》に、もはや純一はその人が趣味を有しているなんぞとは予期していない。そこで芸者が趣味を解していようとは初めから思っていない。しかしおちゃらはこのにやけ男を、青眼＊を以て視《み》るだろうか。将《は》た白眼を以て視るだろうか。

純一の目に映ずる所は意外であった。おちゃらは酌をするとき、ちょいと見たきり顧みない。反応《はんおう》はどう見ても中性である。

俳優はおちゃらと袖《そで》の相触れるように据わって、杯を前に置いて、やはり左の手を畳に衝いて話している。

「狂言も筋が御見物にお分かりになれば宜しいということになりませんと、勤めにくくて困ります。脚本の長い白《せりふ》を一々諳記《あんき》させられてはたまりません。大家のお方の脚本は、どうもあれに困ります。女形*ですか。一度調子を呑《の》み込んでしまえば、そんなにむずかしくはございません。女優も近々出来ましょうが、やはり男でなくては勤めにくい女の役があると仰《おっ》しゃる方もございます。西洋でも昔は男ばかりで女の役を勤めましたそうでございます」

金鎖は天晴《あっぱれ》 mécène《メセエヌ》* らしい顔をして聞いている。おちゃらはさも退屈らしい顔をして、絎紐《くけひも》*程の烟管挿《きせるさ》し*を、小さい指の戯《たわむ》れを純一が見ているようで、膝《ひざ》の上で結んだり、ほどいたりしている。この畚《ふご》*の中の白魚がよじれるような、小さい指の戯れを純一が見ていると、おちゃらもやはり目を偸《ぬす》むようにして、ちょいちょい純一の方を見るのである。

視線が暫《しばら》く往来《ゆきき》をしているうちに、純一は次第に一種の緊張を感じて来た。どうにか解決を与えなくてはならない問題を与えられているようで、窘迫《きんぱく》と不安とに襲われる。物でも言ったら、この不愉快な縛《いましめ》が解けよう。しかし人の前に来て据わっているものに物は言いにくい。いや。己の前に来たって、旨《うま》く物が言われるかどうだか、少し覚束《おぼつか》ない。一体あんなに己の方を見るようなら、己の前へ来れば好《い》い。己の前へ来たって、外の客のするように、杯を遣るなんという事が出来るかどうだか分からない。どうもそんな事をするのは、己には不自然なようである。強いてしても柄にないようでまずかろう。向うが誰にでも薦めるように、己に酒を薦めるのは造作はない筈である。なぜ己の前に来ないか。そして酌をしないか。向うがそうするには、先ず打勝たなくてはならない何物も存在していないではないか。

ここまで考えると、純一の心の中《うち》には、例の女性に対する敵意が萌《きざ》して来た。そしてあいつは己を不言の間に飜弄《ほんろう》していると感じた。勿論《もちろん》この感じは的のあなたを射るようなもので、女性に多少の寃屈《えんくつ》＊を負わせているかも知れないとは、同時に思っている。しかしそんな顧慮は敵意を消滅させるには足らないのである。

幸におちゃらの純一の上に働かせている誘惑の力が余り強くないのと、二人の間にまだ直接な collision《コリジョン》＊を来たしていなかったのとの二つの為めに、純一はこの可哀《かわい》らしい敵の前で退却の決心をするだけの自由を有していた。

退路は瀬戸の方向へ取ることになった。それは金鎖の少し先きの席へ瀬戸が戻って、肴を荒しているのを発見したからである。おちゃらのいる所との距離は大して違わないが、向うへ行《ゆ》けば、顔を見合せることだけはないのである。

純一は誘惑に打勝った人の小さい triomphe《トリオムフ》＊を感じて席を起《た》った。しかし純一の起つと同時に、おちゃらも起ってどこかへ行った。

「どうだい」と、瀬戸が目で迎えながら声を掛けた。

「余り面白くもない」と、小声で答えた。

「当り前さ。宴会というものはこんな物なのだ。見給《みたま》え。又踊るらしいぜ。ひどく勉強しやがる」

純一が背後《うしろ》を振り返って見ると、さっきの場所に婆あさん連が三味線を持って立っていて、その前でやはりおちゃらと今一人の芸者とが、盛んな支度をしている。上着と下着との裾をぐっとまくって、帯の上に持て来て挟む。おちゃらは緋の友禅摸様《もよう》*の長襦袢*、今一人は退紅色の似寄った摸様の長襦袢が、膝から下に現れる。婆あさんが据わって三味線を弾き出す。活潑《かっぱつ》な踊が始まる。

「なんだろう」と純一が問うた。

「桃太郎だよ。そら。爺《じ》いさんと婆あさんとがどうとかしたと云って、歌っているだろう」

さすが酒を飲む処へは、真先に立って出掛ける瀬戸だけあって、いろんな智識を有していると、純一は感心した。

女中が鮓《すし》を一皿配って来た。瀬戸はいきなり鮪《まぐろ》の鮓を摘《つ》まんで、一口食って膳《ぜん》の上を見廻した。刺身の醤油《しょうゆ》を捜したのである。ところが刺身は綺麗に退治《たいじ》てしまってあったので、女中が疾《と》っくに醤油も一しょに下げてしまった。跡には殻附の牡蠣《かき》に添えて出した醋《す》があるばかりだ。瀬戸は鮪の鮓にその醋を附けて頬張った。

「どうだい。君は鮓を遣らないか」

「僕はもうさっきの茶碗蒸しで腹が一ぱいになってしまった。酒も余り上等ではないね」

「お客次第なのだよ」

「そうかね」純一はしょさいなさに床の間の方を見廻して云った。「なんだね。あの大きな虎《とら》は」

「岸駒《がんく》*さ。文部省の展覧会へ出そうもんなら、鑑査で落第するのだ」

「どうだろう。もうそろそろ帰っても好くはあるまいか」

「構《かま》うものか」

　暫くして純一は黙って席を起った。

「もう帰るのか」と、瀬戸が問うた。

「まあ、様子次第だ」こう云って、座敷の真中を通って、廊下に出て、梯《はしご》を降りた。実際目立たないように帰られたら帰ろう位の考であった。

　梯の下に降りると、丁度席上で見覚えた人が二人便所から出て来た。純一は自分だけ早く帰るのを見られるのが極《き》まりが悪いので、便所へ行った。

用を足してしまって便所を出ようとしたとき、純一はおちゃらが廊下の柱に靠《よ》り掛かって立っているのを見た。そして何故《なにゆえ》ともなしに、びっくりした。

「もうお帰りなさるの」と云って、おちゃらは純一の顔をじっと見ている。この女は目で笑うことの出来る女であった。瞳に緑いろの反射のある目で。

おちゃらはしなやかな上半身を前に屈《かが》めて、一歩進んだ。薄赤い女の顔が余り近くなったので、純一はまぶしいように思った。

「こん度はお一人でいらっしゃいな」小さい名刺入の中から名刺を一枚出して純一に渡すのである。

純一は名刺を受け取ったが、なんとも云うことが出来なかった。それは何事をも考える余裕がなかったからである。

純一がまだ surprise《シュルプリイズ》* の状態から回復しないうちに、おちゃらは身を飜《ひるがえ》して廊下を梯の方へ、足早に去ってしまった。

純一は手に持ていた名刺を見ずに袂《たもと》に入れて、ぼんやり梯の下まで来て、あたりを見廻した。

帽や外套《がいとう》を隙間《すきま》もなく載せてある棚の下に、男が四五人火鉢を囲んで蹲《しゃが》んでいる外には誰《たれ》もいない。純一は不安らしい目をして梯を見上げたが、丁度誰も降りては来なかった。この隙《ひま》にと思って、棚の方へ歩み寄った。

「何番様で」一人の男が火鉢を離れて起った。

純一は合札*を出して、帽と外套とを受け取って、寒い玄関に出た。

十八

純一は亀清の帰りに、両国橋の袂に立って、浜町*の河岸を廻って来る電車を待ち受けて乗った。歳《とし》の暮が近くなっていて、人の往来《ゆきき》も頻繁な為めであろう。その車には満員の赤札*が下がっていたが、停留場《ば》で二三人降りた人があったので、とにかく乗ることだけは乗られた。

車の背後の窓の外に、横に打ち附けてある真鍮《しんちゅう》*の金物に摑《つか》まって立っていると、車掌が中へ這入《はい》れと云う。這入ろうと思って片足高い処に踏み掛けたが、丁度出入口の処に絆纏《はんてん》を着た若い男が腕組をして立っていて、屹然《きつぜん》として動かない。純一は又足を引っ込めて、そのまま外にいたが、車掌も強いて這入れとは云わなかった。

そのうち車が急に曲がった。純一は始て気が附いて見れば、浅草へ行く車であった。宴会の席で受けた色々の感動が頭の中で chaos《カオス》* を形づくっているので、何処《どこ》へ行く車か見て乗るという注意が、覚えず忘れられたのである。

帰りの切符を出して、上野広小路への乗換を貰った。そして車掌に教えられて、廐《うまや》橋《ばし》*の通りで乗り換えた。

こん度の本所《ほんじよ》*から来た車は、少し透いていたので、純一は吊革《つりがわ》に掴まることが出来た。人道を歩いている人の腰から下を見ている純一が頭の中には、おちゃらが頸筋《くびすじ》を長く延べて据わった姿や、腰から下の長襦袢を見せて立った形がちらちら浮んだり消えたりして、とうとう便所の前での出来事が思い出されたとき、想像がそこに踏み止《とど》まって動かない。この時の言語と動作とは、一々精《くわ》しく心の中《うち》に繰り返されて、その間は人道をどんな人が通るということも分からなくなる。

どういう動機であんな事をしたのだろうという問題は、この時早くも頭を擡《もた》げた。随分官能は若い血の循環と共に急劇な動揺をもするが、思慮は自分で自分を怪しむ程冷やかである。或時瀬戸が「君は老人のような理窟《りくつ》を考えるね」と云ったのも道理である。色でしたか、慾《よく》でしたか、それとも色と慾との二道《ふたみち》掛けてしたかと、新聞紙の三面の心理のような事が考えられる。そして慾でするなら、書生風の自分を相手にせずとも、もっと人選《にんせん》の為様《しよう》がありそうなものだと、謙譲らしい反省をする、その裏面には vanité《ヴァニテエ》 が動き出して来るのである。しかし恋愛はしない。恋愛というものをいつかはしようと、負債のように思っていながら、恋愛はしない。思慮の冷かなのも、そのせいだろうかなどと考えて見る。

広小路で電車を下りたときは、少し風が立って、まだ明りをかっかと点《とも》している店々の前に、新年の設けに立て並べてある竹の葉が戦《そよ》いでいた。純一は外套の襟を起して、頸を竦《すく》めて、薩摩下駄をかんかんと踏み鳴らして歩き出した。

谷中の家の東向きの小部屋にある、火鉢が恋しくなった処を、車夫に勧められて、とうとう車に乗った。車の上では稍々《やや》強く顔に当る風も、まだ酔《えい》が残っているので、却《かえっ》て快い。

東照宮の大鳥居の側《そば》を横ぎる、いつもの道を、動物園の方へ抜けるとき、薄暗い杉木立の下で、ふと自分は今何をしているかと思った。それからこのまま何事をも成さずに、あの聖堂の狸《たぬき》の話をしたお爺いさんのようになってしまいはすまいかと思ったが、馬鹿らしくなって、直ぐに自分で打消した。

天王寺の前から曲れば、この三崎北町《さんさききたまち》*あたりもまだ店が締めずにある。公園一つを中に隔てて、都鄙《とひ》*それぞれの歳暮《さいぼ》の賑《にぎわ》いが見える。

我家の門で車を返して、部屋に這入った。袂から蠟《ろう》マッチ*を出して、ランプを附けて見れば、婆あさんが気を附けてくれたものと見えて、丁寧に床が取ってあるばかりではない、火鉢に掛けてある湯沸かしには湯が沸いている。それを卸して見れば、生けてある佐倉炭*が真赤におこっている。純一はそれを掻《か》き起して、炭を沢山くべた。綺麗《きれい》に片附けた机の上には、読みさして置いて出たマアテルリンクの青い鳥*が一冊ある。その上に葉書が一枚乗っている。ふと明日箱根へ立つ人の便りかと思って、手に取る時何がなしに動悸《どうき》がしたがそうでは無かった。差出人は大村であった。「明日参上いたすべく候《そうろう》に付、外《ほか》に御用事なくば、御待下されたく候。尤《もつと》も当方も用事にては無之《これなく》候」としてある。これだけの文章にも、どこやら大村らしい処があると感じた純一は、独り微笑《ほほえ》んで葉書を机の下にある、針金で編んだ書類入れに入れた。これは純一が神保町《じんぼうちょう》*の停留場《ば》の傍《わき》で、ふいと見附けて買ったのである。

それから純一は、床の間の隅に置いてある小蓋《こぶた》*を引き出して、袂から金入れやら時計やらを、無造作に攫《つか》み出して、投げ入れた。その中に小さい名刺が一枚交っていた。貰《もら》ったままで、好くも見ずに袂に入れた名刺である。一寸《ちょっと》拾って見れば、「栄屋おちやら」と厭《いや》な手で書いたのが、石版摺《せきばんずり》*にしてある。

厭な手だと思うと同時に、純一はいかに人のおもちゃになる職業の女だとは云っても、厭な名を附けたものだと思った。文字に書いたのを見たので、そう思ったのである。名刺という形見を手に持っていながら、おちゃらの表情や声音《せいおん》が余りはっきり純一の心に浮んでは来ない。着物の色どりとか着こなしとかの外には、どうした、こう云ったという、粗大な事実の記憶ばかりが残っているのである。

しかしこの名刺は純一の為《た》めに、引き裂いて棄てたり、反古籠《ほごかご》*に入れたりする程、無意義な物ではなかった。少くも即時にそうする程、無意義な物ではなかった。そんなら一人で行って、おちゃらを呼んで見ようと思うかと云うに、そういう問題は少くも目前の問題としては生じていない。只棄ててしまうには忍びなかった。一体名刺に何の意義があるだろう。純一はそれをはっきりとは考えなかった。或《あるい》は彼が自ら愛する心に一縷《いちる》のencens《アンサン》を焚《た》いて遣《や》った女*の記念ではなかっただろうか。純一はそれをはっきりとは考えなかった。

純一は名刺を青い鳥のペエジの間に挟んだ。そして着物も着換えずに、床の中に潜り込んだ。

十九

翌朝純一は十分に眠った健康な体の好《い》い心持で目を醒《さ》ました。只咽《のど》に痰《たん》が詰まっているようなので咳払《せきばらい》を二つ三《みっ》つして見て風を引いたかなと思った。しかしそれは前晩《ぜんばん》に酒を飲んだ為めであったと見えて漱《うが》いをして顔を洗ってしまうと、さっぱりした。

机の前に据わって、いつの間にか火の入れてある火鉢に手を翳《かざ》したとき、純一は忽《たちま》ち何事をか思い出して、「あ、今日だったな」と心の中《うち》につぶやいた。丁度学校にいた頃、朝起きて何曜日だということを考えて、それと同時にその日の時間表を思い出したような工合である。

純一が思い出したのは、坂井の奥さんが箱根へ行《ゆ》く日だということであった。誘われた通りに、跡から行こうと、はっきり考えているのではない。それが何より先きに思い出されたのは、奥さんに軽い程度の suggestion《サジエスシヨン》* を受けているからである。一体夫人の言語や挙動には suggestif《サジエスシイフ》* な処があって、夫人は半ば無意識にそれを利用して、寧《むし》ろ悪用して、人の意志を左右しようとする傾きがある。若《も》し催眠術者になったら、大いに成功する人かも知れない。

坂井の奥さんが箱根へ行《ゆ》く日だと思った跡で、純一の写象は暗中の飛躍をして、妙な記憶を喚《よ》び起した。それは昨夜《ゆうべ》夜明け近くなって見た夢の事である。その夢を見掛けて、ちょいと驚いて目を醒まして、直ぐに又寐《ね》てしまったが、それからは余り長く寐たらしくはない。どうしても夜明け近《ちか》くなってからである。

なんでも大村と一しょに旅行をしていて、どこかの茶店に休んでいた。大宮で休んだような、人のいない葭簀張《よしずば》りではない。茶を飲んで、まずい菓子麪包《パン》か何か食っている。季節は好く分からないが、目に映ずるものは暖い調子の色に飽いている。薄曇りのしている日の午後である。大村と何か話して笑っていると、外から「海嘯《つなみ》が来ます」と叫んだ女がある。自分が先きに起《た》って往来に出て見た。

広い畑《はた》と畑との間を、真直に長く通っている街道である。左右には溝《みぞ》があって、その縁《ふち》には榛《はん》の木のひょろひょろしたのが列をなしている。女の「あれ、あそこに」という方角を見たが、灰色の空の下に別に灰色の一線が劃《かく》せられているようなだけで、それが水だとはっきりは見分けられない。その癖純一の胸には劇《はげ》しい恐怖が湧《わ》く。そこへ出て来た大村を顧みて、「山の近いのはどっちだろう」と問う。大村は黙っている。どっちを見ても、山らしい山は見えない。只水の来るという方角と反対の方角に、余り高くもない丘陵が見える。純一はそれを目掛けて駈《か》け出した。広い広い畑を横に、足に任せて駈けるのである。

折々振り返って見るに、大村はやはり元の街道に動かずに立っている。女はいない。夢では人物の経済が自由に行われる。純一は女がいなくなったとも思わないから、なぜいないかと怪しみもしない。

忽ち scène《セエヌ》＊ が改まった。場所の変化も夢では自由である。純一は水が踵《かかと》に迫って来るのを感ずると共に、傍《そば》に立っている大きな木に攀《よ》じ登った。何の木か純一には分からないが広い緑色の葉の茂った木である。登り登って、扇のように開いている枝に手が届いた。身をその枝の上に撥《は》ね上げて見ると、同じ枝の上に、自分より先きに避難している人がある。所々に白い反射のある緑の葉に埋《うず》もれて、長い髪も乱れ、袂も裾《すそ》も乱れた女がいるのである。

黄いろい水がもう一面に漲《みなぎ》って来た、その中に、この一本の木が離れ小島のように抜き出《い》でている。滅びた世界に、新《あら》に生れて来たAdam《アダム》*とEva《エヴァ》*とのように梢《こずえ》を掴む片手に身を支えながら、二人は遠慮なく近寄った。

純一は相触れんとするまでに迫まり近づいた、知らぬ女の顔の、忽ちおちゃらになったのを、少しも不思議とは思わない。馴馴《なれなれ》しい表情と切れ切れの詞《ことば》とが交わされるうちに、女はいつか坂井の奥さんになっている。純一が危《あや》うい体を支えていようとする努力と、僅《わず》かに二人の間に存している距離を縮めようと思う慾望とに悩まされているうちに、女の顔はいつかお雪さんになっている。

純一がはっと思って、半醒覚《はんせいかく》の状態に復《かえ》ったのはこの一刹那《いっせつな》の事であった。誰《たれ》やらの書いたものに、人は夢の中ではどんな禽獣《きんじゅう》のような行いをも敢《あえ》てして恬然《てんぜん》としているもので、それは道徳という約束の世間にまだ生じていない太古に復るAtavisme《アタヴィスム》*だと云うことがあった。これは随分思い切った推理である。しかしその是非はとにかく措《お》いて、純一はそんなAtavisme《アタヴィスム》には陥らなかった。或は夢が醒め際《ぎわ》になっていて、醒めた意識の幾分が働いていたのかも知れない。

半醒覚の純一が体には慾望の火が燃えていた。そして踏み脱いでいた布団を、又領《えり》元《もと》まで引き寄せて、腮《あご》を埋《うず》めるようにして、又寐入る刹那には、朧《おぼろ》げな意識の上に、見果てぬ夢の名残を惜む情が漂っていた。しかしそれからは、短い深い眠《ねむり》に入《い》ったらしい。

純一が写象は、人間の思量の無碍《むげ》*の速度を以て、ほんの束《つか》の間《ま》に、長い夢を繰り返して見た。そして、それを繰り返して見ている間は、その輪廓《りんかく》や色彩のはっきりしていて、手で掴まれるように感ぜられるのに打たれて、ふとあんな工合に物が書かれたら好かろうと思った。そう思って、又繰り返して見ようとすると、もう輪廓は崩れ色彩は褪《あ》せてしまって、不自然な事やら不合理な事やらが、道の小石に足の躓《つまず》くように、際立って感ぜられた。

二十

午前十時頃であった。初音町の往来へ向いた方の障子に鼠色の雲に濾《こ》された日の光が、白らけた、殆《ほとん》ど色神《しきしん》*に触れない程な黄いろを帯びて映じている純一が部屋へ、大村荘之助が血色の好《い》い、爽快《そうかい》な顔付きをして這入《はい》って来た。

「やあ、内にいてくれたね。葉書は出して置いたが、今朝起きて見れば、曇ってはいるけれど、先《ま》ず東京の天気としては、不愉快ではない日だから、どこか出掛けはしないかと思った」

純一は自分の陰気な部屋へ、大村と一しょに一種の活気が這入って来たような心持がした。そして火鉢の向うに胡坐《あぐら》を掻《か》いた、がっしりした体格の大村を見て、語気もその晴れ晴れしさに釣り込まれて答えた。「なに。丁度好《い》いと思っていました。どこと云って行くような処もないのですから」

大村の話を聞けば、休暇中一月の十日頃まで、近県旅行でもしようかと思う、それで告別の心持で来たということである。純一は心から友情に感激した。

一つ二つ話をしているうちに、大村が机の上にある青い鳥の脚本に目を附けた。

「何か読んでいるね」と云って、手に取りそうにするので、純一ははっと思った。中におちゃらの名刺の挟んであるのを見られるのが、心苦しいのである。

そこで純一は機先を制するように、本を手に取って、「L'oiseau《ロアゾオ》 bleu《ブリヨオ》*です」と云いながら、自分で中を開けて、初《はじめ》の方をばらばらと引っ繰り返して、十八ペエジの処を出した。

「ここですね。A《ア》 peine《ペエヌ》 Tyltyl《チルチル》 a-t-il《アチル》 tourné《ツウルネエ》 le《ル》 diamant《ジアマン》, qu'un《カン》 changement《シャンジュマン》 soudain《スデン》 et《エエ》 prodigieux《プロジジオヨオ》 s'opère《ソペエル》 en《アン》 toutes《ツウト》 choses《ショオズ》.* ここの処が只のと書き*だとは思われない程、美しく書いてありますね。僕は国の中学にいた頃、友達にさそわれて、だいぶ学問のある坊さんの所へちょいちょい行ったことがあります。丁度その坊さんが維摩経《ゆいまきよう》*の講釈をしていました。みすぼらしい維摩居士《こじ》の方丈の室が荘厳世界《そうごんせかい》に変る処が、こんな工合ですね。しかし僕はもうずっと先きの方まで読んでいますが、この脚本の全体の帰趣《きしゅ》というようなものには、どうも同情が出来ないのです。麺包《パン》と水とで生きていて、クリスマスが来ても、子供達に樅《もみ》の枝に蠟燭《ろうそく》を点《とも》して遣ることも出来ないような木樵《きこ》りの棲《す》み家《か》にも、幸福の青い鳥は籠《かご》の内にいる。その青い鳥を余所《よそ》に求めて、Tyltyl《チルチル》, Mytyl《ミチル》*のきょうだいの子は記念の国、夜の宮殿、未来の国とさまよい歩くのですね。そしてその未来の国で、これから先きに生れて来る子供が、何をしているかと思うと、精巧な器械を工夫している。翼なしに飛ぶ手段を工夫している。あらゆる病を直す薬方*を工夫している。死に打ち克《か》つ法を工夫している。ひどく物質的な事が多いのですね。そんな事で人間が幸福になられるでしょうか。僕にはなんだか、ひどく矛盾しているように思われてなりません。十九世紀《じゆうく》は自然科学の時代で、物質的の開化を齎《もたら》した。我々はそれに満足することが出来ないで、我々の触角を外界から内界に向け換えたでしょう。それに未来の子供が、いろんな器械を持って来てくれたり、西瓜《すいか》のような大きさの林檎《りんご》を持って来てくれたりしたって、それがどうなるでしょう。おう。それから鼻糞《はなくそ》をほじくっている子供がいましたっけ。大かた鷗村さんが大発見*の追加を出すだろうと、僕は思ったのです。あの子供が鼻糞をほじくりながら、何を工夫しているかと思うと、太陽が消えてしまった跡で、世界を煖《ぬく》める火を工夫しているというのですね。そんな物は、現在の幸福が無くなった先きの入れ合せに過ぎないじゃありませんか。そりゃあ、なる程、人のまだ考えたことのない考《かんがえ》を考えている子供だとか、あらゆる不公平を無くしてしまう工夫をしている子供だとか云うのもいました。内生活に立ち入る様な未来もまるで示してないことはないのです。しかし僕にはそれが、唯《ただ》雑然と並べてあるようで、それを結び附ける鎖が見附からないのです。矛盾が矛盾のままでいるのですね。どう云うものでしょう」

純一は覚えず能弁になった。そして心の底には始終おちゃらの名刺が気になっている。大村がその本をよこせと云って、手を出すような事がなければ好《い》いがと、切に祈っているのである。

幸に大村は手を出しそうにもしないで云った。「そうさね。矛盾が矛盾のままでいるような所は、その脚本の弱点だろうね。しかし一体哲学者というものは、人間の万有の最終問題から観察している。外から覗《のぞ》いている。ニイチェだって、この間話の出たワイニンゲルだってそうだ。そこで君の謂《い》う内界が等閑にせられる。平凡な日常の生活の背後に潜んでいる象徴的意義を体験する、小景を大観するという処が無い。そう云う処のある人は、Simmel《シムメル》＊なんぞのような人を除《の》けたらマアテルリンクしかあるまい。だから君が雑然と並べてあると云う、あの未来の国の子供の分担している為事《しごと》が、悉《ことごと》く解けて流れて、青い鳥の象徴の中に這入ってしまうように書きたかったには違いないが、それがそう行《ゆ》かなかったのでしょう」

純一は大村の詞を聞いているうちに、名刺を発見せられはすまいかと思う心配が次第に薄らいで行って、それと同時に大村が青い鳥から拈出《ねんしゅつ》した問題に引き入れられて来た。

「ところが、どうも僕にはその日常生活というものが、平凡な前面だけ目に映じて為《し》様《よう》がないのです。そんな物はつまらないと思うのです。これがいつかもお話をした利己主義と関係しているのではないでしょうか」

「それは大《おお》いに関係していると思うね」

「そうですか。そんならあなたの考えている所を、遠慮なく僕に話して聞かせて貰《もら》いたいのですがねえ」純一は大きい涼しい目を耀《かがや》かして、大村の顔を仰ぎ見た。

大村は手に持っていた紙巻の消えたのを、火鉢の灰に挿《さ》して語り出した。「そうだね。そんなら無遠慮に大風呂敷を広げるよ」大村は白い歯を露《あら》わして、ちょっと笑った。「一体青い鳥の幸福という奴は、煎《せん》じ詰めて見れば、内に安心立命を得て、外に十分の勢力を施すというより外有るまいね。昨今はそいつを漢学の道徳で行こうなんという連中があるが、それなら修身斉家治国平天下*で、解決は直ぐに附く。そこへ超越的な方面が加わって来ても、老荘を始として、仏教渡来以後の朱子学*や陽明学*というようなものになるに過ぎない。西洋で言って見ると希臘《ギリシア》の倫理がPlaton《プラトン》*あたりから超越的になって、基督《クリスト》教がその方面を極力開拓した。彼岸《ひがん》*に立脚して、馬鹿に神々《こうごう》しくなってしまって、此岸《しがん》がお留守になった。樵夫《きこり》の家に飼ってある青い鳥は顧みられなくなって、余所に青い鳥を求めることになったのだね。僕の考では、仏教の遁世《とんせい》も基督教の遁世も同じ事になるのだ。さてこれからの思想の発展というものは、僕は西洋にしか無いと思う。Renaissance《ルネッサンス》*という奴が東洋には無いね。あれが家の内の青い鳥をも見させてくれた。大胆な航海者が現れて、本当の世界の地図が出来る。天文も本当に分かる。科学が開ける。芸術の花が咲く。器械が次第に精巧になって、世界の総《すべ》てが仏者の謂う器世界《きせいかい》*ばかりになってしまった。殖産と資本とがあらゆる勢力を吸収してしまって、今度は彼岸がお留守になったね。その時ふいと目が醒《さ》めて、彼岸を覗いて見ようとしたのが、ショペンハウエル*という変人だ。彼岸を望んで、此岸を顧みて見ると、万有の根本は盲目の意志になってしまう。それが生を肯定することの出来ない厭世《えんせい》主義だね。そこへニイチェが出て一転語*を下した。なる程生というものは苦艱《くげん》を離れない。しかしそれを避けて逃げるのは卑怯《ひきょう》だ。苦艱籠《ご》めに生を領略する*工夫があるというのだ。What《ホワット》の問題をhow《ハウ》にしたのだね。どうにかしてこの生を有《あり》のままに領略しなくてはならない。ルソオ*のように、自然に帰れなどと云ったたって、太古と現在との中間の記憶は有力な事実だから、それを抹殺《まっさつ》してしまうことは出来ない。日本で蘐園《かんえん》派*の漢学や、契沖《けいちゅう》*、真淵《まぶち》*以下の国学を、ルネッサンスだなんと云うが、あれは唯《ただ》復古で、再生ではない。そんならと云って、過去の記憶の美しい夢の国に魂を馳《は》せて、Romantiker《ロマンチケル》の青い花*にあこがれたって駄目だ。Tolstoi《トルストイ》がえらくたって、あれも遁世的だ。所詮覿面《しょせんてきめん》に日常生活に打っ附《ぶ》かって行かなくては行けない。この打っ附かって行く心持がDionysos《ジオニソス》的だ。そうして行きながら、日常生活に没頭していながら、精神の自由を牢《かた》く守って、一歩も仮借しない処がApollon《アポルロン》的だ。どうせこう云う工夫で、生を領略しようとなれば、個人主義には相違ないね。個人主義は個人主義だが、ここに君の云う利己主義と利他主義との岐路がある。利己主義の側はニイチェの悪い一面が代表している。例の権威を求める意志だ。人を倒して自分が大きくなるという思想だ。人と人とがお互にそいつを遣《や》り合えば、無政府主義になる。そんなのを個人主義だとすれば、個人主義の悪いのは論を須《ま》たない。利他的個人主義はそうではない。我という城廓を堅く守って、一歩も仮借しないでいて、人生のあらゆる事物を領略する。君には忠義を尽す。しかし国民としての我は、昔何もかもごちゃごちゃにしていた時代の所謂臣妾《いわゆるしんしょう》*ではない。親には孝行を尽す。しかし人の子としての我は、昔子を売ることも殺すことも出来た時代の奴隷《どれい》ではない。忠義も孝行も、我の領略し得た人生の価値に過ぎない。日常の生活一切も、我の領略して行《ゆ》く人生の価値である。そんならその我というものを棄てることが出来るか。犠牲にすることが出来るか。それも慥《たしか》に出来る。恋愛生活の最大の肯定が情死*になるように、忠義生活の最大の肯定が戦死にもなる。生が万有を領略してしまえば、個人は死ぬる。個人主義が万有主義になる。遁世主義で生を否定して死ぬるのとは違う。どうだろう、君、こう云う議論は」大村は再び歯を露《あら》わして笑った。

熱心に聞いていた純一が云った。「なる程そんなものでしょうかね。僕も跡で好く考えて見なくては分からないのですが、そんな工合に連絡を附けて見れば、切れ切れになっている近世の思想に、綜合点《そうごう》が出来て来るように思われますね。こないだなんとか云う博士《はくし》の説*だと云うので、こんな事が書いてありましたっけ。個人主義は西洋の思想で、個人主義では自己を犠牲にすることは出来ない。東洋では個人主義が家族主義になり、家族主義が国家主義になっている。そこで始て君父の為《た》めに身を棄てるということも出来ると云うのですね。こう云う説では、個人主義と利己主義と同一視してあるのだから、あなたの云う個人主義とは全く別ですね。それに個人主義から家族主義、それから国家主義と発展して来たもので、その発展が西洋に無くって、日本にあると云うのは可笑《おか》しいじゃありませんか」

「そりゃあ君、無論可笑しいさ。そんな人は個人主義を利己主義や自己中心主義と一しょにしているばかりではなくって、無政府主義とも一しょにしているのだね。一体太古の人間が一人一人穴居から這い出して来て、化学の原子のように離れ離れに生活していただろうと思うのは、まるで歴史を撥無《はつむ》*した話だ。若《も》しそうなら、人生の始は無政府的だが、そんな生活はいつの世にもありゃしなかった。無政府的生活なんと云うものは、今の無政府主義者の空想にしか無い。人間が最初そんな風に離れ離れに生活していて、それから人工的に社会を作った、国家を作ったと云う思想は、ルソオのContrat social《コントラ　ソシアル》*あたりの思想で、今になってまだそんな事を信じているものは、先ず無いね。遠い昔に溯《さかのぼ》って見れば見る程、人間は共同生活の束縛を受けていたのだ。それが次第にその羈絆《きはん》*を脱して、自由を得て、個人主義になって来たのだ。お互に文学を遣っているのだが、文学の沿革を見たって知れるじゃないか。運命劇*や境遇劇*が性格劇*になったと云うのは、劇が発展して個人主義になったのだ。今になって個人主義を退治《たいじ》ようとするのは、目を醒まして起きようとする子供を、無理に布団の中へ押し込んで押さえていようとするものだ。そんな事が出来るものかね」

これまでになく打ち明けて、盛んな議論をしているが、話の調子には激昂《げきこう》の迹《あと》は見えない。大村はやはりいつもの落ち着いた語気で話している。それを純一は唯「そうですね」「全くですね」と云って、聞いているばかりである。

「一体妙な話さ」と、大村が語り続けた。「ロシアと戦争をしてからは、西洋の学者が一般に、日本人の命を惜まないことを知って、一種の説明をしている。日本なんぞでは、家族とか国家とか云う思想は発展していないから、そういう思想の為めに犠牲になるのではない。日本人は異人種の鈍い憎悪《ぞうお》の為めに、生命《せいめい》の貴さを覚《さと》らない処から、廉価《れんか》な戦死をするのだと云っている。誰《たれ》の書物をでも見るが好《い》い。殆ど皆そんな風に観察している。こっちでは又西洋人が太古のままの個人主義でいて、家族も国家も知らない為めに、片っ端から無政府主義になるように云っている。こんな風にお互に méconnaissance《メコンネッサンス》＊の交換をしているうちに、ドイツとアメリカは交換大学教授の制度を次第に拡張《こうちょう》する。白耳義《ベルギイ》には国際大学が程なく立つ。妙な話じゃないか」と云って、大村は黙ってしまった。

純一も黙って考え込んだ。しかしそれと同時に尊敬している大村との隔てが、遽《にわ》かに無くなったような気がしたので、純一は嬉《うれ》しさに覚えず微笑《ほほえ》んだ。

「何を笑うんだい」と、大村が云った。

「きょうは話がはずんで、愉快ですね」

「そうさ。一々の詞《ことば》を秤《はかり》の皿に載せるような事をせずに、なんでも言いたい事を言うのは、我々青年の特権だね」

「なぜ人間は年を取るに従って偽善に陥ってしまうでしょう」

「そうさね。偽善というのは酷かも知れないが、甲らが硬くなるには違いないね。永遠なる生命が無いと共に、永遠なる若さも無いのだね」

純一は暫《しばら》く考えて云った。「それでもどうにかして幾分かその甲らの硬くなるのを防ぐことは出来ないでしょうか」

「甲らばかりでは無い。全身の弾力を保存しようという問題になるね。巴里《パリイ》の Institut《アンスチチユウ》 Pasteur《パストヨオル》＊に Metschnikoff《メチユニコッフ》＊というロシア人がいる。その男は人間の体が年を取るに従って段々石灰化してしまうのを防ぐ工夫をしているのだがね。不老不死の問題が今の世に再現するには、まあ、あんな形式で再現する外ないだろうね」

「そうですか。そんな人がありますかね。僕は死ぬまいなんぞとは思わないのですが、どうか石灰化せずにいたいものですね」

「君、メチュニコッフ自身もそう云っているのだよ。死なないわけには行かない。死ぬるまで弾力を保存したいと云うのだね」

二人共余り遠い先の事を考えたような気がしたので、言い合せたように同時に微笑んだ。二人はまだ老《おい》だの死だのということを、際限もなく遠いもののように思っている。人一人の生涯というものを測る尺度を、まだ具体的に手に取って見たことが無いのである。

忽《たちま》ち襖《ふすま》の外でことこと音をさせるのが聞えた。植長の婆《ば》あさんが気を利《き》かせて、二人の午飯《ひるめし》を用意して、持ち運んでいたのである。

二十一

食事をしまって茶を飲みながら、隔ての無い青年同士が、友情の楽しさを緘黙《かんもく》の中《うち》に味わっていた。何か言わなくてはならないと思って、言いたくない事を言う位は、所謂附合いの人の心を縛る縄としては、最も緩いものである。その縄にも縛られずに平気で黙りたい間黙っていることは、或る年齢を過ぎては容易に出来なくなる。大村と純一とはまだそれが出来た。

純一が炭斗《すみとり》*を引き寄せて炭をついでいる間に、大村は便所に立った。その跡で純一の目は、急に青い鳥の脚本の上に注がれた。Charpentier《シャルパンチエエ》 et《エエ》 Fasquelle《ファスケル》*版の仮綴《かりとじ》*の青表紙である。忙《せ》わしい手は、紙切小刀で切った、ざら附いた、出入りのあるペエジを翻《ひるがえ》した。そして捜し出された小さい名刺は、引き裂かれるところであったが、堅靱《けんじん》*なる紙が抗抵したので、揉《も》みくちゃにせられて袂《たもと》に入れられた。

純一は証拠を湮滅《えんめつ》させた犯罪者の感じる満足のような満足を感じた。

便所から出て来た大村は、「もうそろそろお暇《いとま》をしようか」と云って、中腰になって火鉢に手を翳《かざ》した。

「旅行の準備でもあるのですか」

「何があるものか」

「そんなら、まあ、好《い》いじゃありませんか」

「君も寂しがる性《たち》だね」と云って、大村は胡座《あぐら》を掻《か》いて、又紙巻を吸い附けた。「寂しがらない奴は、神経の鈍い奴か、そうでなければ、神経をぼかして世を渡っている奴だ。酒。骨牌《かるた》。女。Haschisch《ハッシッシュ》」

二人は顔を見合せて笑った。

それから官能的受用で精神をぼかしているなんということは、精神的自殺だが、神経の異様に興奮したり、異様に抑圧せられたりして、体をどうしたら好《い》いか分らないようなこともある。そう云う時はどうしたら好いだろうと、純一が問うた。大村の説では、一番健全なのはスエエデン式の体操*か何かだろうが、演習の仮設敵*のように、向うに的を立てなくては、倦《う》み易《やす》い。的を立てるとなると、sport《スポルト》*になる。sport《スポルト》になると、直接にもせよ間接にもせよ競争が生ずる。勝負が生ずる。畢竟《ひっきょう》倦まないと云うのは、勝とう勝とうと思う励みのあることを言うのであろう。ところが個人毎《ごと》に幾らかずつの相違はあるとしても、芸術家には先ずこの争う心が少い。自分の遣《や》っている芸術の上でからが、縦《たと》え形式の所謂競争には加わっていても、製作をする時はそれを忘れている位である。Paul Heyse《パウル ハイゼ》*の短編小説に、競争仲間の彫像を夜忍び込んで打ち壊すことが書いてあるが、あれは性格の上の憎悪を土台にして、その上に恋の遺恨をさえ含ませてある。要するに芸術家らしい芸術家は、恐らくはsport《スポルト》に熱中することがむずかしかろうと云うのである。

純一は思い当る所があるらしく、こう云った。「僕は芸術家がる訳ではないのですが、どうも勝負事には熱心になられませんね」

「もう今に歌がるた*の季節になるが、それでは駄目だね」

「全く駄目です。僕はいつも甘んじて読み役に廻されるのです」と、純一は笑いながら云った。

「そうさね。同じ詞で始まる歌が、百首のうちに幾つあるということを諳《そら》んじてしまって、初五文字《しょごもじ》を読んでしまわないうちに、どれでも好《い》いように、二三枚のかるたを押えてしまうことが出来なくては、上手下手の評に上《のぼ》ることが出来ない。もうあんな風になってしまえば、歌のせんは無い。子供のするいろはがるたも同じ事だ。もっと極端に云えばA《ア》の札B《べ》の札というようなものを二三枚ずつ蒔《ま》いて置いて、A《ア》と読んだ時、蒔いてあるA《ア》の札を残らず攫《さら》ってしまえば好いわけになる。若し歌がるたに価値があるとすれば、それは百首の歌を諳んじただけで、同じ詞で始まる歌が幾つあるかなんと云う、器械的な穿鑿《せんさく》をしない間の楽みに限られているだろう。僕なんぞもそんな事で記憶に負担をさせるよりは、何かもっと気の利いた事を覚えたいね」

「一体あんな事を遣ると、なんにも分からない、音《おん》の清濁も知らず、詞の意味も知らないで読んだり取ったりしている、本当の routiniers《ルチニエエ》* に愚弄《ぐろう》せられるのが厭《いや》です」

「それでは君にはまだ幾分の争気がある」

「若いのでしょう」

「どうだかねえ」

二人は又顔を見合せて笑った。

純一の笑う顔を見る度に、なんと云う可哀い目附きをする男だろうと、大村は思う。それと同時に、この時ふと同性の愛ということが頭に浮んだ。人の心には底の知れない暗黒の堺《さかい》がある。不断一段自分より上のものにばかり交るのを喜んでいる自分が、ふいとこの青年に逢《あ》ってから、余所《よそ》の交《まじわり》を疎《うと》んじて、ここへばかり来る。不断講釈めいた談話を尤《もつと》も嫌って、そう云う談話の聞き手を求めることは屑《いさぎよし》としない自分が、この青年の為めには饒舌《じようぜつ》して忌《い》むことを知らない。自分はhomosexuel《オモセクシユエル》*ではない積りだが、尋常の人間にも、心のどこかにそんな萌芽《ほうが》が潜んでいるのではあるまいかということが、一寸《ちよつと》頭に浮んだ。

暫《しばら》くして大村は突然立ち上がった。「ああ。もう行こう。君はこれから何をするのだ」

「なんにも当てがないのです。とにかくそこいらまで送って行きましょう」

午後二時にはまだなっていなかった。大学の制服を着ている大村と一しょに、純一は初音町の下宿を出て、団子坂の通へ曲った。

門《かど》ごとに立てた竹に松の枝を結び添えて、横に一筋の注連縄《しめなわ》が引いてある。酒屋や青物屋の賑《にぎ》やかな店に交って、商売柄でか、綺麗《きれい》に障子を張った表具屋＊の、ひっそりした家もある。どれを見ても、年の改まる用意に、幾らかの潤飾を加えて、店に立ち働いている人さえ、常に無い活気を帯びている。

この町の北側に、間口の狭い古道具屋が一軒ある。谷中は寺の多い処だからでもあろうか、朱漆《しゅうるし》の所々に残っている木魚《もくぎょ》や、胡粉《ごふん》＊の剝《は》げた木像が、古金《ふるかね》＊と数《かず》の揃《そろ》わない茶碗《ちゃわん》小皿との間に並べてある。天井からは鰐口《わにぐち》＊や磬《けい》が枯れた釣葱《つりしのぶ》＊と一しょに下がっている。

純一はいつも通る度に、ちょいとこの店を覗《のぞ》いて過ぎる。掘り出し物をしようとして、骨董店《こっとうてん》の前に足を留める、老人の心持と違うことは云うまでもない。純一の覗くのは、或る一種の好奇心である。国の土蔵の一つに、がらくた道具ばかり這入《はい》っているのがある。何に使ったものか、見慣れない器、闕《か》け損じて何の片割れとも知れない金屑《かなくず》や木の切れがある。純一は小さい時、終日その中に這入って、何を捜すとなしにそのがらくたを搔き交ぜていたことがある。亡《な》くなった母が食事の時、純一がいないというので、捜してその蔵まで来て、驚きの目を睜《みは》ったことを覚えている。

この古道具屋を覗くのは、あの時の心持の名残である。一種の探検である。鏽《さ》びた鉄瓶、焼き接《つ》＊ぎの痕《あと》のある皿なんぞが、それぞれの生涯の ruine《ルユイイヌ》＊を語る。きょう通って見ても、周囲の影響を受けずにいるのは、この店のみである。

純一が古道具屋を覗くのを見て、大村が云った。「君はいろんな物に趣味を有しているると見えるね」

「そうじゃないのです。あんまり妙な物が並んでいるので、見て通るのが癖になってしまいました」

「頭の中があの店のようになっている人もあるね」

二人はたわいもない事を言って、山岡鉄舟＊の建てた全生庵《ぜんしょうあん》＊の鐘楼《しゅろう》の前を下りて行《ゆ》く。

この時下から上がって来る女学生が一人、大村に会釈《えしゃく》をした。俯向《うつむ》けて歩いていた、廂《ひさし》の乱れ髪を、一寸横に傾けて、稲妻のように早い、鋭い一瞥《いちべつ》の下《もと》に、二人の容貌《ようぼう》、態度、性格をまで見たかと思われる位であった。

大村は角帽を脱いで答礼した。

純一は只女学生だなと思った。手に持っている、中身は書物らしい紫の包みの外には、喉《のど》の下と手首とを、リボンで括《くく》ったシャツや、袴《はかま》の菫色《すみれいろ》が目に留まったに過ぎない。実際女学生は余り人と変った風はしていなかった。着物は新大島＊、羽織はそれより少し粗い飛白《かすり》である。袴の下に巻いていた、藤紫地に赤や萌葱《もえぎ》*で摸様の出してある、友禅縮緬《ゆうぜんちりめん》*の袴下の帯は、純一には見えなかった。シャツの上に襲《かさ》ねた襦袢《じゅばん》の白衿《しろえり》には、だいぶ膩垢《あぶらあか》が附いていたが、こう云う反対の方面も、純一には見えなかった。

しかし純一の目に強い印象を与えたのは、琥珀色《こはくいろ》の薄皮の底に、表情筋が透いて見えるようなこの女の顔と、いかにも鋭敏らしい目《ま》なざしとであった。

どう云う筋の近附きだろうかと、純一が心の中《うち》に思うより先きに、大村が「妙な人に逢った」と、独言《ひとりごと》のようにつぶやいた。そして二人殆《ほとん》ど同時に振り返って見た時には、女はもう十歩ばかりも遠ざかっていた。

　それから坂を降りて又登る途《みち》すがら、大村が問わず語りにこんな事を話した。

　大村が始めてこの女に逢ったのは、去年雑誌女学界*の懇親会に往った時であった。なんとか云う若いピアニストが六段*をピアノで弾くのを聞いて、退屈しているところへ、遅れて来た女学生が一人あって、椅子《いす》が無いのでまごまごしていた。そこで自分の椅子を譲って遣って、傍《そば》に立っているうちに、その時もやはり本を包んで持っていた風炉敷《ふろしき》の角の引っ繰り返った処に、三枝《さいぐさ》と書いてあるのが目に附いた。その頃大村は女学界の主筆に頼まれて、短歌を選んで遣っていたが、際立《きわだ》って大胆な熱情の歌を度々採ったことがある。その作者の名が三枝茂子であった。三枝という氏《うじ》は余り沢山はなさそうなので、ふいと聞いて見る気になって、「茂子さんですか」と云うと、殆ど同時に女が「大村先生でいらっしゃいましょう」と云った。それから会話がはずんで、種々な事を聞くうちに、大村が外国語をしているかと問うと、独逸語《ドイツ》だと云う。独逸語を遣っている女というものには、大村はこの時始て出逢ったのである。

懇親会の翌日、大村の所へ茂子の葉書が来た。又暫く立つと、或る日茂子が突然大村の下宿へ尋ねて来た。Sudermann《ズウデルマン》＊の Zwielicht《ツヴイイリヒト》＊を持って、分からない所を質問しに来たのである。さ程見当違いの質問ではなかった。しかし問わない所が皆分かっているか、どうだかと云うことを、ためして見るだけの意地わるは大村には出来なかった。

その次の度には、Nicht《ニヒト》 doch《ドホ》＊と云う、Tavote《タヴオオテ》＊の短篇集を持って来た。先《ま》ず「ニヒト・ドホはなんと訳しましたら宜《よろ》しいのでしょう」と問われたには、大村は少からず辟易《へきえき》したと云うのである。これを話す時、大村は純一に、この独逸特有の語《ことば》を説明した。フランスの point《ポアン》 du《ドユ》 tout《ツウ》＊や、nenni-dà《ナンニイダア》＊に稍《やや》似ていて、どこやら符合しない語《ことば》なのである。極めて平易に書いた、極めて浅薄な、廉価なる喝采《かっさい》を俗人の読者に求めているらしい。タヴォオテの、あの巻頭の短篇を読んで見れば、多少隔靴＊の憾《うらみ》はあるとしても、前後の文意で、ニヒト・ドホがまるで分からない筈《はず》は無い。それが分かっているとすれば、この語《ことば》の説明に必然伴って来る具体的の例が、どんなものだということも分かっていなくてはならない。実際少しでも独逸が読めるとすれば、その位な事は分かっている筈である。それが分かっていて、なんの下心もなく、こんな質問をすることが出来る程、茂子さんは innocente《アンノサント》＊なのだろうか。それでは、篁村翁《こうそんおう》＊にでも言わせれば、余りに「紫の矢絣《やがすり》過ぎている」＊それであの人のいつも作るような、殆ど暴露的な歌が作られようか。今の十六の娘にそんなのがあろうか。それともと考え掛けて、大村はそれから先きを考えることを憚《はばか》ったと云うのである。

茂子さんはそれきり来なくなった。大村が云うには、二人は素《も》と交互の好奇心から接近して見たのであるが、先方でもこっちでも、求むる所のものを得なかった。そこで恩もなく怨《うら》みもなく別れてしまった。勿論《もちろん》先方が近づいて来るにも遠ざかって行《ゆ》くにも、主動的にはなっていたが、こっちにも好奇心はあったから、あらわに動かなかった中《うち》に、迎合し誘導した責は免れないと、大村は笑いながら云った。

大村がこう云って、詞《ことば》を切ったとき、二人は往来から引っ込めて立てた門のある、世尊院＊の前を歩いていた。寒そうな振《ふり》もせずに、一群の子供が、門前の空地で、鬼ごっこをしている。

「一体どんな性質の女ですか」と、突然純一が問うた。

「そうさね。歌を見ると、情に任せて動いているようで、逢って見ると、なかなか駈《かけ》引《ひき》のある女だ」

「妙ですね。どんな内の娘ですか」

「僕が問いもせず、向うが話しもしなかったのだが、後《のち》になって外《ほか》から聞けば、母親は京橋辺に住まって、吉田流*の按摩《あんま》の看板を出していると云うことだった」

「なんだか少し気味が悪いようじゃありませんか」

「さあ。僕もそれを聞いたときは、不思議なようにも思い、又君の云う通り、気味の悪いようにも思ったね。それからそう思ってあの女の挙動を、記憶の中から喚《よ》び起して見ると、年は十六でも、もうあの時に或る過去を有していたらしいのだね。やはりその身元の話をした男が云ったのだが、茂子さんは初め女医になるのだと云って、日本医学校*に這入って、男生ばかりの間に交って、随意科の独逸語を習っていたそうだ。その後《のち》何度学校を換えたか知れない。女子の学校では、英語と仏語の外は教えていないからでもあろうが、医学を罷《や》めたと云ってからも、男ばかりの私立学校を数えて廻っている。或る官立学校で独逸語を教えている教師の下宿に毎日通って、その教師と一しょに歩いていたのを見られたこともある。妙な女だと、その男も云っていた。とにかく problématique《プロブレマチック》*な所のある女だね」

二人は肴町《さかなまち》*の通りへ曲った。石屋の置場のある辺を通る時、大村が自分の下宿へ寄れと云って勧めたが、出発の用意は無いと云っても、手紙を二三本は是非書かなくてはならないと云うのを聞いて、純一は遠慮深くことわって、葬儀屋の角で袂《たもと》を別った。「Au revoir！」《オオ ルヴオアアル》*の一声《いっせい》を残して、狭い横町を大股《おおまた》に歩み去る大村を、純一は暫く見送って、夕《ゆうべ》の薄衣《うすぎぬ》に次第に包まれて行《ゆ》く街を、追分の方へ出た。点燈会社*の人足が、踏台を片手に提げて駈足で摩《す》れ違った。

二十二

箱根湯本の柏屋という温泉宿の小座舗《こざしき》に、純一が独り顔を蹙《しか》めて据わっている。

きょうは十二月三十一日なので、取引やら新年の設けやらの為《た》めに、家《うち》のものは立ち騒いでいるが、客が少いから、純一のいる部屋へは、余り物音も聞えない。只早川*の水の音がごうごうと鳴っているばかりである。伊藤公*の書いた七絶《しちぜつ》*の半折《はんせつ》*を掛けた床の間の前に、革包《かばん》が開けてあって、その傍《そば》に仮綴《かりとじ》の in octavo《アノクタヴオ》*版の洋書が二三冊、それから大版の横文雑誌《おうぶん》*が一冊出して開いてある。縦にペエジを二つに割って印刷して、挿画《さしえ》がしてある。これは L'Illustration《リルリュストラシヨン》 Théâtrale《テアトラアル》* の来たのを、東京を立つ時、そのまま革包に入れて出たのである。

ゆうべ東京を立って、今箱根に着いた。その足で浴室に行って、綺麗な湯を快く浴びては来たが、この旅行を敢《あえ》てした自分に対して、純一は頗《すこぶ》る不満足な感じを懐《いだ》いている。それが知らず識《し》らず顔色にあらわれているのである。

*　　*　　*

大村は近県旅行に立ってしまう。外に友達は無い。大都会の年の暮に、純一が寂しさに襲われたのも、無理は無いと云えば、それまでの事である。しかし純一はこれまで二日や三日人に物を言わずにいたって、本さえ読んでいれば、寂しいなんと云うことを思ったことはなかったのである。

寂しさ。純一を駆って箱根に来させたのは、果して寂しさであろうか。Solitude《ソリチユウド》* であろうか。そうではない。気の毒ながらそうではない。ニイチェの詞遣《ことばづかい》で言えば、純一は einsam《アインザアム》* なることを恐れたのではなくて、zweisam《ツヴアイザアム》* ならんことを願ったのである。

それも恋愛ゆえだと云うことが出来るなら、弁護にもなるだろう。純一は坂井夫人を愛しているのではない。純一を左右したものはなんだと、追窮して見れば、つまり動物的の策励だと云わなくてはなるまい。これはどうしたって庇護《ひご》をも文飾をも加える余地が無さそうだ。

東京を立った三十日の朝、純一はなんとなく気が鬱《うつ》してならないのを、曇った天気の所為《せい》に帰しておった。本を読んで見ても、どうも興味を感じない。午後から空が晴れて、障子に日が差して来たので、純一は気分が直るかと思ったが、予期とは反対に、心の底に潜んでいた不安の塊りが意識に上ぼって、それが急劇に増長して来て、反理性的の意志の叫声《さけびごえ》になって聞え始めた。その「箱根へ、箱根へ」と云う叫声に、純一は策《むち》うたれて起《た》ったに相違ない。

純一は夕方になって、急に支度をし始めた。そこらにある物を掻《か》き集めて、国から持って出た革包に入れようとしたが、余り大きくて不便なように思われたので、風炉敷に包んだ。それから東京に出る時買って来た、駱駝《らくだ》の膝掛《ひざかけ》を出した。そして植長の婆《ば》あさんに、年礼*に廻るのがうるさいから、箱根で新年をするのだと云って、車を雇わせた。実は東京にいたって、年礼に行かなくてはならない家は一軒も無いのである。

余り出し抜けなので、驚いて目を睜《みは》っている婆あさんに送られて、純一は車に乗って新橋へ急がせた。年の暮で、夜も賑《にぎ》やかな銀座を通る時、ふと風炉敷包みの不体裁なのに気が附いて鞆屋《ともえや》*に寄って小さい革包を買って、包《つつみ》をそのまま革包に押し込んだ。

新橋で発車時間を調べて見ると、もう七時五十分発の列車が出た跡で、次は九時発の急行である。国府津《こうづ》*に着くのは十時五十三分の筈であるから、どうしても、適当な時刻に箱根まで漕《こ》ぎ着けるわけには行かない。儘《まま》よ。行《ゆ》き当りばったりだと、純一は思って、いよいよ九時発の列車に乗ることに極《き》めた。そして革包と膝掛とを駅夫に預けて、切符を買うことも頼んで置いて、二階の壺屋＊の出店に上がって行った。まだ東洋軒＊には代っていなかったのである。

Buffet《ビュッフェエ》＊の前を通り抜けて、取り附きの室に這入《はい》って見れば、丁度夕食の時間が過ぎているので、一間《ひとま》は空虚である。壁に塗り込んだ、古風な煖炉《だんろ》に骸炭《コオクス》＊の火がきたない灰を被《かぶ》っていて、只電燈だけが景気好く附いている。純一は帽とインバネス＊とを壁の鉤《かぎ》に掛けて、ビュッフェエと壁一重を隔てている所に腰を掛けた。そして二品《ふたしな》ばかりの料理を誂《あつら》えて、申しわけに持って来させたビイルを、舐《な》めるようにちびちび飲んでいた。

初音町の家を出るまで、苛立《いらだ》つようであった純一の心が、いよいよこれで汽車にさえ乗れば、箱根に行かれるのだと思うと同時に、差していた汐《しお》の引くように、ずうと静まって来た。そしてこんな事を思った。平生自分は瀬戸なんぞの人柄の陋《いや》しいのを見て、何事につけても、彼と我との間には大した懸隔があると思っていた。就中《なかんずく》性欲に関する動作は、若《も》し刹那《せつな》に動いて、偶然提供せられた受用を容《ゆる》すか斥《しりぞ》けるかと云うだけが、問題になっているのなら、それは恕《じょ》すべきである。最初から計画して、汙《けが》れた行いをするとなると、余りに卑劣である。瀬戸なんぞは、悪所へ行く積りで家を出る。そんな事は自分は敢てしないと思っていた。それに今わざわざ箱根へ行《ゆ》く。これではいよいよ堕落して、瀬戸なんぞと同じようになるのではあるまいかとも思われる。この考えは、純一の為めに、頗る fierté《フイエルテエ》* を損ずるもののように感ぜられたのである。そこで純一の意識は無理な弁護を試みた。それは箱根へ行ったって、必ず坂井夫人との関係を継続するとは極まっていない。向うへ行った上で、まだどうでもなる。去就の自由はまだ保留せられていると云うのであった。

こんな事を思っているうちに、給仕が ham-eggs《ハムエッグス》* か何か持って来たので、純一はそれを食っていると、一人の女が這入って来た。薄給の家庭教師でもあろうかと思われる、痩《や》せた、醜い女である。竿《さお》のように真っ直な体附きをして、引き詰めた束髪の下に、細長い頸《くび》を露《あら》わしている。持って来た蝙蝠傘《こうもりがさ》*を椅子に倚《よ》せ掛けて腰を掛けたのが丁度純一のいる所と対角線で結び附けられている隅の卓で、純一にはその幅の狭い背中が見える。咖啡《コオフイイ》に crème《クレエム》* を誂えたが、クレエムが来たかと思うと、直ぐに代りを言い付けて、ぺろりと舐めてしまう。又代りを言い付ける。見る間に四皿舐めた。どうしても生涯に一度クレエムを食べたい程食べて見たいと思っていたとしか思われない。純一はなんとなく無気味なように感じて、食べているものの味が無くなった。謂《い》わばロオマ人の想像していたような lemures《レムレス》* の一人が、群を離れて這入って来たように感じたのである。これには仏教の方の餓鬼という想像も手伝っていたかも知れない。とにかく迷信の無い純一がどうした事かこの女を見て、旅行が不幸に終る前兆のように感じたのである。

急行の出る九時が段段近づいて来ると共に、客がぽつぽつこの間《ま》に這入って来て、中には老人や子供の交った大勢の組もあるので、純一の写象はやっと陰気でなくなった。どこかの学校の制服を着た、十五六の少年が煖炉の火を掻き起して、「皆ここへお出《い》で」と云って、弟や妹を呼んでいる。誰《たれ》かが食事を誂える。誰かが誂えたものが来ないと云って、小言を言う。

喧騒《けんそう》の中《うち》に時間が来て、誰彼《たれかれ》となくぽつぽつ席を立ち始めた。クレエムを食った femme《ファム》 omineuse《オミニヨオズ》*もこの時棒立ちに立って、蝙蝠傘を体に添えるようにして持って、出て行《ゆ》く。純一の所へは、駅夫が切符を持って催促に来た。

プラットフォオムはだいぶ雑遝《ざっとう》していたが、純一の乗った二等室は、駅夫の世話にならずに、跡から這入って来た客さえ、坐席に困らない位であった。向側《むこうがわ》に細君を連れて腰を掛けている男が、「却《かえっ》て一等の方が籠《こ》んでいるよ」と、細君に話していた。

汽車が動き出してから、純一は革包を開けて、風炉敷の中を捜して、本を一冊取り出した。青い鳥と同じ体裁の青表紙で、Henry《アンリイ》 Bernstein《ベルンスタイン》*の Le《ル》 voleur《ヴォリヨオル》*である。つまらない物と云うことは知っていながら、俗受けのする脚本の、ドラマらしいよりは寧《むし》ろ演劇らしい処を、参考に見て置こうと思って取り寄せて、そのまま読まずに置いたのであった。

象牙《ぞうげ》の紙切り小刀《こがたな》で、初めの方を少し切って、表題や人物の書いてある処を飜《ひるがえ》して、第一幕の対話を読んでいる。気の利《き》いた、軽い、唯《ただ》骨折らずに、筋を運ばせて行《ゆ》くだけの対話だと云うことが、直ぐに分かる。退屈もしないが、興味をも感じない。

二三ペエジ読むと、目が懈《だる》くなって来た。明りが悪いのに、黄いろを帯びた紙に、小さい活字で印刷してある、ファスケル版*の本が、汽車の振動に連れて、目の前でちらちらしているのだから堪《た》まらない。大村が活動写真*は目に毒だと云ったことなどを思い出す。お負《まけ》に隣席の商人らしい風をした男が、無遠慮に横から覗《のぞ》くのも気になる。読みさした処に、指を一本挟んで閉じた本を、膝の上に載せたまま、純一は暫く向いの窓に目を移している。汽車は品川にちょっと寄った切りで、ずんずん進行する。闇のうちを、折折どこかの燈火《ともしび》が、流星のように背後へ走る。忽《たちま》ち稍《やや》大きい明りが窓に迫って来て、車ははためきながら、或る小さい停車場《ば》を通り抜ける。

純一の想像には、なんの動機もなく、ふいと故郷の事が浮かんだ。お祖母《ば》あ様の手紙は、定期刊行物のように極まって来る。書いてある事は、いつも同じである。故郷の「時」は平等に、同じ姿に流れて行《ゆ》く。こちらから御返事をするのは、遅速がある。書く手紙にも、長短がある。しかもそれが遅くなり勝ち、短くなり勝ちである。優しく、親切に書こうとは心掛けているが、いつでも紙に臨んでから、書くことのないのに当惑する。ぼんやりした、捕捉し難い本能のようなものの外には、お祖母あ様と自分とを結び附けている内生活というものが無い。しかしこれは手紙だからで、帰ってお目に掛ったら、お話をすることがないことはあるまいなどと思う。こう思うと、新年には一度帰れと、二度も続けて言って来ているのに、この汽車を国府津で降りるのが、なんだか済まない事のようで、純一は軽い良心の呵責《かしゃく》を覚えた。

隣の商人らしい男が新聞を読み出したのに促されて、純一は又脚本を明けて少し読む。女主人公 Marie《マリイ》 Louise《ルイイズ》 の金をほしがる動機として、裁縫屋 Paquin《パケン》 の勘定の嵩《かさ》むことなぞが、官能欲を隠したり顕《あらわ》したりする、夫との対話の中《うち》に、そっと投げ入れてある。謀計と性欲との二つを綯《な》い交ぜにして、人を倦《う》ませないように筋を運ばせて行《ゆ》くのが、作者の唯一《ゆいいつ》の手柄である。舞台に注ぐ目だけは、倦まないだろうと云うことが想像せられる。しかし読んでいる人の心は、何等の動揺をも受けない。つまりこれでは脚本と云うものの théâtral《テアトラル》* な一面を、純粋に発展させたようなものだと思う。目がむず癢《がゆ》いようになると、本を閉じて外を見る。汽車の進行する向きが少し変って、風が烟《けむり》を横に吹き靡《なび》けるものと見えて、窓の外の闇を、火の子が彗星《すいせい》の尾のように背後へ飛んでいる。目が直ると、又本を読む。この脚本の先が読みたくなるのは、丁度探偵小説が跡を引くのと同じである。金を盗んだマリイ・ルイイズが探偵に見顕《みあらわ》されそうになったとたんに、この女に懸想《けそう》している青年 Fernand《フェルナン》 が罪を自分で引き受ける。憂悶《ゆうもん》の雲は忽ち無辜《むこ》*の青年と、金を盗まれた両親との上に掩《おお》い掛かる。それを余所《よそ》に見て、余りに気軽なマリイ・ルイイズは、閨《ねや》に入って夫に戯《たわむ》れ掛かる。陽に拒み、陰に促して、女は自分の寝支度を夫に手伝わせる。半ば呑《の》み半ば吐く対話と共に、女の身の皮は笋《たかんな》*を剝《は》ぐ如《ごと》くに、一枚々々剝がれる。所詮《しょせん》東京の劇場などで演ぜられる場では無い。女の紙入れが出る。「お前は生涯己《おれ》の写真を持ち廻るのか」「ええ。生涯持ち廻ってよ」「ちょっと見たいな」「いじっちゃあ、いや」「なぜ」「どうしてもいや」「そう云われると見たくなるなあ」「直ぐ返すのなら」「返さなかったら、どうする」「生涯あなたに物を言わないわ」「ちと覚束《おぼつか》ないな」「わたし迷信があるの。それを見られると」「変だぞ。変だぞ。その熱心に隠すのが怪しい」「開けないで下さいよ」「開ける。間男*の写真を拝見しなくては」こんな対話の末、紙入れは開かれる。大金《たいきん》が出る。蒸暑い恋の詞《ことば》が、氷のように冷たい嫌疑の詞になる。純一は目の痛むのも忘れて、Brésil《ブレジル》*へ遣《や》られる青年を気の毒がって、マリイ・ルイイズが白状する処まで、一息に読んでしまった。そして本を革包に投げ込んで、馬鹿にせられたような心持になっていた。

間もなく汽車が国府津に着いた。純一はどこも不案内であるから、余り遅くならないうちに泊って、あすの朝箱根へ行こうと思った。革包と膝掛とを自分に持って、ぶらりと停車場を出て見ると、図抜けて大きい松の向うに、静かな夜の海が横たわっている。

宿屋はまだ皆開《あ》いていて、燈火《ともしび》の影に女中の立ち働いているのが見える。手近な一軒につと這入って、留めてくれと云った。甲斐々々《かいがい》しい支度をした、小綺麗《こぎれい》な女中が、忙《いそが》しそうな足を留めて、玄関に立ちはだがって、純一を頭のてっぺんから足の爪尖《つまさき》まで見卸して、「どこも開《あ》いておりません、お気の毒様」と云ったきり、くるりと背中を向けて引っ込んでしまった。

次の宿屋に行《ゆ》く。同じようにことわられる。三軒目も四軒目も同じ事である。インバネスを着て、革包と膝掛とを提げた体裁は、余り立派ではないに違いない。しかし宿屋で気味を悪がって留めない程不都合な身なりだと云うでもあるまい。一人旅の客を留めないとか云う話が、いつどこで聞いたともなく、ぼんやり記憶には残っているが、そんな事が相応に繁華な土地に、今あろうとは思われない。現に東京では、なんの故障もなく留めてくれたではないか。

不思議だとは思うが、誰に問うて見ようもない。お伽話《とぎばなし》にある、魔女に姿を変えられた人のような気がしてならないのである。

純一はとうとう巡査の派出所に行って、宿泊の世話をして貰《もら》いたいと云った。巡査は四十ばかりの、flegmatique《フレグマチック》＊な、寝惚《ねぼ》けたような、口数を利かない男で、純一が不平らしく宿屋に拒絶せられた話をするのを聞いても、当り前だとも不当だとも云わない。縁《ふち》の焦《こ》げた火鉢に、股火《またび》＊をして当っていたのが、不精らしく椅子《いす》を離れて、机の上に置いてあった角燈を持って、「そんならこっちへお出でなさい」と云って、先きに立った。

巡査が純一を連れて行って立ち留まったのは、これまで純一が叩《たた》いたような、新築の宿屋と違って、壁も柱も煤《すす》で真っ黒に染まった家の門《かど》であった。もう締めてある戸を開けさせて、巡査が何か掛け合った。話は直ぐに纏《まと》まったらしい。中から頭を角刈にして、布子＊の下に湯帷子《ゆかた》を重ねて着た男が出て来て、純一を迎え入れた。巡査は角燈を光らせて帰って行った。

純一は真っ黒な、狭い梯子《はしご》を踏んで、二階に上ぼった。上り口《のぼりぐち》に手摩《てす》りが繞《めぐ》らしてある。二階は縁側のない、十五六畳敷の広間である。締め切ってある雨戸の外《ほか》には、建具*が無い。角刈の男は、行燈《あんどん》の中に石油ランプを嵌《は》め込んだのを提げて案内して来て、それを古畳の上に置いて、純一の前に膝《ひざ》を衝《つ》いた。

「直ぐにお休みなさいますか。何か御用は」

純一は唯とにかく屋根の下には這入られたと思っただけで、何を考える暇もなく、茫然《ぼうぜん》としていたが、その屋根の下に這入られた喜《よろこび》を感ずると共に、報酬的に何か言い付けた方が好かろうと、問われた瞬間に思い付いた。

「何か肴《さかな》があるなら酒を一本附けて来ておくれ。飯は済んだのだ」

「煮肴がございます」

「それで好《い》い」

角刈の男は、形ばかりの床の間の傍《そば》の押入れを開けた。この二階にも床の間だけはあるのである。そして布団《ふとん》と夜着と括《くく》り枕《まくら》*とを出して、そこへ床を展《の》べて置いて、降りて行った。

純一は衝っ立ったままで、暫《しばら》く床を眺めていた。座布団なんと云う贅沢品《ぜいたくひん》は、この家では出さないので、帽をそこへ抛《な》げたまま、まだ据わらずにいたのである。布団は縞《しま》が分からない程よごれている。枕に巻いてある白木綿も、油垢《あぶらあか》で鼠色《ねずみいろ》に染まっている。

純一はおそるおそる敷布団の上に据わって、時計を出して見た。もう殆《ほとん》ど十二時である。なんとも名状し難い不愉快が、若い、弾力に富んでいる心をさえ抑え附けようとする。このきたない家に泊るのが不愉快なのではない。境遇の懐子《ふところご》*たる純一ではあるが、優柔な effeminé《エッフエミネエ》*な人間にはなりたくないと、平生心掛けている。折々はことさらに Sparta《スパルタ》風*の生活をして見ようと思うこともある位である。しかしそれは自分の意志から出て、進んで困厄に就くのでなくては厭《いや》だ。他働的に、周囲から余儀なくせられて、窮屈な目に遭いたくはない。最初に旅宿をことわられてから、或る意地の悪い魔女の威力が自分の上に加わっているように、一歩一歩と不愉快な世界に陥って来たように思われる。それが厭でならない。

角刈の男が火鉢を持って上がって来た。藍色《あいいろ》の、嫌に光る釉《くすり》*の掛かった陶器の円火鉢である。跡から十四五の襷《たすき》を掛けた女の子が、誂《あつら》えた酒肴《さけさかな》を持って来た。徳利一本、猪口《ちよく》一つに、腥《なまぐさ》そうな青肴《あおざかな》の切身が一皿添えてある。女の子はこの品々を載せた盆を枕許《まくらもと》に置いて、珍らしそうに純一の鬘《しか》めた顔を覗いて見て、黙って降りて行った。男は懐から帳面を出して、矢立の筆を手に持って、「お名前を」と云った。純一は東京の宿所と名前とを言ったが、純の字が分からないので、とうとう自分で書いて遣った。

純一はどうして寝ようかと考えた。眠たくはないが、疲労と不愉快とで、頭の心《しん》が痛む。とにかく横にだけはなりたい。そこで袴《はかま》を脱いで、括り枕の上にそれを巻いた。それから駱駝《らくだ》の膝掛を二つに折って、その二枚の間に夜着の領《えり》の処を挟むようにして被《かぶ》せた。こうすれば顔や手だけは不潔な物に障《さわ》らずに済む。

純一は革包を枕許に持って来て置いた。それから徳利を攫《つか》んで、燗酒《かんざけ》を一口ぐいと飲んで、インバネスを着たまま、足袋を穿《は》いたまま、被せた膝掛のいざらないように、そっと夜着の領を持って、ごろりと寝た。暫くは顔がほてって来て、ひどく動悸《どうき》がするようであったが、いつかぐっすり寐《ね》てしまった。

いくら寐たか分からない。何か物音がすると云うことを、夢現《ゆめうつつ》の間に覚えていた。それから話声が聞えた。しかも男と女の話声である。そう思うと同時に純一は目が覚めた。「お名前は」男の声である。それに女が返事をする。愛知県なんとか郡《ごおり》なんとか村何《なん》の何兵衛《なにべえ》の妹何《なに》と云っているのは、若い女の声である。男は降りて行った。

知らぬ女と二人で、この二階に寝るのだと思うと、純一は不思議なような心持がした。しかし間の悪いのと、気の毒なのとで、その方を見ずに、じっとしていた。暫くして女が「もしもし」と云った。慥《たし》かに自分に言ったのである。想《おも》うに女の方では自分の熟睡していた処へ来て、目を醒《さ》ました様子から、わざと女の方を見ずにいる様子まで、すっかり見て知っているのらしい。純一はなんと云って好《い》いか分からないので、黙っていた。女はこう云った。

「あの東京へ参りますのですが、上りの一番は何時に出ますでしょうか」

純一は強情に女の方を見ずに答えた。「そうですね。僕も知らないのですが、革包の中に旅行案内があるから、起きて見て上げましょうか」

女は短い笑声《わらいごえ》を漏した。「いいえ。それでは宜《よろ》しゅうございます。どうせ起して貰うように頼んで置きましたから」

こう云ったきり、女は黙ってしまった。純一はやはり強情に見ずにいる。女の寐附かれないらしい様子で、度々寝返りをする音が聞える。どんな女か見たいとも思ったが、今更見るのは弥《いよいよ》間が悪いので見ずにいる。そのうちに純一は又寐入った。

朝になって純一が目を醒ました時には、女はもういなかった。こんな家《うち》で手水《ちょうず》*を使う気にもなられないので、急いで勘定をして、この家を飛び出した。角刈の男が革包を持って附いて来そうにするのをもことわった。この家との縁故を、少しも早く絶ちたいように思ったのである。

湯本の朝日橋まで三里の鉄道馬車*に身を托《たく》して、靄《もや》をちぎって持て来るような朝風に、洗わずに出た顔を吹かせつつ、松林を穿《うが》ち、小田原の駅を貫いて進むうちに、悪夢に似た国府津の一夜を、純一の写象は繰り返して見て、同じ間に寝て、詞を交しながら、とうとう姿を見ずにしまった、不思議な女のあったのを、せめてもの記念だと思った。奉公に都へ出る、醜い女であったかも知れない。それはどうでも好《い》い。どんな女とも知らずに落ち合って、知らずに別れたのを面白く思ったのである。

鉄道馬車を降りてから、純一はわざと坂井夫人のいる福住《ふくずみ》*を避けて、この柏屋に泊った。国府津に懲《こ》りて拒絶せられはしないかと云う心配もあったが、余り歓迎しないだけで、小さい部屋を一つ貸してくれた。去就の自由がまだあるのなんのと、覚束ない分疏《いいわけ》をして見るものの、いかなる詭弁《きべん》的見解を以てしても、その自由の大《おお》さが距離の反比例に加わるとは思われない。湯を浴びて来て、少し気分が直ったので、革包の中の本や雑誌を、あれかこれかと出しては見たが、どうも真面目《まじめ》に読み初めようと云う落着きを得られなかった。

二十三

福住へ行《ゆ》こうか、行くまいか。これは純一が自分で自分を弄《もてあそ》んでいる仮設の問題である。しかし意識の閾《しきい》の下では、それはもう疾《と》っくに解決が附いている。肯定せられている。若《も》しこの場合に猶《なお》問題があるとすれば、それは時間の問題に過ぎないだろう。

そしてその時間を縮めようとしている或る物が存《そん》じている。それは小さい記念の数々で、ふと心に留まった坂井夫人の挙動や、詞《ことば》と云う程でもない詞である。Un《アン》 geste《ジエスト》, un《アン》 mot《モオ》 inarticulé《イナルチクユレエ》*である。この物は時が立っても消えない。消えないどころではない。次第に璞《あらたま》*から玉が出来るように、記憶の中で浄《きよ》められて、周囲から浮き上がって、光の強い、力の大きいものになっている。本を読んでいても、そのペエジと目との間に、この記念が投射せられて、今まで辿《たど》って来た意味の上に、破り棄てることの出来ない面紗《めんしゃ》*を被せる。

この記念を忘れさせてくれるLethe《レエテ》*の水があるならば、飲みたいとも思って見る。そうかと思うと、又この記念位のものは、そっと棄てずに愛護して置いて、我《わが》感情の領分に、或るélégiaque《エレジアック》*な要素があるようにしたって、それがなんの煩累《はんるい》をなそうぞと、弁護もして見る。要するに苦悩なるが故《ゆえ》に芟《か》り除かんと欲し、甘き苦悩なるが故に割愛を難《かたん》ずるのである。

純一はこう云う声が自分を嘲《あざけ》るのを聞かずにはいられなかった。お前は東京からわざわざ箱根へ来たではないか。それがなんで柏屋から福住へ行《ゆ》くのを憚《はばか》るのだ。これは純一が為《た》めには、随分残酷な声であった。

昨夜《ゆうべ》好く寐なかったからと、純一は必要のない嘘《うそ》を女中に言って、午食《ごしょく》後に床を取らせて横になっているうちに、つい二時間ばかり寐てしまった。

目を醒まして見ると、一人の女中が火鉢に炭をついでいた。色の蒼白《あおじろ》い、美しい女である。今まで飯の給仕に来たり、昼寐の床を取りに来たりした女中とはまるで違って、着物も絹物を着ている。

「あの、新聞を御覧になりますなら、持って参りましょう」

俯向《うつむ》いた顔を挙げてちょいと見て、羞《はじ》を含んだような物の言いようをする。

「ああ。持って来ておくれ」

別に読みたいとも思わずに、唯《ただ》女の問うに任せて答えたのである。

女はやはり俯向いて、なまめかしい態度をして立って行った。

純一が起きて火鉢の側《そば》へ据わった処へ、新聞を二三枚持って来たのは、今立って行った女ではなかった。身なりも悪く、大声で物を言って、なんの動機もなく、不遠慮に笑う、骨格の逞《たくま》しい、並の女中である。純一はこの家に並の女中の外に、特別な女中の置いてあるのは、特別な用をさせる為めであろうと察したが、それを穿鑿《せんさく》して見ようとも思わなかった。

純一は一枚の新聞を手に取って、文芸欄を一寸《ちょっと》見て、好くも読まずに下に置いた。大村の謂《い》うクリクに身を置いていない純一が為めには、目《め》蓋《おお》いを掛けたように一方に偏した評論は何の価値をも有せない。

それから夕食前に少し散歩をして来ようと思って、ぶらりと宿屋を出た。石に触れて水の激する早川の岸を歩む。片側町に、宿屋と軒を並べた鏇匠《ひきものし》*の店がある。売っているのは名物の湯本細工*である。店の上《かみ》さんに、土産を買えと勧められて、何か嵩張《かさば》らないものをと、楊枝《ようじ》入《い》れやら、煙草《たばこ》箱やらを、二つ三つ選《え》り分けていた。

その時何か話して笑いながら、店の前を通り掛かる男女の浴客《よくかく》があった。その女の笑声《わらいごえ》が耳馴れたように聞えたので、店の上さんが吊銭《つりせん》の勘定をしている間、おもちゃの独楽《こま》を手に取って眺めていた純一が、ふと頭を挙げて声の方角を見ると、端《はし》なく坂井夫人と目を見合せた。

夫人は紺飛白《こんがすり》のお召縮緬《めしちりめん》の綿入れの上に、青磁色*の鶉縮緬《うずらちりめん》に三つ紋を縫わせた羽織を襲《かさ》ねて、髪を銀杏返《いちょうがえ》しに結《い》って、真珠の根掛を掛け、黒鼈甲《くろべっこう》*に蝶貝《ちょうがい》*を入れた櫛《くし》を挿《さ》している。純一の目には唯しっとりとした、地味な、しかも媚《こび》のある姿が映ったのである。

夫人の朗かな笑声は忽《たちま》ち絶えて、discret《ジスクレエ》*な愛敬笑《あいきょうわらい》が目に湛《たた》えられた。夫人は根岸で別れてからの時間の隔たりにも、東京とこの土地との空間の隔たりにも頓着《とんじゃく》しないらしい、極めて無造作な調子で云った。

「あら。来ていらっしゃるのね」

純一は「ええ」と云った積りであったが、声はいかにも均衡を失った声で、しかも殆《ほとん》ど我耳にさえ聞えない位低かった。

夫人は足を留めて連れの男を顧みた。四十を越した、巌乗《がんじょう》な、肩の廉張《かどば》った男である。器械刈*にした頭の、筋太な、とげとげしい髪には、霜降りのように白い処が交っていて、顔だけつやつやして血色が好《い》い。夫人はその男にこう言った。

「小泉さんと云う、文学をなさる方でございます」それから純一の方に向いて云った。

「この方は画家の岡村さんですの。やはり福住に泊っていらっしゃいます。あなたなぜ福住へいらっしゃらなかったの。わたくしがそう申したじゃありませんか」

「つい名前を忘れたもんですから、柏屋にしました」

「まあ忘れっぽくていらっしゃることね。晩にお遊びにいらっしゃいましな」言い棄てて、夫人が歩き出すと、それまで二王立《におうだち》に立って、巨人が小人島《こびとじま》の人間を見るように、純一を見ていた岡村画伯は、「晩に来給《きたま》え」と、谺響《こだま》のように同じ事を言って、夫人の跡に続いた。

純一は暫《しばら》く二人を見送っていた。その間店の上さんが吊銭を手に載せて、板縁《いたえん》*に膝《ひざ》を衝《つ》いて待っていたのである。純一はそれに気が附いて、小さい銀貨に大きい銅貨の交ったのを慌《あわ》てて受け取って、鰐皮《わにがわ》*の蝦蟇口《がまぐち》*にしまって店を出た。

対岸に茂っている木々は、Carnaval《カルナヴァル》*に仮装をして、脚ばかり出した群《むれ》のように、いつの間にか夕霧に包まれてしまって駅路《えきろ》の所々《ところどころ》にはぽつりぽつりと、水力電気の明りが附き始めた。

純一はぼんやりして宿屋の方へ歩いている。或る分析し難い不愉快と、忘れていたのを急に思い出したような寂しさとが、頭を一ぱいに塡《うず》めている。そしてその不愉快が嫉妬《しっと》ではないと云うことを、純一の意識は証明しようとするが、それがなかなかむずかしい。なぜと云うに、あの湯本細工の店で邂逅《かいこう》した時、もし坂井夫人が一人であったなら、この不愉快はあるまいと思うからである。純一の考はざっとこうである。

とにかくあの岡村という大男の存在が、己《おれ》を刺戟《しげき》したには相違ない。画家の岡村と云えば、四条派*の画《え》で名高い大家だということを、己も聞いている。どんな性質の人かは知らない。それを強いて知りたくもない。唯あの二人を並べて見たとき、なんだか夫婦のようだと思ったのが、慥かに己の感情を害した。そう思ったのは、決して僻目《ひがめ》ではない。知らぬ人の冷澹《れいたん》な目で見ても、同じように見えるに違いない。早い話が、あの店の上さんだって、若しあの二人に対して物を言うことになったら、旦那《だんな》様奥様と云っただろう。己は何もあんな男を羨《うらや》みなんかしない。あの男の地位に身を置きたくはない。しかし癪《しゃく》に障《さわ》る奴《やつ》だ。こんな風に岡村を憎む念が起って、それと同時に坂井夫人に対しては暗黒な、しかも鋭い不平を感ずる。不義理な、約束に背いた女だとさえ云いたい。しかし夫人は己にどんな義理があるか。夫人の守らなくてはならない約束はどんな約束であるか。この問には答うべき詞が一つもないのである。どうしてもこの感じは嫉妬にまぎらわしいようである。

そしてこの感じに寂しさが伴っている。厭《いや》な、厭な寂しさである。大村に別れた後《のち》に、東京で寂しいと思ったのなんぞは、まるで比べものにならない。小さい時、小学校で友達が数人首を集めて、何か咡《ささや》き合っていて、己がひとり遠くからそれを望見したとき、稍《やや》これに似た寂しさを感じたことがある。己はあの時十四位であった。丁度同じ学校に、一つ二つ年上で痩《やせ》ぎすの、背の高い、お勝という女生徒がいた。それが己を憎んで、動《やや》もすればこう云う境地に己を置いたのである。いつも首を集めて咡き合う群の真中には蝶々髷《ちょうちょうまげ》*だけ外の子供より高いお勝がいて、折々己の方を顧みる。何か非常な事を己に隠して遣《や》っているらしい。その癖群に加わっている子供の一人に、跡からその時の話を聞いて見れば、なんでもない、己に聞せても差支《さしつかえ》ない事である。己はその度毎《たびごと》に、お勝の技倆《ぎりょう》に敬服して、好くも外の子供を糾合してあんな complot《コムプロオ》*の影を幻出することだと思った。今己がこの事を思い出したのは、寂しさの感じから思い出したのであるが、つくづく考えて見れば、あの時の感じも寂しさばかりではなかったらしい。お勝は嫉妬の萌芽《ほうが》を己の心に植え附けたのではあるまいか。

純一はこんな事を考えながら歩いていて、あぶなく柏屋の門口《かどぐち》を通り過ぎようとした。幸に内から声を掛けられたので、気が附いて戸口を這入《はい》って、腰を掛けたり立ったりした二三人の男が、帳場の番頭と話をしている、物騒がしい店を通り抜けて、自分の部屋の障子を明けた。女中がひとり背後《うしろ》から駈《か》け抜けて、電燈の鍵《かぎ》*を捩《ねじ》った。

* * *

夕食をしまって、純一は昼間見なかった分の新聞を取り上げて、引っ繰り返して見た。ふと「色糸」*と題した六号活字の欄に、女の写真が出ているのを見ると、その首の下に横に「栄屋おちゃら」と書いてあった。印刷インクがぼってりとにじんでいて、半分隠れた顔ではあるが、確かに名刺をくれた柳橋の芸者である。

記事はこうである。「栄屋の抱えおちゃら*(十六)は半玉*の時から男狂いの噂《うわさ》が高かったが、役者は宇左衛門*が贔屓《ひいき》で性懲《しょうこり》のない人形喰《にんぎょうくい》*である。但《ただ》し慾気のないのが取柄とは、外《ほか》からの側面観で、同家のお辰姉《たつね》えさんの強意見《こわいけん》は、動《やや》ともすれば折檻贋《せっかんまが》いの手荒い仕打になるのである。まさか江戸時代の柳橋芸者の遺風を慕うのでもあるまいが、昨今松さんという絆纏着《はんてんき》*の兄《に》いさんに熱くなって、お辰姉えさんの大目玉を喰《く》い、しょげ返っているとはお気の毒」

読んでしまって純一は覚えず微笑《ほほえ》んだ。縦《たと》い性欲の為めにもせよ、利を図ることを忘れることの出来る女であったと云うのが、殆ど嘉言善行《かげんぜんこう》を見聞きしたような慰めを、自分に与えてくれるのである。それは人形喰いという詞が、頗《すこぶ》る純一の自ら喜ぶ心を満足せしめるのである。若い心は弾力に富んでいる。どんな不愉快な事があって、自己を抑圧していても、聊《いささ》かの弛《ゆる》みが生ずるや否《いな》や、弾力は待ち構えていたようにそれを機として、無意識に元に帰そうとする。純一はおちゃらの記事を見て、少し気分を恢復《かいふく》した。

丁度そこへ女中が来て、福住から来た使《つかい》の口上を取り次いだ。お暇ならお遊びにいらっしゃいと、坂井さんが仰《おっし》ゃったと云うのである。純一は躊躇《ちゅうちょ》せずに、只今伺いますと云えと答えた。想《おも》うに純一は到底この招きに応ぜずにしまうことは出来なかったであろう。なぜと云うに、縦《よ》しや強《す》ねてことわって見たい情はあるとしても、卑怯《ひきょう》らしく退嬰《たいえい》*の態度を見せることが、残念になるに極《き》まっているからである。しかし少しも逡巡《しゅんじゅん》*することなしに、承諾の返事をさせたのは、色糸のおちゃらが坂井夫人の為めに緩頬《かんきょう》の労を取ったの*だと云っても好《い》い。

純一は直ぐに福住へ行った。

女中に案内せられて、万翠楼《ばんすいろう》*の三階の下を通り抜けて、奥の平家立ての座敷に近づくと、電燈が明るく障子に差して、内からは笑声《わらいごえ》が聞えている。Basse《バス》*の嘶《いなな》くような笑声である。岡村だなと思うと同時に、このまま引き返してしまいたいような反感が本能的に起って来る。

箱根に於ける坂井夫人。これは純一の空想に度々画《えが》き出《いだ》されたものであった。鬱蒼《うっそう》たる千年の老木の間に、温泉宿の離れ座敷がある。根岸の家の居間ですら、騒がしい都会の趣はないのであるが、ここは又全く人間に遠ざかった境《さかい》で、その静寂の中《うち》にOndine《オンジイヌ》*のような美人を見出すだろうと思った。それに純一は今先《ま》ずFaune《フオオヌ》*の笑声を聞かなくてはならないのである。

廊下に出迎えた女を見れば、根岸で見たしづ枝である。

「お待ちなさっていらっしゃいますから、どうぞこちらへ」ここで客の受取り渡しがある。前哨線《ぜんしょうせん》*が張ってあるようなものだと、純一は思った。そして何物が掩護《えんご》せられてあるのか。その神聖なる場所は、岡村という男との差向いの場所ではないか。根岸で嬉《うれ》しく思ったことを、ここでは直ぐに厭に思う。地を易《か》うれば皆然《しか》りである。

次の間に入って跪《ひざまず》いたしづ枝が、「小泉様がお出でになりました」と案内をして、徐《しず》かに隔ての障子を開けた。

「さあ、こっちへ這入《はい》り給え。奥さんがお待兼だ」声を掛けたのは岡村である。さすがに主客の行儀は好《い》い。手あぶりは別々に置かれて、茶と菓子とが出る。しかし奥さんの傍《そば》にある置炬燵《おきごたつ》は、又純一に不快な感じを起させた。しず枝に茶を入れ換えることを命じて置いて、奥さんは純一の顔をじっと見た。

「あなた、いつから来ていらっしゃいますの」

「まだ来たばっかりです。来ると直ぐあなたにお目に掛かったのです」

「柏屋には別品がいるでしょう」と、岡村が詞《ことば》を挟んだ。

「どうですか。まだ来たばっかりですから、僕には分かりません」

「そんな事じゃあ困るじゃないか。我輩なんぞは宿屋に着いて第一に着眼するのはそれだね」

声と云い、詞と云い、だいぶ晩酌が利《き》いているらしい。

「世間の人が皆岡村さんのようでは大変ですわね」奥さんは純一の顔を見て、庇護《ひご》するように云った。

岡村はなかなか黙っていない。「いや、奥さん。そうではありませんよ。文学者なんというものは、画かきよりは盛んな事を遣るのです」これを冒頭に、岡村の名を知っている、若い文学者の噂が出る。近頃そろそろ出来掛かった文芸界のBohémiens《ボエミアン》

が、岡村の交際している待合のお上だの、芸者だのの目に、いかに映じているかと云うことを聞くに過ぎない。次いで話は作品の上に及んで、「蒲団《ふとん》」*がどうの、「煤烟《ばいえん》」*がどうのと云うことになる。意外に文学通だと思って、純一が聞いて見ると、どれも読んではいないのであった。

純一にはこの席にいることが面白くない。しかしおとなしい性《たち》なので厭な顔をしてはならないと思って、努めて調子を合せている。その間にも純一はこう思った。世間に起る、新しい文芸に対する非難と云うものは、大抵この岡村のような人が言い広めるのだろう。作品を自分で読んで見て、かれこれ云うのではあるまい。そうして見れば、作品そのものが社会の排斥を招くのではなくて、クリク同士の攻撃的批評に、社会は雷同するのである。発売禁止の処分だけは、役人が訐《あば》いて申し立てるのだが、政府が自然主義とか個人主義とか云って、文芸に干渉を試みるようになるのは、確かに攻撃的批評の齎《もたら》した結果である。文士は自己の建築したものの下に、坑道を穿《うが》って、基礎を危《あやう》くしていると云っても好《い》い。蒲団や煤烟には、無論事実問題も伴っていた。しかし煤烟の種になっている事実こそは、稍外間《がいかん》へ暴露した行動を見たのであるが、蒲団やその外の事実問題は大抵皆文士の間で起したので、所謂《いわゆる》六号文学*のすっぱ抜きに根ざしているではないか。

しづ枝が茶を入れ換えて、主客三人の茶碗に注《つ》いで置いて、次へ下がった跡で、奥さんが云った。

「小泉さん。あなた余りおとなしくしていらっしゃるから、岡村さんが勝手な事ばかし仰《おつし》ゃいますわ。あなたの方でも、画かきの悪口でも言ってお上げなさると好《い》いわ」

「まあ僕は廃《よ》しましょう」純一は笑《わらい》を含んでこう云った。しかしこの席に這入ってから、動《やや》もすれば奥さんの自分を庇護してくれるのが、次第に不愉快に感ぜられて来た。それは他人あしらいにせられると思うからである。その反面には、奥さんが岡村に対して、遠慮することを須《もち》いない程の親しさを示しているという意味がある。極言すれば、夫婦気取りでいるとも云いたいのである。

岡村が純一に、何か箱根で書く積りかと問うたので、純一はありのままに、そんな企ては持っていないと云った。その時奥さんが「小泉さんなんぞはまだお若いのですから、そんなにお急ぎなさらなくても」と云ったが、これも庇護の詞になったのである。純一は稍反抗したいような気になって、「先生は何かおかきですか」と問い返した。そうすると奥さんが、岡村は今年の夏万翠楼の襖《ふすま》や衝立《ついたて》を大抵かいてしまったのだと云った。それが又岡村との親しさを示すと同時に、岡村と奥さんとが夏も福住で一しょにいたのではないかと云う問題が、端なく純一の心に浮んだ。

純一はそれを慥《たしか》めたいような心持がしたが、そんな問を発するのは、人に言いたくない事を言わせるに当るように思われるので、気を兼ねて詞をそらした。

「箱根は夏の方が好《い》いでしょうね」

「そうさ」と云って、岡村は無邪気に暫《しばら》く考える様子であった。そして何か思い出したように、顴骨《かんこつ》の張った大きい顔に笑《えみ》を湛《たた》えて、詞を続《つ》いだ。「いや。夏が好くもないね。今時分は靄《もや》が一ぱい立ち籠《こ》めて、明りを覗《ねら》って虫が飛んで来て為様《しよう》がないからね。それ、あの兜虫《かぶとむし》のような奴さ。東京でも子供がかなぶんぶん*と云って、攫《つか》まえておもちゃにするのだ。あいつが来るのだね」

奥さんが傍《そば》から云った。「それは本当に大変でございますの。障子を締めると、飛んで来て、ばたばた紙にぶっ附かるでしょう。そしておっこって、廊下をがさがさ這い廻るのを、男達が攫《さら》って、手桶《ておけ》の底に水を入れたのを持って来て、その中へ叩《たた》き込んで運んで行きますの」

純一は聞きながら、二人は一しょにそう云う事に出逢《であ》ったと云うのだろうか、それとも岡村も奥さんも偶然同じ箱根の夏を知っているに過ぎないのだろうかと、まだ幾分の疑いを存《そん》じている。

岡村は少し興に乗じて来た。「随分かなぶんぶんには責められたね。しかし吾輩は復讐《ふくしゅう》を考えている。あいつの羽を切って、そいつに厚紙で拵《こしら》えた車を、磐石糊《ばんじゃくのり》*という奴で張り附けて曳《ひ》かせると、いつまでも生きていて曳くからね。吾輩は画かきを廃して、辻に出てかなぶんぶんの車を曳く奴を、子供に売って遣ろうかと思っている」こう云って、独りで笑った。例の嘶《いな》くように。

「磐石糊というのは、どんな物でございますの」と、奥さんが問うた。

「磐石糊ですか。町で幾らも売っていまさあ」

「わたくしあなたが上野の広小路あたりへ立って、かなぶんぶんを売っていらっしゃる処が拝見しとうございますわ」

「きっと盛んに売れますよ。三越*なんぞで児童博覧会*だのなんのと云って、いろんなおもちゃを陳列して見せていますが、まだ生きたおもちゃと云うのはないのですからね」

「直ぐに人が真似《まね》をいたしはしませんでしょうか。戦争の跡に出来たロシア麪包《パン》*のように」

「吾輩専売にします」

「生きた物の専売がございましょうか」

「さあ、そこまでは吾輩まだ考えませんでした」岡村は又笑った。そして言い足した。

「とにかくうるさい奴ですよ。大抵篝《かがり》に飛び込んで、焼け死んだ跡が、あれ程遺って来るのですからね」

「ほんとにあの篝は美しゅうございましたわね」

純一ははっと思った。この「美しゅうございました」と云った過去の語法は、二人が一しょに篝を見たのだと云うことをirréfutable《イルレフュタアブル》＊に証明しているのである。情況から判断すれば、二人が夏を一しょに暮らしたと云うことは、もう疾《と》っくに遺憾なく慥められているのであるが、純一はそれを問わないで、何等かの方法を以て、直接に知りたいと、悟性を鋭く働かせて、対話に注意していたのであった。

純一の不快な心持は、急劇に増長して来た。そしてこの席にいる自分が車の第三輪ではあるまいかという疑いが起って、それが間断なく自分を刺戟《しげき》して、とうとう席に安んぜざらしむるに至った。

「僕は今夜はもうお暇《いとま》をします」純一は激した心を声にあらわすまいと努めてこう云って、用ありげに時計を出して見ながら座を起《た》った。実は時計の鍼《はり》はどこにあるか、目にも留まらず意識にも上《のぼ》らなかったのである。

二十四

福住の戸口を足早に出て来た純一は、外へ出ると歩度を緩めて、万翠楼の外囲いに沿うて廻って、坂井夫人のいる座敷の前に立ち留まった。この棟《むね》だけ石垣を高く積み上げて、中二階のように立ててある。まだ雨戸が締めてないので、燈火《ともしび》の光が障子にさしている。純一は暫く障子を見詰めていたが、電燈の位置が人の据わっている処より、障子の方へ近いと見えて、人の影は映っていなかった。

暇乞《いとまごい》をして出る時には、そんな事を考える余裕はなかったが、今になって思えば、自分が座敷を立つ時、岡村も一しょに暇乞をすべきではなかっただろうか。それとも子供のような自分なので、それ程の遠慮もしなかったのか。それとも自分を見くびる見くびらないに拘《かかわ》らず、岡村は夫人と遠慮なんぞをする必要の全く無い交際をしているのか。純一はこんな事を気に掛けて、明りのさしている障子を目守《まも》っている。今にも岡村の席を起《た》って帰る影が映りはしないかと待つのである。そして純一の為《た》めには、それが気に掛かり、それが待たれるのが腹が立つ。恋人でもなんでもない夫人ではないか。その夫人の部屋に岡村がいつまでいようと好《い》いではないか。それをなんで自分が気にするのか。なんと云う腑甲斐《ふがい》ない事だろうと思うと、憤慨に堪《た》えない。

純一は暫く立っていたが、誰《たれ》に恥じるともなく、うしろめたいような気がして来たので、ぶらぶら歩き出した。夜《よ》に入《い》って一際《ひときわ》高くなった、早川の水の音が、純一が頭の中の乱れた情緒《じょうしょ》の伴奏をして、昼間感じたよりは強い寂しさが、虚に乗ずるように襲って来る。

柏屋に帰った。戸口を這入《はい》る時から聞えていた三味線が、生憎《あいにく》純一が部屋の上で鳴っている。女中が来て、「おやかましゅうございましょう」と挨拶《あいさつ》をする。どんな客かと問えば、名古屋から折々見える人だと云う。来たのは無論並の女中である。特別な女中は定めて二階の客をもてなしているのであろう。

二階はなかなか賑《にぎ》やかである。わざわざ大晦日《おおみそか》の夜を騒ぎ明かす積りで来たのかも知れない。三味線の音《ね》が絶えずする。女が笑う。年増《としま》らしい女の声で、こんな呪文《じゅもん》のようなものを唱える。「べろべろの神さんは、＊正直な神さんで、おささ＊の方へお向きやれ。どこへ盃《さかずき》さあしましょ。ここ等《ら》か、ここ等か」この呪文は繰り返し繰り返して唱えられる。一度唱える毎《ごと》に、誰かが杯《さかずき》を受けるのであろう。

純一は取ってある床の中に潜り込んで、じっとしている。枕《まくら》に触れて、何物をか促し立てるように、頸《くび》の動脈が響くので、それを避けようと思って寝返りをする。その脈がどうしても響く。動悸《どうき》が高まっているのであろう。それさえあるに、べろべろの神さんがしゅうねく祟《たた》って、呪文はいよいよ高く唱えられるのである。

純一は何事をも忘れて寐《ね》ようと思ったが、とても寐附かれそうにはない。過度に緊張した神経が、どんな微細な刺戟にも異様に感応《かんおう》する。それを意識が丁度局外に立って観察している人の意見のように、「こんな頭に今物を考えさせたって駄目だ、どうにかして寐かす事だ」と云って促している。さて意識の提議する所に依《よ》ると、純一たるものはこの際行うべき或る事を決定して、それを段落にして、無理にも気を落ち着けて寐るに若《し》くはない。その或る事は巧緻《こうち》でなくても好《い》い。頗《すこぶ》る粗大な、脳髄に余計な要求をしない事柄で好い。却《かえっ》て愈々《いよいよ》粗大なだけ愈々適当であるかも知れない。

例之《たとえ》ば箱根を去るなんぞはどうだろう。それが好《い》い。それなら断然たる処置であって、その癖温存《おんそん》的工夫を要する今の頭を苦めなくて済む。そして種々の不愉快を伝達している幾条の電線が一時に切断せられてしまうのである。

箱根を去るのが実に名案である。これに限る。そうすれば、あの夫人に見せ附けて遣《や》ることが出来る。己だってそう馬鹿にせられてばかりはいないということを、見せ附けて遣ることが出来る。いやいや。そんな事は考えなくても好《い》い。夫人がなんと思おうと構うことは無い。とにかく箱根を去る。そしてこれを機会にして、根岸との交通を断《た》ってしまう。あの質《しち》のようになっているラシイヌの集《しゅう》を小包で送り返して遣る。早く谷中へ帰って、あれを郵便に出してしまいたい。そうしたらさぞさっぱりするだろう。

こう思うと、純一の心は濁水に明礬《みょうばん》*を入れたように、思いの外早く澄んで来た。その濁りと云うものの中《うち》には、種々の籠《こ》み入った、分析し難い物があるのを、かれこれの別なく、引きくるめて沈澱《ちんでん》させてしまったのである。これは夜の意識が仮初《かりそめ》に到達した安心の境《さかい》ではあるが、この境が幸に黒甜郷《こくてんきょう》*の近所になっていたと見えて、べろべろの神さんの相変らず跳梁《ちょうりょう》*しているにも拘らず、純一は頭を夜着の中に埋《うず》めて、寐入ってしまった。

翌朝《よくあさ》純一は早く起きる積りでもいなかったが、夜明《よあけ》近く物音がして、人の話声が聞えたので、目を醒《さ》まして便所へ行った。そうすると廊下で早立ちの客に逢った。洋服を着た、どちらも四十恰好《しじゅうがっこう》の二人である。荷物を玄関に運ぶ宿の男を促しながら、外《がい》套《とう》の衿《えり》の底に縮めた首を傾け合って、忙《せわ》しそうに話をしている。極めて真面目《まじめ》で、極めて窮屈らしい態度である。純一は、なぜゆうべのような馬鹿げた騒ぎをするのだと云って見たい位であった。

便所からの帰りに、ふと湯に入《い》ろうかと思って、共同浴室を覗《のぞ》いて見ると、誰《たれ》か一人這入っている。蒸気が立ち籠めて、好くは見えないが、湯壺《ゆつぼ》*の側に蹲《つくば》っている人の姿が女らしかった。そしてその姿が、人のけはいに驚かされて、急いで上がろうとするらしく思われた。純一は罪を犯したような気がして、そっとその場を逃げて自分の部屋に帰った。

部屋には帰って見たが、早立ちの客の外は、まだ寐静まっている時なので、火鉢に火も入れてない。純一は又床に這入って、強いて寐ようとも思わずに、横になっていた。

目がはっきり冴《さ》えて、もう寐られそうにもない。そしてゆうべ床に這入ってから考えた事が、糸で手繰り寄せられるように、次第に細かに心に浮んで来る。

夜疲れた後《のち》に考えた事は、翌朝になって見れば、役に立たないと云う経験は、純一もこれまでしているのだが、ゆうべの決心は今頭が直ってから繰り返して見ても、やはり価値を減ぜないようである。啻《ただ》に価値を減ぜないばかりでは無い。明かな目で見れば見る程、大胆で、héroique《エロイック》*な処が現れて来るかとさえ思われる。今から溯《さかのぼ》って考えて見れば、ゆうべは頭が鈍くなっていたので、左顧右眄《さこゆうべん》*することが少く、種々な思慮に掣肘《せいちゆう》*せられずに、却って早くあんな決心に到着したかとも推《すい》せられるのである。

純一はきょうきっと実行しようと自ら誓った。そして心の中にも体の中にも、これに邪魔をしそうな或る物が動き出さないのを見て、最終の勝利を贏《か》ち得たように思った。しかしこれは一の感情が力強く浮き出せば、他の感情が暫く影を斂《おさ》めるのであった。後《のち》になってから、純一は幾度か似寄った誘惑に遭って、似寄った奮闘を繰り返して、生物学上の出来事が潮の差引のように往来するものだと云うことを、次第に切実に覚知して、太田錦城《きんじょう》＊と云う漢学の先生が、「天の風雨の如《ごと》し」と原始的な譬喩《ひゆ》を下したのを面白く思った。

さてきょう実行すると極めて、心が落ち着くと共に、潜っている温泉宿の布団の中へ、追憶やら感想やら希望やら過現未《かげんみ》＊三つの世界から、いろいろな客が音信《おとず》れて来る。国を立って東京へ出てから、まだ二箇月余りを閲《けみ》したばかりではある。しかし東京に出たら、こうしようと、国で思っていた事は、悉《ことごと》く泡沫《ほうまつ》の如くに消えて、積極的にはなんのし出来《でか》したわざも無い。自分だけの力で為《な》し得ない事を、人にたよってしようと云うのは、おおかた空頼《そらだの》めになるものと見える。これに反して思い掛けなく接触した人から、種々な刺戟を受けて、蜜蜂《みつばち》がどの花からも、変った露を吸うように、内に何物かを蓄えた。その花から花へと飛び渡っている間、国にいた時とは違って、己は製作上の拙《つたな》い試みをせずにいた。これが却て己の為めには薬になっていはすまいか。今何か書いて見たら、書けるようになっているかも知れない。国にいた時、碁を打つ友達がいた。或る会の席でその男が、打たずにいる間に棋が上がると云う経験談をすると、教員の山村さんが、それは意識の閾《しきい》の下で、棋《ご》の稽古《けいこ》をしていたのだと云った事がある。今書いたら書けるかも知れない。そう思うとこの家《うち》で、どこかの静かな部屋を借りて、久し振に少し書き始めて見たいものだ。いや。そうだっけ。それでは切角のあの実行が出来ない。ええ糞《くそ》。坂井の奥さんだの岡村だのと云う奴が厄介だな。大村の言草ではないが、Der《デル》 Teufel《トイフェル》 hole《ホオレ》 sie!《ジイ》*だ。好《い》いわ。早く東京へ帰って書こう。

純一は夜着をはね退《の》けて、起きて敷布団の上に胡坐《あぐら》を掻《か》いて、火鉢に火のないのをも忘れて、考えている。いよいよ書こうと思い立つと共に、現在の自分の周囲も、過去に自分の閲して来た事も、総《すべ》て価値を失ってしまって、咫尺《しせき》*の間《あいだ》の福住の離れに、美しい肉の塊が横《よこた》わっているのがなんだと云うような気がするのである。紅《くれない》が両の頬に潮《ちょう》して、大きい目が耀《かがや》いている。純一はこれまで物を書き出す時、興奮を感じたことは度々あったが、今のような、夕立の前の雲が電気に飽きているような、気分の充実を感じたことはない。

純一が書こうと思っている物は、現今の流行とは少し方角を異にしている。なぜと云うに、その sujet《シユジエエ》*は国の亡《な》くなったお祖母《ばば》あさんが話して聞せた伝説であるからである。この伝説を書こうと云うことは、これまでにも度々企てた。形式も種々に考えて、韻文にしようとしたり、散文にしようとしたり、叙事的にFlaubert《フロオベル》＊の三つの物語＊の中の或る物のような体裁を学ぼうと思ったこともあり、Maeterlinck《マアテルリンク》の短い脚本を藍本《らんほん》＊にしようと思ったこともある。東京へ出る少し前にした、最後の試みは二三十枚書き掛けたままで、谷中にある革包《かばん》の底に這入っている。あれはその頃知らず識《し》らずの間に、所謂《いわゆる》自然派小説の影響を受けている最中であったので、初めに狙《ねら》って書き出したArchaïsme《アルシャイスム》＊が、意味の上からも、詞《ことば》の上からも途中で邪魔になって来たのであった。こん度は現代語で、現代人の微細な観察を書いて、そして古い伝説の味《あじわい》を傷《きず》つけないようにして見せようと、純一は工夫しているのである。

こんな事を思って、暫く前から勝手の方でがたがた物音のしているのを、気にも留めずにいると、天井の真中に手繰り上げてある電燈が突然消えた。それと同時に、もう外は明るくなっていると見えて、欄間《らんま》＊から青白い光が幾筋かの細かい線になってさし込んでいる。

女中が十能《じゅうのう》＊を持って這入って来て、「おや」と云った。どうしたわけか、綺麗《きれい》な分の女中が来たのである。「つい存じませんのでございますから」と云いながら、火鉢に火を活《い》けている。

ろくろく寝る隙《ひま》もなかったと思われるのに、女は綺麗《きれい》に髪を撫《な》で附けて、化粧をしている。火を活けるのがだいぶ手間が取れる。それに無口な性《たち》でもあるか、黙っている。

純一は義務として何か言わなくてはならないような気がした。

「ねむたかないか」と云って見た。

「いいえ」と女の答えた頃には、純一はまずい、sentimental《サンチマンタル》＊な事を言ったように感じて、後悔している。「おやかましかったでしょう」と、女が反問した。

「なに。好く寐られた」と、純一は努めて無造做《むぞうさ》に云った。

障子の外では、がらがらと雨戸を繰り明ける音がし出した。女は丁度火を活けてしまって、火鉢の縁《ふち》を拭《ふ》いていたが、その手を停めて云った。

「あのお雑煮を上がりますでしょうね」

「ああ、そうか。元日だったな。そんなら顔でも洗って来よう」

純一は楊枝《ようじ》を使って顔を洗う間、綺麗な女中の事を思っていた。あの女はどこか柔かみのある、気に入った女だ。立つ時、特別に心附けを遣ろうかしら。いや、廃《よ》そう。そうしては、なんだか意味があるようで可笑《おか》しい。こんな事を思ったのである。

部屋に返るとき、入口《いりくち》で逢《あ》ったのは並の女中であった。夜具を片附けてくれたのであろう。

雑煮のお給仕も並のであった。その女中に九時八分の急行に間に合うように、国府津へ行《い》くのだと云って勘定を言い附けると、仰山らしく驚いて、「あら、それでは御養生にもなんにもなりませんわ」と云った。

「でも己より早く帰った人もあるじゃないか」

「それは違いますわ」

「どう違う」

「あれは騒ぎにいらっしゃる方ですもの」

「なる程。騒ぐことは己には出来ないなあ」

雑煮の代りを取りに立つとき、女中は本当に立つのかと念を押した。そして純一が頷《うなず》くのを見て、独言《ひとりごと》のようにつぶやいた。

「お絹さんがきっとびっくりするわ」

「おい」と純一は呼び留めた。「お絹さんというのは誰だい」

「そら、けさこちらへお火を入れにまいったでしょう。きのうあなたがお着きになると、あれが直ぐにそう云いましたわ。あの方は本を沢山持っていらっしゃったから、きっとお休みの間勉強をしにいらっしゃったのだって」

こう云って置いて、女中は通い盆*を持って廊下へ出た。

純一はお絹と云う名が、自分の想像したあの女の性質に相応しているように思って、一種の満足を覚えた。そしてそのお絹が忙《いそが》しい中で自分を観察してくれたのを感謝すると同時に、自分があの女の生活を余り卑《いや》しく考えたのを悔いた。

雑煮の代りが来た。給仕の女中から、お絹の事を今少し精《くわ》しく聞き出すことは、むずかしくもなさそうであったが、純一は遠慮して問わなかった。意味があって問うように思われるのがつらかったのである。

純一は取り散らしたものを革包の中に入れながら、昨夜《ゆうべ》よりも今朝起きた時よりも、だいぶ冷かになった心で、自己を反省し出した。東京へ帰ろうと云う決心を飜《ひるがえ》そうとは思わない。又それを飜す必要をも見出《みいだ》さない。帰って書いて見ようと思う意志も衰えない。しかしその意志の純粋な中へ、極《ご》軽い疑惑が抜足《ぬきあし》をして来て交《まじ》る。それはこれまで度々一時の発動に促されて書き出して見ては、挫《ざ》折《せつ》してしまったではないかと云う囁《ささや》きである。幸な事には、この囁きは意志を麻《ま》痺《ひ》させようとするだけの力のあるものではない。却て製作の欲望を刺《し》戟《げき》して、抗抵を増させるかと思われる位である。

これに反して、少しの間に余程変じたのは、坂井夫人に対する感じである。面当《つらあ》てをしよう、思い知らせようと云うような心持が、ゆうべから始終幾分かこの感じに交っていたが、今明るい昼の光の中で考えて見ると、それは慥《たし》かに錯《あやま》っている。我ながらなんと云うけちな事を考えたものだろう。まるで奴隷《どれい》のような料簡《りょうけん》だ。この様子では己はまだ大いに性格上の修養をしなくてはならない。それにあの坂井の奥さんがなんで己が立ったと云って、悔恨や苦痛を感ずるものか。八年前に死んだ詩人Albert《アルベエル》 Samain《サメン》*はXanthis《クサンチス》*と云う女人形の恋を書いていた。恋人の中にはplatonique《プラトニック》*な公爵《こうしゃく》がいる。芸術家風の熱情のある青年音楽家がいる。それでもあの女人形を満足させるには、力士めいた銅人形がいなくてはならなかった。岡村は恐らくは坂井の奥さんの銅人形であろう。己はなんだ。青年音楽家程の熱情をも、あの奥さんに捧《ささ》げてはいない。なんの取柄があるのだ。己が箱根を去ったからと云って、あの奥さんは小使を入れた蝦蟇口《がまぐち》を落した程にも思ってはいまい。そこでその奥さんに対して、己は不平がる権利がありそうにはない。一体己の不平はなんだ。あの奥さんを失う悲《かなしみ》から出た不平ではない。自己を愛する心が傷つけられた不平に過ぎない。大村が恩もなく怨《うらみ》もなく別れた女の話をしたっけ。場合は違うが、己も今恩もなく怨もなく別れれば好《い》いのだ。ああ、しかしなんと思って見ても寂しいことは寂しい。どうも自分の身の周囲に空虚が出来て来るような気がしてならない。好いわ。この寂しさの中から作品が生れないにも限らない。

帳場の男が勘定を持って来た。瀬戸の話に、湯治場*やなんぞでは、書生さんと云うと、一人前の客としては扱わないと云ったが、この男は格別失敬な事も言わなかった。純一は書生社会の名誉を重んじて茶代*を気張った。それからお絹に多く遣《や》りたい為《た》めに、外の女中にも並より多く祝儀《しゅうぎ》を遣った。

宿泊料、茶代、祝儀それぞれの請取《うけとり》を持って来た女中が、車の支度が出来ていると知らせた。純一は革包に錠を卸して立ち上がった。そこへお上さんが挨拶《あいさつ》に出た。敷居の外に手を衝《つ》いて物を言う、その態度がいかにも恭《うやうや》しい。

純一が立って出ると、女中が革包を持って跡から来た。廊下の広い所に、女中が集まって、何か囁き合っていたのが、皆純一に暇乞《いとまごい》をした。お絹は背後の方にしょんぼり立っていて、一人遅れて辞儀をした。

車に乗って外へ出て見ると、元日の空は晴れて、湯坂山*には靄《もや》が掛かっている。きょうも格別寒くはない。

朝日橋に掛かる前に振り返って、坂井の奥さんの泊っている福住の座敷を見たら、障子が皆締まって、中はひっそりしていた。

鷗外云。小説「青年」は一応これで終とする。書こうと企てた事の一小部分しかまだ書かず、物語の上の日数が六七十日になったに過ぎない。霜が降り始める頃の事を発端に書いてから、やっと雪もろくに降らない冬の時候まで漕《こ》ぎ附けたのである。それだけの事を書いているうちに、いつの間にか二年立った。とにかく一応これで終とする。

注解

ページ

五　＊芝日蔭町　東京都港区にあった旧町名。新橋二、三丁目の一部。

＊東京方眼図　森鷗外立案の「東京方眼図」は明治四十二（1909）年八月、春陽堂から出版された。明治末期の東京都心を、赤い経線で縦はイ〜チの八個のマス目に、横は1〜11の十一個のマス目にわけ、冊子本の地名索引から地名を検索できるようにした地図。留学中に目にしたドイツのガイドブック「ベデカ」から着想を得たといわれている。

＊新橋停留場　東京都港区東新橋にあった汐留《しおどめ》駅の旧称。明治五年に日本初の鉄道始発駅として開設された。

＊目まぐろしい　「めまぐるしい（目紛）」と同義。目の前をいろいろなものが次から次へと移り変わり、目の回るような感じ。

＊須田町　東京都千代田区北東の地名。大正元（1912）年から同八年まで中央本線の起点であった。

＊本郷三丁目　「本郷」は東京都文京区南東部の一地区。もと東京市三十五区の一。東京帝国大学（現在の東京大学）に面した三丁目には、学生を対象とした書店・医療器具店などが多かった。

六

＊追分　文京区向丘にあった駒込追分町のこと。中山道《なかせんどう》と岩槻《いわつき》街道（日光御成道《おなりみち》）の分岐点であったことから「追分」の地名が残る。
＊高等学校　旧制高校。ここでは一高のこと。現在の東京大学農学部の位置にあった。
＊根津権現　東京都文京区根津にある神社。主な祭神は素戔嗚尊《すさのおのみこと》。根津神社。
＊鉛直　水平面と垂直をなす方向。ある直線が、もう一つの直線・平面に対して垂直であること。
＊大石狷太郎　モデルを正宗白鳥（1879-1962）とする説がある。
＊おちゃっぴい　客がおらず、遊女や芸者が暇でいる意の「お茶を挽《ひ》く」「お茶挽」から派生した語。女の子が、おしゃべりで出しゃばりな様子。ませた少女。
＊薩摩絣　木綿の絣（かすったような文様）織物の一種。紺地に白く絣を出した紺薩摩、白地に紺で絣を出した白薩摩などの種類がある。もともとは琉球《りゅうきゅう》で生産されていたが、天文（1532-1555）年間に、流通経路であった薩摩でも生産されるようになった。
＊袷　表裏を合わせて作った、裏地付きの着物。
＊小倉　福岡県北東部小倉地方で生産された帯地・袴地・学生服地に利用された織物である小倉織の略称。
＊袷羽織　裏地のついた羽織。
＊紺足袋　紺染めの木綿で出来た足袋。書生が通常用いた。
＊薩摩下駄　台と歯が一つの杉材を刳《く》って作った、下駄台の幅の広い、男子用の下駄。太

く白い緒をすげることが多い。

*書生　学業を修める時期にある者。学生。「書生」という言葉は幕末から明治二十年代前後、学問による立身出世が可能となってから頻繁に使用された。明治中期以降、他人の家に世話になり家事を手伝いながら学問をする者、という意味でも用いられた。

七

*官員　役人。官吏。明治時代には、現在の公務員の意味合いをもつ語として用いられた。

*角帽　主に大学生が学生帽として用いた、上部が角形をした帽子。大学生の俗称。

*白い二本筋の帽　周りに白い線を縫いつけた旧制高等学校の学生帽。はじめ第一高等学校の学生の帽子は白い線一本であったが、のちに二本になった。

*車夫　人力車をひくことを職業とする人。ここでは辻待《つじまち》（客待ち）の人力車夫。

*向うが岡　東京都文京区の本郷台地東部の旧称。ほぼ現在の弥生《やよい》一〜二丁目にあたる。不忍池《しのばずのいけ》を隔てて上野忍《しのぶ》ヶ岡《おか》に向かい合う岡の意。

八

*花崗石　粒の粗い火成岩で、黒雲母《うんも》・白雲母を含み、磨き上げると美しいので多く石材として用いられる。御影石《みかげいし》。

*根津神社　前頁「根津権現」に同じ。

*磬《けい》　古代中国の楽器で、堅い石の板を枠の中に吊《つ》り下げて槌《つち》で打ち鳴らす。日本では奈良時代以後仏具として用いられ、多くは青銅製だった。導師が勤行《ごんぎょう》の際に打ち鳴らした。

*随身門　神社で随身姿の二神（門守神《かどもりのかみ》）の像を左右に安置する門。根津神社の随身門には「根津神社」の額が掲げてある。

九

＊瑞籬《たまがき》　皇居や神社、神霊の宿るとされた山・森・木などの周囲に設ける垣。いがき。みずがき。玉垣《たまがき》ともいう。

＊錦絵　明和二（1765）年に鈴木春信らによって創始された、錦のような美しい彩り《いろど》を示した多色刷浮世絵版画。以後、浮世絵版画の代表的な名称となり、鳥居清長・喜多川歌《うた》麿《まろ》らの絵が広く世に迎えられた。江戸絵。吾妻絵《あずまえ》。

＊藪下　根津権現の東側の地名。根津神社裏門から駒込方面へ通じる藪下通りがある。

＊九尺二間　間口が九尺（約二・七メートル）奥行が二間（約三・六メートル）の住居。転じて狭くて粗末な家。貧しくむさ苦しい住居。

＊冠木門　冠木（門柱の上部を貫く横木）を、二本の柱の上部に渡した屋根のない門。

＊色川国士　仮名かと考えられる。

＊籠塀　竹などを籠の編み目のように結って作った塀。

＊毛利某　毛利鷗村。鷗外自身がモデルか。鷗外は文京区駒込千駄木町二十一番地（現在の文京区千駄木）の家に、明治二十五（1892）年から大正十一（1922）年、六十歳で生涯を終えるまで三十年間住んだ。建て増しした二階から東京湾が見えたところから「観潮楼」と名付け、また千駄木町にちなんで「千朶山房《せんださんぼう》」とも号した。

＊駒寄　人馬の進入を防ぐために、人家の門前に設ける竹や角材で作った低い柵《さく》。こまよけ。

＊竿　土地を測量する際に用いた定規の棒。

＊紐尺　長い距離を測るための、目盛りをつけた紐。巻き尺。

＊測地師　土地を測量する技術を有する技術者。測量士。

＊坂　団子坂のこと。東京都文京区北東端の千駄木二丁目と三丁目の境にある坂。名前の由来は「悪路のため行き来する人が、転ぶと泥団子のようになったから」とも、「昔、一軒の有名な団子屋があったから」とも伝えられる。別名、潮見坂。

＊菊細工の小屋　菊の枝をたわめて、人物や鳥獣などの形に造った細工（菊細工）を見せる小屋。団子坂の菊人形は明治末頃まで東京名物の一つで、二葉亭四迷の「浮雲」や、夏目漱石の「三四郎」にも描かれている。

＊木戸番　芝居小屋や相撲・見世物などの興行場の木戸口を守る番人。客引き（呼び込み）もした。

＊巾着切り　すり。

一〇　＊絵番附　芝居の一幕一幕を絵で示し、傍らに役名と俳優名を附したプログラム。絵本番付。

＊掛流しの折　薄い板で作った容器。また流しもの（羊羹《ようかん》など）を入れる経木《きょうぎ》の折のこと。

一一　＊谷中　天王寺を中心とする、東京都台東区北西端の地名。下町風の町並みが残り、寺・史跡が多い。著名人の墓が多い都営谷中霊園は谷中七丁目にある。

＊佇立《ちょりゅう》　しばらくの間立ち止まること。佇《たたず》むこと。「チョリツ」とも読む。

＊美術学校　東京美術学校。東京芸術大学美術学部の前身。明治十八（1885）年文部省

（現在の文部科学省）に図画取調掛として発足。同二十年に改組して東京美術学校となり、昭和二十四（1949）年、東京芸術大学美術学部となった。
＊駒込　東京都文京区の北部から豊島区の東部にまたがる地名。現在は文京区側を本駒込、豊島区側を駒込とする。六義園《りくぎえん》・東洋文庫・吉祥寺《きちじょうじ》などがある。
＊中学　旧制中学校。修業年限五年の男子中学校。
＊Y市　山口市。

一二

＊展覧会　明治四十（1907）年に創設された、文部省（現在の文部科学省）が主宰する文部省美術展覧会。文展（現在の日展）のこと。同年十月、第一回が開催された。
＊庇髪　前髪を庇のように特に前方に突き出して結う束髪の一つ。明治三十年代中頃、女優川上貞奴《さだやっこ》が西洋風に髪を結ったのが始まりで、大正初期にかけて女学生の間に流行した。

一三

＊千駄木下の大通　上野から千駄木を通って団子坂下に通じている大通り。不忍通り。
＊藍染橋　東京都豊島区巣鴨《すがも》から染井・動坂下を東に流れ、根津権現下を経て不忍池に注いでいた藍染川（境川）に架かっていた橋。旧根津遊廓《ゆうかく》の入り口の南にあったことから、のちに仮名垣魯文《かながきろぶん》（1829-1894）によって「逢初橋」と改称された。
＊ゐで井病院と仮名違　「いでゐ」もしくは「いで井」が正しい表記。
＊動坂　東京都文京区本駒込四丁目と千駄木四丁目との境にある坂、およびその付近の旧地名。

一四　＊団子坂　二四九頁「坂」の項を参照。

＊形紙　無地に模様を浮き出させた壁紙。

＊羅氈　rassen（オランダ語）毛織物の一種。織り上げたのち縮絨《しゅくじゅう》（毛織物に圧力・摩擦を加え、織物の長さおよび幅を収縮させ組織を密にすること）し、毛氈状にしたもの。花紋などの模様を施し、テーブル掛けなどに使用。

一五　＊更紗　saraca（ポルトガル語）人物・鳥獣・花卉《かき》（鑑賞用の植物）など種々の多彩な模様を手書きあるいは木版や銅板を用いて捺染《なっせん》した綿の布。語源はポルトガル語を介して十七世紀初め頃までに伝来。インドやジャワなどから渡来。日本で製したものは和更紗と称される。

＊敷島　専売タバコの銘柄の一つ。明治三十七（1904）年から昭和十八（1943）年まで発売。吸い口のついている高級な紙巻タバコ。

＊東京新聞　昭和十七年、「都新聞」と「国民新聞」が合併して創刊された同名の新聞が現在もあるが、ここでは架空の新聞名。大石のモデルが正宗白鳥だとすれば、彼が勤務していたのは「読売新聞」。白鳥は明治四十二年九月から十一月まで「読売新聞」に小説「落日」を連載していた。

一六　＊容喙《ようかい》　嘴《くちばし》を容《い》れること。横合いから口を出すこと。差し出口。

＊銘撰　熨斗《のし》糸・玉糸・絹諸撚《もろより》糸または紡績絹糸で織った絹織物の一つ。「銘仙」とも書く。大正・昭和前半期には実用呉服として需要が多く、縞《しま》・絣《かすり》・模様物が多い。伊勢

崎・足利《あしかが》・秩父《ちちぶ》などが主産地。

＊白縮緬　白い色の縮緬。染めていない白地の縮緬。「縮緬」は布面に細かく皺《しわ》を立たせた絹織物。

＊へこ帯　男子や子供のしごき帯。薩摩の兵児《へこ》が用いたことからいう。また、その帯を締めた人。

一七　＊新思潮　文芸同人雑誌。明治四十（1907）年十月創刊、同四十一年三月廃刊の第一次「新思潮」と同四十三年九月創刊、同四十四年三月廃刊の第二次、大正三年創刊の第三次、大正五年創刊の第四次の「新思潮」と続くが、ここは架空の雑誌名。明治三十七年創刊の文芸雑誌「新潮」がモデルと考えられる。

一九　＊韁《たづな》が緩んだ　「韁」は勝手な振る舞いをしないように注意して見張る気持ちの喩《たと》えで、緊張がとけた、油断したの意。

＊Aurelius Augustinus　アウレリウス・アウグスティヌス（354-430）。初期キリスト教会最大の思想家。はじめマニ教を奉じ、やがて新プラトン哲学に転じ、その後ミラノで洗礼を受け、生地北アフリカに帰りヒッポの司教に就任、同地で没した。聖オーガスチン。著書「告白」「三位一体論」「神の国」など。

＊Jean Jaques Rousseau　ジャン・ジャック・ルソー（1712-1778）。正しくは Jean Jacques Rousseau。フランスの啓蒙《けいもう》思想家、作家。「社会契約論」などで民主主義理論を唱え、「新エロイーズ」では情熱の解放を謳《うた》いロマン主義の父とよばれた。また「エミール」

では自然に即した人間像を説き、「懺悔録（告白）」では赤裸々に自己を語った。鷗外は「懺悔録」を「懺悔記」と題して抄訳している。

＊fanatic（英）狂信的。

二〇　＊地獄　私娼《ししょう》のこと。淫売婦。

二二　＊attribute（英）属性。

二三　＊長押　日本建築で、柱と柱をつなぐための横木。中世以降は次第に装飾化した。ここではそこに帽子掛けがとりつけてあるか釘《くぎ》が打ってあるかしてある。

＊中折れの帽　「中折れ帽子」のこと。頂の中央が縦に折れくぼんだ、鍔《つば》のあるフェルト製の帽子。柔らかな布地でつくられていることからソフトともいう。

＊転瞬倏忽《てんしゅんしゅくこつ》の間　「転」はころぶ、「瞬」はまばたく、「倏」はたちまち、「忽」もたちまちの意で、瞬間のこと。

＊上野　ここでは東京都台東区にある都立上野恩賜《おんし》公園（上野公園）内にある美術館をさす。

＊博物館　上野公園内にある、東京帝室博物館（現在の東京国立博物館）。明治十五年開館。

＊根岸　東京都荒川区に接する、台東区北部の地区。上野公園の北、谷中の東にあたる。

＊桜木町　東京都台東区の旧町名。現在は上野桜木。上野公園の一部。

＊天王寺　東京都台東区谷中にある天台宗の寺。はじめは日蓮宗に属し、長耀山《ちょうようさん》感応寺と

称したが、元禄十一（1698）年天台宗に改宗。幸田露伴の小説で有名になった五重塔（寛政三年建立）は昭和三十二年に焼失した。

二四

＊初音町《はつねちょう》　東京都文京区の旧町名。現在は小石川の一部。江戸時代、小石川白山御殿の付近から指《さす》ヶ谷《や》町にかけてホトトギスが一番早く鳴くところから、初音の里と称された。

＊柴折戸　柴《しば》や竹・木の枝などの折ったものをそのまま並べて作った、簡単な開き戸。「枝折戸」とも。

＊戦争　日露戦争（1904-1905）のこと。

二五

＊蹲《つくば》い　茶室の入り口などに低く据えられた石の手水鉢《ちょうずばち》で手を洗うときに茶客がつくばうことからいう。茶庭の手水鉢。

＊茶道口《ちゃどうぐち》　茶室内で茶をたてる者（亭主）が出入りをするところ。勝手口。亭主口。茶立口。火灯口。

＊茶席　茶室。茶の湯の会を催す座席。茶座敷。

＊茶掛かった　茶室風の。風雅な。

＊躙口《にじりぐち》　茶室特有の小さな出入口。客が膝《ひざ》を圧《お》しつけるようにして、身体をにじって出入りすることから。

二六

＊鞍馬石　京都市左京区鞍馬付近から産出する閃緑岩《せんりょくがん》（花崗岩《かこうがん》に似るがより黒色で粒状の深成岩《しんせいがん》）の一種で庭石などに用いる。

＊束髪　明治十八（1885）年に婦人束髪会が発足して以来、明治・大正の女性の代表的な

西洋風の髪型としてひろまった髪の結い方。軽便かつ衛生的なため流行した。

二七　＊御蔭石　御影石。花崗岩の俗称。神戸市御影付近（六甲山麓《さんろく》）が花崗岩の石材産地として有名であったことによる。二四七頁の「花崗石」の項参照。

＊天長節　昭和二十三（1948）年に国民の祝日が制定される以前の、天皇誕生日の呼び方。明治元（1868）年制定。当時は十一月三日。

二八　＊植長　植木屋長次郎の略。「六」に「倅《せがれ》の長次郎」とある。

＊御真影　宮内省から学校・官庁などに貸与された、天皇・皇后の写真。

＊練兵場　「れんぺいじょう」とも。兵営所在地の衛戍《えいじゅ》地（軍隊が永く駐屯《ちゅうとん》する土地）に設け、教練・演習など（練兵）を行う場。

二九　＊宮島　宮島は広島県にある厳島《いつくしま》の別称。ここでは厳島にある厳島神社のこと。鷗外は明治四十三年元旦《がんたん》に厳島を訪れている。

＊意識の閾の下　「意識の閾」は、無意識から意識へ、意識から無意識へと移行する境目。「意識」の境目の下は無意識のこと。

三〇　＊八口《やつくち》　和服の袖付《そでつけ》の下の脇《わき》を縫わないところ。わきあけ。

＊碾磑《ひきうす》の飛石　庭の飛び石として石臼《いしうす》が据えられている。

三一　＊皺《しゅん》　しわ。

＊鞍馬　前頁「鞍馬石」に同じ。

＊沓脱《くつぬぎ》　沓脱石。履物を脱いで置くために玄関や縁側の上がり口に置かれた平らな石。

*書生羽織　明治時代中頃、書生が着用していた普通より丈の長い羽織。その後、一般にも及んだ。

*天長節日和　明治天皇の誕生日である十一月三日の、晴天で穏やかな気候。この日は統計的に晴れの日が多い、いわゆる晴れの特異日であったことから言い慣わされた。

*マネエ　Edouard Manet（1832-1883）。フランス印象派の画家。風景画を多作した。写実主義を基盤としながらも絵画に平面的な画面構成と豊かな色彩を織り込んだ。代表作に「草上の昼食」「オランピア」など。

三二 *田端　東京都北区東端の地名。田の端の集落であったことが地名の由来とされる。

三三 *千代田草履　明治末期から大正初期にかけて流行した安物の草履。三枚重ねの台の中間をバネ仕掛けにして、空気の入っている感じを出した。女性や子供が多く用いた。

*聖公会　日本聖公会。明治二十（1887）年創設。アメリカ聖公会・イギリス聖公会の流れを汲《く》んだ、日本のプロテスタント教会。

*暁星学校　現在の暁星学園（所在地、東京都千代田区富士見）。明治二十一（1888）年に開校。

三四 *ベルタン　北九州市小倉在住時代に鷗外がフランス語を教わっていた、馬借町のカトリック教会の神父フランソワ・ベルトラン（François Bertrand）がモデル。

*書目　図書目録。書物の目録。

*セガンチニ　Giovanni Segantini（1858-1899）。イタリアの画家。ミラノで学び、アル

プス山麓《さんろく》に住み、スイス・イタリア・アルプスの風景を主な画材とした。
*アルプの山　「アルプ」はヨーロッパの中央南部に横たわる山脈アルプスのフランス語読み。ここでの「アルプの山」は創作素材の喩《たと》え。
*世はY県の世である　「Y県」は山口県。明治維新後、多くの山口県（長州藩）出身者が、各界をリードしていた。
三五　*大学　ここでは東京帝国大学（現在の東京大学）のこと。
三六　*新旧約全書　「新約全書」（新約聖書）は、キリストの事跡を記した福音書・弟子達の行動を記した使徒行伝・使徒達の書簡および黙示録を含む全二十七巻。「旧約全書」（旧約聖書）は、もとヘブライ語で書かれたユダヤ教の聖典で、古代イスラエル史・モーゼの律法・詩篇・預言者の書などを含む全三十九巻。
*ミッション　mission（英）使命。
*珈琲卓の政治家　床屋政治家（床屋で政治のあり方を論ずることを好む人）と同義。
*タラアル　Talar（独）（法官や弁護士などが着用する）長くゆるやかな上衣。
*書肆　出版社。書店。
三七　*搏風《はふ》　日本建築で、屋根の切妻《きりづま》についている合掌形の板。また切妻の山形のところ。ここでは後者。
*ゴチック賽《まがい》　ゴッチック gotik（独）式に似せていること。ゴチック式。ゴチック（あるいはゴシック）は、聖堂建築に代表されるヨーロッパ中世美術の様式。建物を形成す

る垂直な線や窓・出入り口の尖塔《せんとう》形のアーチに特色があり、上昇効果を強調する建築様式。

＊クロオス cloth（英）布。ここでは書物の装幀《そうてい》用の西洋布。

＊腸詰 ソーセージ。

＊乾酪 乳製品の一つ。チーズ。

三八 ＊Figaro フィガロ（Le Figaro）。フランスの諷刺《ふうし》的な新聞。パリで発行された朝刊紙。一八二六年文芸週刊紙として創刊、一八五四年再刊、一八六六年より日刊。

＊香箱を作って 「香箱」は香を入れる箱で、形が香箱に似ていることから、猫が体をまるめてうずくまっている様子をいう。

＊鉄砲煖炉 金属または磁器で作った、円筒形のストーブ。

＊Romancier（仏）小説家。

三九 ＊白げさせて 削って白くさせて。磨きをかけて仕上げさせて。「精《しら》げる」とも。

四〇 ＊浅草公園 東京都台東区浅草にあった公園。明治六（1873）年、浅草寺境内に設置。明治十七年に整備され、商業・娯楽施設が集中した。特に大衆娯楽街であった六区は明治・大正・昭和初期を代表する歓楽街の一つであった。昭和二十六（1951）年廃止。

＊青年倶楽部《クラブ》 東京青年会館か。東京青年会館は、東京都千代田区神田美土代町《みとしろちょう》にあった東京キリスト教青年会（東京ＹＭＣＡ）の建物の通称。

＊拊石《ふせき》 姓は平田。夏目漱石（1867-1916）がモデルか。漱石は明治四十一年二月、東京

青年会館において「創作家の態度」と題する講演をしている。

四一

＊精養軒　明治五（1872）年に東京都京橋采女《うねめ》町（現在の中央区銀座五丁目）に創業した西洋料理店。築地精養軒の名で親しまれた。ここでは明治九年に開業した台東区上野公園の支店（現在、本店）をさす。

＊東照宮　ここでは上野東照宮。栃木県の日光東照宮は参拝に不便なため、慶安四（1651）年に造営された。

＊タアナア　Joseph Mallord William Turner（1775-1851）。イギリスの代表的な風景画家。水彩画に優れる。はじめ古典主義の影響を受けたが、のちに幻想的で、光と闇《やみ》のコントラストの強いロマン主義的な風景画を描いた。印象主義の先駆者。代表作に「雨、蒸気、速力」など。

＊マアテルリンク　Maurice Maeterlinck（1862-1949）。メーテルリンク。ベルギーの詩人、劇作家、思想家。フランスの象徴派詩人の影響下に、神秘主義的な詩や劇、童話を書いた。「温室」「ペレアスとメリザンド」「青い鳥」などがある。鷗外は「奇蹟《きせき》」など、メーテルリンクの作品をいくつか翻訳している。

＊朝日　明治三十七（1904）年、タバコの専売制実施にともない最初に発売された口付タバコの一種。「敷島」より安価な大衆向けのタバコ。

＊広小路　上野広小路。明暦三（1657）年の大火（振袖《ふりそで》火事）の後、道幅を広げて火除《ひよ》け地とし、「広小路」というようになった。現在の上野公園入口から松坂屋新館に至る路。

上野三丁目、四丁目付近の通称。

四二　＊錦町　東京都千代田区神田錦町。

＊神田区役所　現在の千代田区神田錦町二丁目にあった。明治二十八年に落成。

＊DIDASKALIA　（ギリシア語）敬虔《けいけん》な人物たちの教えの意。ここでは文芸講演を目的とすることにちなんだ会名。

＊泣菫《きゆうきん》　薄田《すすきだ》泣菫（1877-1945）。岡山県出身の詩人、随筆家。本名は淳介。象徴派詩人、蒲原有明《かんばらありあけ》とともに泣菫・有明時代を作った。詩集「暮笛集」「白羊宮」「二十五絃」など。

＊乾反葉《ひそりば》　枯れて乾いて反り返った草木の葉。泣菫が愛用した語。「ああ大和にしあらましかば」（「白羊宮」）「白膠木《ぬるで》もみぢ」（「二十五絃」）などに見える。

四三　＊ライフ　life（英）生命。生活。

＊アアト　art（英）芸術。

四四　＊エゴイスト　egoist（英）利己的な人。自分の利益をまず考える利己主義者。

四五　＊アンデルセンの飜訳　鷗外翻訳の「即興詩人」を指していっているのだろう。鷗外は明治二十五年十一月から同三十四年二月まで「しからみ草紙」「めさまし草」に訳稿を発表し、着手から十一年目の同三十五年に春陽堂から刊行した。近代日本における翻訳文学の傑作とされる。アンデルセン Hans Christian Andersen（1805-1875）はデンマークの詩人、小説家、童話作家。「即興詩人」の他に、短篇集「絵のない絵本」、自伝「わが生涯の物語」、童話「親指姫」「人魚姫」などがある。

四七　*フランドル　Flandre ベルギー西部を中心として、オランダの南西部からフランスの北端部までを含む地方。フランダース。十一世紀以降、毛織物業で栄えた。

*バチスト　batiste やわらかく薄い平織物の総称。高級木綿生地。麻や毛織物もある。最初の製造者である麻織物家 Jean Baptiste の名にちなむ。

*襟にMの字の附いた　「M」は「医学」をあらわす medical science（英）の頭文字。医学部生の襟章として用いられた。

*大村荘之助　モデルは木下杢太郎《もくたろう》か。木下杢太郎（1885-1945 本名・太田正雄）は静岡県出身の医学者、詩人、劇作家、東京帝国大学教授。北原白秋（1885-1942）と文芸雑誌「スバル」「屋上庭園」を発刊した。鷗外と杢太郎は明治四十年代に繁《しげ》く交際した。医師として文学者として、鷗外は杢太郎のよき理解者であった。また大正二年冨山房刊行の鷗外訳「ファウスト」は杢太郎の装幀《そうてい》であり、杢太郎は岩波書店版「鷗外全集」の編集委員の一人でもあった。

四八　*フロオベル　Gustave Flaubert（1821-1880）。フランスの小説家。本格的写実主義小説の創始者。綿密な資料収集と現地調査を怠らず、あくまで客観に徹したフロベールの創作態度から生み出された作品は、リアリズム小説を芸術的に高めた。代表作に「ボヴァリー夫人」「サランボー」「感情教育」など。

*モオパッサン　Guy de Maupassant（1850-1893）。フランスの小説家。フロベールに師事した。鋭い人間観察や優れた心理・風景描写、明晰《めいせき》な文体で文名を高めたが、厭世《えんせい》と

孤独の末に発狂し、短命に終わった。代表作に「脂肪の塊」「女の一生」「ベラミ」など。
*ブウルジェエ　Paul Bourget（1852-1935）。フランスの小説家、批評家。ボードレールやフロベールらの心理分析を行って批評家としての地位を確立。その後小説に転じて、心理解剖小説を生み出した。「現代心理論叢」「弟子」など。
*ベルジック　Belgique（仏）ベルギー。
*独逸《ドイツ》　ドイツ語。
*ニイチェ　Friedrich Wilhelm Nietzsche（1844-1900）。ドイツの哲学者、思想家。実存哲学の先駆者。キリスト教的・民主主義的倫理を弱者の奴隷《どれい》道徳として強者の自律的道徳を説き、その具現者を「超人」とした。また形而上学《けいじじょう》を幻の背後世界を語るものとして否定、神の死を告げ、実存主義やポスト構造主義にも影響を与えた。「悲劇の誕生」「ツァラトゥストラはこう語った」など。
*「己は流の岸の欄干だ」　詩的散文「ツァラトゥストラはこう語った」Also sprach Zarathustra（1883-1885）の第一部「青白い犯罪者」にある言葉。

四九　*羅紗服　羅紗（raxa ポルトガル語）で作った服。ラシャは地が厚く、目の細かい織物。縮絨《しゅくじゅう》し表面が毛羽立っている。
*アイロニイ　irony（英）皮肉。当てこすり。
*霊活　活気があり機敏なこと。またその様子。

五〇　*イブセンの話　Henrik Ibsen（1828-1906）。イプセン。ノルウェーの劇作家。近代劇の祖とされ、個人主義思想に基づき社会や道徳の矛盾を批判する自然主義の手法を用いて多くの劇を書いた。代表作に「人形の家」「幽霊」「ヘッダ・ガブラー」など。日本では明治二十六年頃からイプセンが翻訳紹介されはじめ、明治四十年代から大正にかけて大流行した。漱石は明治四十一年二月、東京青年会館（二五八頁の「青年倶楽部《クラブ》」の項を参照）において「創作家の態度」の題で講演し、前半部でイプセンに言及した。

五一

＊雪嶺《せつれい》の演説　三宅雪嶺（1860-1945）の演説。雪嶺は石川県出身で、本名は雄二郎。評論家、哲学者。国粋主義を唱えて政教社を結成。雑誌「日本人」を創刊。「真善美日本人」「偽悪醜日本人」などがある。徳富蘇峰《とくとみそほう》（1863-1957）と並んで「論壇の雄」とされる。雪嶺は、口数が少なく吃音《きつおん》がちな話しぶりで、「訥弁の雄弁」（話し方が鈍くて下手でありながら聴衆に感動を与える弁）と評された。

＊トルストイ　Lev Nikolaevich Tolstoi（1828-1910）。ロシアの小説家、思想家、教育事業家。ドストエフスキー（1821-1881）とともに十九世紀ロシアを代表する世界的文豪。道徳的人道主義を説いて、社会批判・正教批判・新芸術批判を行い、のちに原始キリスト教に転向（トルストイ主義）。「戦争と平和」「アンナ・カレーニナ」「復活」「生ける屍《しかばね》」など。

＊ニイチェの詞　「ツァラトゥストラはこう語った」の序説にあることば。

＊イスム　ism（英）主義。学説。イズム。

＊山鹿素行　(1622-1685) 江戸時代前期の儒者、兵学者。名は高興、字《あざな》は子敬。「兵法神

武雄備集」で名声を高めた。のちに朱子学を批判して赤穂（兵庫県南西部）に流され、赤穂浪士の首領となった大石良雄（通称、内蔵助《くらのすけ》）に兵学を教授した。「武教要録」「中朝事実」など。

＊四十七士　赤穂義士。元禄十五年十二月十四日（一七〇三年一月三十日）夜、主君浅野長矩《ながのり》の仇《あだ》を討つために江戸本所松坂町の吉良義央《きらよしなか》邸を襲撃した四十七人。

＊水戸浪士　水戸藩の浪人。尊皇倒幕運動に身を投じた者が多く、ここではそういう人々をさす。

五二

＊Peer Gynt　イプセンの戯曲、「ペール・ギュント」(1867)。五幕。

＊Brand　イプセンの韻文詩劇「ブラン」(1866)。明治三十六(1903)年、鷗外は「ブラン」(訳名「牧師」)の翻訳を「万年草」誌上で行ったが未完に終わった。

五三

＊ゾラ　Emile Zola (1840-1902)。フランスの小説家。フランス自然主義文学の代表的作家であり、その全盛期を築いた。生理学者クロード・ベルナール (Claude Bernard 1813-1878) の「実験医学序説」に示唆《しさ》を受け、生理的かつ社会的な作品を生み出した。「居酒屋」「ナナ」など。日本でゾライズム (Zolaïsme) が勃興したのは、明治三十二、三年頃。田山花袋や永井荷風らがゾラの提唱した自然主義文学の方法論に影響を受けた。

＊Claude　ゾラの最初の長篇小説「クロードの告白」(1865) の主人公。画家セザンヌ (Paul Cézanne 1839-1906) をモデルにしたと言われる。

＊ブラント　ブラン。「ブラン」の主人公の牧師。「一切か無か」(Alt eller intet) を信条

として卑俗な社会に挑戦し、理想社会を築くことに精魂をそそぐ。

*藪睨　物を見る時、瞳がその物の方へ向かわないこと。転じて、思考や言動などが見当違いなこと。

五四　*遵奉　きまりに従って守ること。

五五　*Autonomie　（仏）自治。自律。自主性。

五六　*小川町　東京都千代田区東部の旧地名。

*天下堂　神田小川町一番地にあった寄席《よせ》・小川亭跡に拡張新築された、三階建ての勧工場。大正十二年の関東大震災で焼失。漱石の「彼岸過迄《ひがんすぎまで》」や馬場孤蝶《こちょう》（1869-1940）の「明治の東京」にも登場する。

五七　*新人　新しい思想や才能を持った人。ここでの「消極的新人」とは古い観念に囚《とら》われず新しい考え方をする人のこと。また「積極的新人」とは古い観念に囚われないばかりではなく、積極的に新しい観念を持ち、それを確立している人のこと。

五八　*昌平橋　東京都千代田区神田淡路町と外神田を結ぶ、神田川に架かっている橋。万世橋の北にある。

*内神田　東京都千代田区南東部、神田川以南の都心に近い方の区域。

*咽喉を扼している　「咽喉」はのど、「扼する」は押さえつける、塞《ふさ》ぐの意。転じて、必ず通らなくてはならない重要な場所。ここでは昌平橋が出入りのための重要な関門になっているということ。

*狭隘　狭いこと。狭いところ。

*仁丹　明治三十八（1905）年から発売されている、口内清涼剤として広く知られる薬の商標名。また仁丹の広告燈は大礼服姿の人形で、その縁を赤青の電球でかざり、点滅するようになっていた。

五九

*聖堂　東京都文京区湯島一丁目にある、孔子その他を祀《まつ》る湯島聖堂。幕府の儒官林羅山《らざん》が寛永九年上野忍ヶ岡に建てた先聖殿が始まり。元禄三年、徳川綱吉が湯島に遷《うつ》した。大正十二年関東大震災で焼失。現在の建物は、昭和十年に再建されたもの。

*Verhaeren　Emile Verhaeren（1855-1916）。ベルギーのフランス語詩人、劇作家。自然主義から神秘主義に向かい、そして社会主義に共鳴。近代都市生活・科学、人間の善意への信頼に基づいた詩の新境地を開拓し、シュテファン・ツヴァイク（Stefan Zweig 1881-1942）ら若い芸術家に影響を与えた。日本においては高村光太郎らが影響を受けた。詩集「夕暮」「崩壊」「黒い焔《ほのお》」三部作の他に「明るい時」など。

*La Multiple Splendeur　詩集「五彩の輝き」（1906）。

六〇

*ロダン　Auguste Rodin（1840-1917）。フランスの彫刻家。近代彫刻の第一人者。写実に飽き足らない、人間の生命力に溢《あふ》れた作風を確立した。「青銅時代」「バルザック」「地獄の門」「考える人」など。鷗外には、ロダンのアトリエを訪ねた日本人の芸者・花子を題材とした小説「花子」（1910）がある。

*Clique　（仏）一味。徒党。仲間。

＊恬然　安らかで静かな様。平気でいる様。
＊本郷の通　東京都文京区の本郷通り。本郷から東京大学前に通じ、春日通りと交わる。
＊森川町　東京都文京区の旧町名。東京大学の正門の前。現在の本郷六～七丁目・西片一丁目・弥生一丁目の一部。
＊Bohème（仏）ボヘミアン。自由で気ままな放浪生活をおくる人。
＊西片町　東京都文京区の旧町名。現在の文京区西片。

六一

＊十一月二十七日　明治四十二（1909）年、有楽座における自由劇場の第一回試演「ジョン・ガブリエル・ボルクマン」の初日。自由劇場は、小山内薫《おさないかおる》が二代目市川左団次とともに演劇革新を目指して発足し、明治四十二年から大正八年までチェーホフやイプセン、ゴーリキーなどの翻訳劇を上演紹介、日本の新劇運動の先駆けとなった研究劇団である。その記念すべき第一回試演「ジョン・ガブリエル・ボルクマン」の翻訳を手掛けた鷗外の日記には、初日に母峰子・長男於菟《おと》・長女茉莉《まり》の三人で、そして翌二十八日夜には夫人しげと観劇した、とある。
＊有楽座　東京都中央区の数寄屋橋近くにあった、日本で最初の洋風劇場。明治四十一（1908）年十一月開場。
＊John Gabriel Borkman が興行せられた「ジョン・ガブリエル・ボルクマン」（1897）はイプセンの戯曲。四幕。野心のままに銀行の金を不正流用したボルクマンが、未来を託した一人息子にも去られ、栄光の幻影を描きながら自滅していく姿を描く。自由劇場

第一回試演の演目には最初、ハウプトマン（Gerhart Hauptmann 1862-1946）の「夜明け前」（1889）が予定されていたが、島崎藤村（1872-1943）の推奨する「ジョン・ガブリエル・ボルクマン」に変更された。それを受け、小山内薫は鷗外に翻訳を依頼。鷗外訳「ジョン・ガブリエル・ボルクマン」は明治四十二年七月から九月まで「国民新聞」に発表された。

＊シェエクスピイア　William Shakespeare（1564-1616）。シェークスピア。イギリスの劇作家。ここでの「興行」は、俳優であり新演劇の創始者でもある川上音二郎（1864-1911）が明治三十六年、明治座において上演した「オセロ」を指す。川上一座の興行を鑑賞した鷗外は同年三月の「歌舞伎」に「明治座のオセロ」を書いている。

＊ギョオテ　Johann Wolfgang von Goethe（1749-1832）。ゲーテ。ドイツの代表的作家、詩人。ワイマール公国の政務長官などを務めながら、シラーとともにドイツ文学の黄金時代を築いた。代表作「若きウェルテルの悩み」「ファウスト」など。

＊クラッシック　classic（英）古典的。

＊俳諧　俳句・連句の総称。また俳文学（俳文・俳論など）全般。ここでは「不易流行《ふえきりゅうこう》」の境地に至った松尾芭蕉（1644-1694）の俳論を指す。

＊一時流行でなくて千古不易　「流行」は一時的な新しい詩の芸風。「不易」は永遠に変わらない詩の芸風。芭蕉は「流行」も「不易」も、風雅の「誠」という出所をもち、根本は「一」であるとしている。「不易流行」についての俳論は、向井去来「贈其角先生書」

「去来抄」、服部土芳《どほう》編「三冊子《さんぞうし》」などに見える。

＊ドラム　drame（仏）戯曲。ドラマ。

＊テアトル　théâtre（仏）芝居。

＊ファウスト　Faust ゲーテの戯曲。二部作。第一部（1774～1808）では、悪魔メフィストフェレスと契約を結び、欲望の罪に落ちた学者ファウストと少女グレートヒェンとの恋愛悲劇が描かれ、第二部（1831刊行）ではグレートヒェンの愛によって救われたファウストがさまざまな世界を経て天上に昇るまでが描かれる。鷗外訳の「ファウスト」は大正二（1913）年に冨山房から刊行された。

＊アレゴリイ　allégorie（仏）比喩《ひゆ》。寓意《ぐうい》。

六二

＊ヴェネチア　Venezia 多くの小島から成る、イタリア北東部の都市。中世以来、ヴェネチア共和国の首都として栄えた。シェークスピアの悲劇「オセロ」の舞台になっている。ヴェニス。

＊駿河台　東京都千代田区神田の地区名。

＊オセロ　Othello シェークスピアの四大悲劇（「ハムレット」「オセロ」「リア王」「マクベス」）の一つである「オセロ」の主人公。ムーア人でヴェニスの将軍。

＊肋骨服　飾り紐《ひも》である「肋骨」（形や位置などが肋骨に似ていることからつけられた俗称）が付された黒ラシャ製の旧陸軍の軍服。明治三十八（1905）年まで使用された。

＊三等勲章　勲三等の勲章。勲位は明治九（1876）年、明治政府によって復活された位階。

一等から八等まであった。

＊数寄屋橋　東京都中央区銀座四、五丁目と千代田区有楽町一、二丁目を結ぶ、外堀に架かっていた橋の名。またその付近一帯の通称。昭和三十三年、外堀が埋め立てられたため橋は消滅した。

＊パルケット　板張りの床を示すparquet（仏）は鷗外の誤り。正しくはparquer（仏）。（家畜などを）入れる小さな囲い。ここでは一階の座席のこと。

＊興行主の演説　自由劇場第一回試演における、小山内薫の有名な挨拶《あいさつ》。「フロックコートを着、優形《やさがた》の長身を心持ち前屈《まえかが》みにし」（谷崎潤一郎「青春物語」）た小山内は、観衆に向かって「私共が自由劇場を起こしました目的は外でもありません、それは、生きたいからであります」と語り出した。

＊縹色《はなだいろ》　薄い藍色《あいいろ》。浅葱《あさぎ》色《いろ》（薄い藍色）と藍色（濃い青）の中間くらいの色。

＊skunks　（英）スカンク。イタチ科スカンク亜種の哺乳《ほにゅう》類。北、中央アメリカに生息。体長二十～五十センチメートル。長い尾を持ち、全身に長毛があり、体色は黒、後頭から背部にかけて白い模様がある種類もいる。外敵から身を守るために肛門腺《こうもんせん》から悪臭の体液を分泌《ぶんぴつ》。毛皮は防寒用に利用される。

六三

＊胡桃を噬み割らせる、恐ろしい口をした人形　堅い胡桃の殻を割る、クラッカーの役割をする胡桃割り人形。

＊島田三郎　（1852-1923）政治家、ジャーナリスト。号は沼南。明治七（1874）年横浜毎

日新聞に入社。自由民権論を主張。その後、改進党・進歩党・立憲同志会の幹部をつとめた。大正四年衆議院議長となり、足尾鉱毒事件や廃娼《はいしょう》問題、シーメンス事件などに活躍。著書に「開国始末」「条約改正論」など。

*東西の桟敷　東西両側の階下の桟敷（観覧席）。鶉《うずら》桟敷。

*会員組織　自由劇場の会員は年二回会費（二円五十銭）を支払えば、年二回行われる試演を料金を払わずに観劇でき、家族や友人知人の一名を同伴してよいことになっていた。

六四　*エゴイスチック　egoistic（英）利己的。

*アルトリュスチック　altruistic（英）利他的。

六五　*鶉縮緬《うずらちりめん》　縮緬の一種で普通のより皺《しぼ》の大きいもの。明治末から大正初期にかけて流行。

*金春式唐織　金春流の能衣装風の唐織。「金春（流）」は、能楽の流派の一つ。能楽シテ方五流派の中で最古。桃山時代が全盛期。「唐織」は中国から渡来した織物、またはそれに似せた織物。生糸の地に、五色の練糸や金糸をまぜて花鳥の模様を浮織にしたもの。錦《にしき》・金襴《きんらん》・緞子《どんす》などの類をいう。

*丸帯　女帯の一つで、一枚の帯地を折って縫い合わせた幅の広い帯。

六六　*檻の狼　ボルクマンの妻グンヒルドは、夫の部屋を「檻」と呼び、その中に「病気のオオカミ」がいるという。

*浅草公園の菊細工のある処　花屋敷。東京都台東区浅草二丁目（旧浅草公園地）にある遊園地。当時の花屋敷は盆栽や菊細工、珍しい鳥獣などを陳列し、植物園と動物園を兼

ねたような施設だった。

六七 ＊Spiritisme （仏）交霊術。

＊鷸蚌《いつぼう》ならぬ三人に争われる 二者（鷸《しぎ》と蚌《はまぐり》）が争っているすきにつけこみ、第三者（漁師）が利益を得る（鷸と蚌を両方とも捕らえた）、という故事「鷸蚌の争い（漁夫の利）」（「戦国策（燕策）」の故事）を踏まえた表現。

六八 ＊parfum （仏）香水。

＊窘迫《きんぱく》 押されて苦しむこと。困ること。

六九 ＊未亡人《びぼうじん》 漢学の素養に秀《ひい》でていた鷗外は、正しい漢音での漢字の読みを強く主張していた。「未亡（ミボウ）」を「未亡（ビボウ）」と読ませたのもその一例。

＊繻珍《しゅちん》 setim（ポルトガル語）繻子《しゅす》の地に数々の絵緯《えぬき》糸を用い、浮模様として文様を織り出した布地。帯地・羽織裏地・袋物などに用いる。しちん。しっちん。

七〇 ＊Montesquieu Charles de Secondat, Baron de La Brède et de Montesquieu (1689-1755)。フランスの思想家、法学者。書簡体小説「ペルシア人の手紙」(1721) で文名を高め、その後、法の諸原理を経験論的に解明しようとした主著「法の精神」を発表する一方で三権分立を主張し、フランス革命やアメリカ合衆国の憲法に影響を与えた。

＊Esprit des lois 「法の精神」(De l'esprit des lois 1748)。

＊Code Napoléon 「ナポレオン法典」(1804)。ナポレオン一世が制定した、刑法・刑事訴訟法・民法・民事訴訟法・商法に関する法典。

七一　*法科大学　法律学を教授した、分科大学の一つ。大正八（1919）年、帝国大学法学部に改称された。ここでは東京大学法学部の前身、東京帝国大学法科大学のこと。
七二　*villa（伊）別荘。大きな別邸。
*Buffet（仏）駅や列車など（ここでは劇場）の簡易食堂。

*興行は二日しかない　自由劇場第一回試演の興行は、明治四十二年十一月二十七日・二十八日の二日だけであった。二六七頁「十一月二十七日」の項を参照。

*probabilité（仏）確からしさ。蓋然性《がいぜん》。確率。

*ジダスカリア　DIDASKALIA（二六〇頁参照）。

*foyer（仏）休憩室。ロビー。
七三　*大詰　歌舞伎用語で、一番目狂言（時代物）の最後の幕のこと。のちに（戯曲・演劇など）最終幕。ここでは後者。
七四　*齷齪《あくそく》「齷齪《あくせく》」に同じ。心にゆとりがなく、小さな事にこだわること。
七五　*怯懦《きょうだ》　怯《ひる》み恐れること。臆病《おくびょう》で意志が弱いこと。
*Titanos（ラテン語）ギリシャ神話で、天の神ウラノス（Ouranos）と地の女神ガイア（Gaia）の子である、ティタン族の女神。ティタン族の男神はTitanes（ラテン語）。オリンポス（Olympos）の神々以前の原始神。
七六　*閲歴「閲歴」は経歴のこと。前日に坂井夫人と肉体的関係を持ったことを言っている。
七七　*同心戮力《りくりょく》（ある目的のために）同じ心持で力を合わせること。

七九
＊消遣策　憂《う》さ晴らし、暇つぶしの方法。
＊une direction dominante　（仏）優位な方向。
＊迂路《うろ》　まわりみち。
＊pro　（ラテン語）……に賛成して。
＊contra　（英）反対。逆。pro に対するのは通常、con（ラテン語）。……に反対して。
八〇
＊小間使　召使い。主人の身の回りの雑用に使われる女中。
＊Watteau　Jean Antoine Watteau（1684-1721）。フランスの画家。雅の中に官能をひそませる画風が特徴の、ロココ式雅宴画の創始者。代表作「シテール島への船出」「公園の集い」「ジル」など。
＊gobelins　（仏）ゴブラン織。十五世紀にゴブラン家の創始したつづれ織（経糸《たていと》で緯糸《よこいと》を覆《おお》うような織物）。パリ国立ゴブラン工場では豪華なタペストリー（壁掛）が多く製作されていたため、日本ではつづれ織の壁掛に、ゴブラン（gobelins）の名が通称として用いられるようになった。
＊Corneille　Pierre Corneille（1606-1684）。フランスの劇作家。古典悲劇の完成者。はじめ「メリット」などの風俗喜劇を発表し、のちに正則悲劇を求める当時の文学風潮を意識し、情熱に対する理性・意志の葛藤《かっとう》を描き、英雄を題材とした悲劇を生みだした。「ル・シッド」「オラース」「シンナ」「ボリュークト」など。
八一
＊Racine　Jean Baptiste Racine（1639-1699）。フランスの劇詩人。悲劇「アンドロマッ

ク」で文名を高め、女性の恋愛を十二音節《アレクサンドラン》詩句で赤裸々に描いた。さらにギリシア悲劇に取材した古代悲劇詩的作品も生み出し、コルネーユ、モリエールと並ぶフランス古典劇の代表者としての地位を築いた。「ブリタニキュス」「ベレニス」「フェードル」などがある。

＊Molière　本名 Jean Baptiste Poquelin（1622-1673）。フランスの劇作家。鋭い人間観察に基づき、さまざまな人間の複雑な性格を描いて人間社会（ことに上流社会）を痛烈に諷刺《ふうし》した。いずれも喜劇の「ドン・ジュアン」「人間嫌い」「守銭奴」「タルチュフ」「女学者」など。

＊Voltaire　本名 François Marie Arouet（1694-1778）。フランスの小説家、劇作家、思想家。啓蒙《けいもう》主義の代表者。悲劇「オイディプス」で成功。二度の投獄経験を経た後、信教と言論の自由を主張。封建制度・専制政治と闘いながら作品を発表した。諷刺と優れた文章で近代史家の先駆けともなる。悲劇「ザイール」、小説「カンディード」など。啓蒙思想家として百科全書にも寄稿。

＊Hugo　Victor Marie Hugo（1802-1885）。フランスの詩人、小説家、劇作家。フランス・ロマン派の巨頭。初期には王党的・カトリック的色彩が濃厚な詩集「オードとバラード集」などを発表。その後、戯曲「エルナニ」、長篇小説「ノートルダム・ド・パリ」「レ・ミゼラブル」などによって人道主義・自由主義的傾向の強い作品をあらわした。フランス共和制の実現にも尽力。

八三 *インテレクト intellect（英）知性。思考力。

*鶯坂《うぐいすざか》 東京都台東区鶯谷から上野公園方向に至る坂。明治になって新しく作られた坂であることから新坂ともよばれる。

*お霊屋《たまや》 貴人や先祖の霊を祀《まつ》っておく所。霊廟《れいびょう》。ここでは東京都台東区上野桜木にある徳川家墓地のこと。第一霊廟（四代家綱）・第二霊廟（五代綱吉）それぞれの勅額門・水盤舎・奥院は国の重要文化財に指定されている。

*paroxysme（仏）絶頂。頂点。

八四 *Aude ベルギーの小説家ルモニエ（Camille Lemonnier 1844-1913）の作品、L'homme en amour（1897）の登場人物。鷗外はルモニエの「聖ニコラウスの夜」を大正二（1913）年に翻訳している。

*frivole（仏）軽薄な。うわついた。

*角燈 四面ガラス張りの四角形のランプ。手で提げたり、軒に吊《つ》ったりする。

*本能の策励 「策励」はむち打ち励ますの意で、ここでは性欲の衝動のこと。

八五 *Gautier Théophile Gautier（1811-1872）。ゴーチェ。フランスの詩人、小説家、美術評論家。はじめロマン派、やがて「モーパン嬢」の序文において芸術の自律性・無償性を強調した「芸術のための芸術」を主張し、「高踏派」(le Parnasse) の先駆となる。詩集「螺鈿《らでん》七宝集」などがある。

*Mademoiselle Maupin Mademoiselle de Maupin「モーパン嬢」（1835）。男性・女性の

双方に愛された、男装の麗人の恋物語。序文で芸術至上主義が宣言された。

八六 *aventure（仏）予期しない出来事。冒険、特に恋愛に絡《から》んだ冒険。

八七 *vanité（仏）虚栄心。

*宦官 東洋の諸国（特に中国）で、貴族や宮廷の後宮に仕えた、去勢された男性の官吏。はじめ宮刑受刑者や捕虜などから採用したが、のちに志願者も出た。君主の近くに仕え重用されたため、政権を左右することもあった。

*raffiné（仏）洗練された。

八八 *歯牙の相撃とう 歯と牙《きば》を打ち合わせる。ここでは興奮する様の形容。

*平賀源内（1728-1779）江戸中期の本草学者、科学者、戯作者《げさくしゃ》、浄瑠璃《じょうるり》作者。名は国倫《くにとも》。号は鳩渓《きゅうけい》。筆名は風来山人・天竺浪人《てんじくろうにん》。浄瑠璃作家名は福内鬼外。火浣布《かかんぷ》（石綿を混ぜて織った、火に強い布）の製作、寒暖計の模製、鉱山の開発、エレキテル（摩擦起電機）の自製などを行い、また諷刺《ふうし》のきいた戯文や浄瑠璃の執筆にも没頭した。浄瑠璃「神霊矢口渡」、滑稽本《こっけいぼん》「風流志道軒伝」など。

*頸に墨を打たれた 姦通罪《かんつうざい》で入れ墨の刑に処せられること。

八九 *デカダンス décadence（仏）頽廃《たいはい》。

九〇 *羞明 まぶしさ。

*敷松葉 庭の芝生や苔《こけ》を霜から守るため、または庭に趣をそえるために枯れた松の葉を敷くこと。またはその松葉。

九一

＊絆纏　ここでは印絆纏《しるしばんてん》。襟や背などに屋号や氏名などの標識を染め抜いた上着。多くは木綿製。

＊瘧《おこり》　悪寒《おかん》と発熱を隔日または毎日、一定の時間にくり返す間歇熱《かんけつねつ》の一つ。多くはマラリア性の熱病をさす。

＊生利《なまぎき》　よくわからないくせに知ったかぶりをすること。生聞。

九二

＊三才社　神田区（現在の千代田区）錦町一丁目十番地にあった、フランス書専門の書店の名。

＊Huysmans　Joris Karl Huysmans（1848-1907）。ユイスマンス。フランスの小説家、美術評論家。自然主義の流れに乗って「マルト・一娼婦《しょうふ》の物語」（1876）などを書いたが、のちに文化的洗練を極めた「さかしま」（1884）を発表。神秘学を極め、キリスト教に転向ののちは中世キリスト教を探求した。「出発」「大伽藍《だいがらん》」など。ここでの小説は「彼方」（Là-Bas 1891）をさす。次行の「主人公」は九六頁のDurtal《ドュルタル》。

九三

＊バルザック　Honoré de Balzac（1799-1850）。フランスの小説家。近代リアリズム文学の創始者の一人。十九世紀前半のフランス社会をかたち作る多種多様な人間像を作品内に描き出した。「田舎医者」「ウージェニー・グランデ」「絶対の探求」などを発表し、「ゴリオ爺さん」では先行する作品の登場人物を新しい作品の脇役《わきやく》として登場させる「人物再登場」の手法を活用した。さらに自らの全作品に「人間喜劇」という総題を与えた。「谷間の百合」「従妹《いとこ》ベット」など。

＊ゴンクウル　Goncourt。ゴンクール兄弟。兄弟ともにフランスの小説家。兄エドモン（Edmond de G. 1822-1896）と弟ジュール（Jules de G. 1830-1870）は合作の形で自然主義の先駆的作品を生み出した。兄弟が合同で執筆した日記文学の傑作「ゴンクールの日記」の他に、「ルネ・モープラン」「ジェルミニー・ラセルトゥー」など。

＊en miniature　（仏）縮図的。

＊預言者　（旧約聖書における）古代イスラエルにおいての宗教上の指導者。神の言葉を受け取り、それを神託として人々に知らせ、人々に新しい世界観を示す人。ここでは日本の自然主義の提唱者のこと。

九四

＊リベラル　liberal（英）寛大な。自由な。進歩的な。

＊電信体　ドイツ文学者の片山孤村《こそん》（1879-1933）が明治三十八年十二月、雑誌「帝国文学」の「続神経質の文学」において、ドイツ自然主義の詩人、劇作家、評論家であるホルツ（Arno Holz, 1863-1929）の詩の作風を「電信体」といったのにもとづいている。

＊オオド　二七六頁「Aude」の項を参照。

＊吾嬬コオト　明治二十七（1894）年頃から流行した、和服の上に着る、裾《すそ》までの長さのある婦人用のコート。おもにラシャやセル（毛織物の一種）でつくった。

九六

＊マッフ　Muff（独）円筒状の防寒用服飾小物。両側から手を入れて使用する。毛皮や羽毛などで作られる。

＊カトリック教　ローマ法王を首長とするローマ・カトリック教会の伝えるキリスト教。

*袋町　道が行き止まりになっていて通り抜けの出来ない町。袋小路。

*三位一体のドグマ　三位一体説。「三位一体」はキリスト教で、創造主としての父である神と、贖罪者《しょくざい》として世に現れた子であるキリストと、聖霊なる神とが、唯一《ゆいいつ》の神の三つの位格（persona《ペルソナ》）として現れるとする説。dogma《ドグマ》（英）はその教義・教理のこと。

九七　*岡目八目（局外者として囲碁をみると、打っている人よりも形勢がよくわかることから）第三者として物事を観察すると、ものごとの是非・得失が当事者以上によくわかるということ。傍目八目。

九八　*霊的自然主義　ここでの「霊的」は神秘主義（mysticism）のこと。自然主義と神秘主義の融合。

*編上沓　足の甲や脛《すね》にあたる部分を紐《ひも》でしばって履く半長靴。靴に付いたホックに靴紐を×字にかけ、編み上げるようにして履く。

九九　*sataniste（仏）悪魔主義者。悪魔崇拝者。

*悪魔主義　satanisme（仏）十九世紀末のフランスに起こった文芸・思想の一傾向。醜悪・頽廃《たいはい》・怪異などを好み、そこに美を見出《みいだ》そうとする主義。ポー（Edgar Allan Poe 1809-1849）、ボードレール（Charles Baudelaire 1821-1867）、ワイルド（Oscar Wilde 1854-1900）などが代表。日本では谷崎潤一郎（1886-1965）の初期作品群などにその影響を見て取ることができる。

一〇〇　*町屋　町の中にある家。店づくりの家。商家。

*莚蓆《むしろ》　藁《わら》や竹・藺《い》などを編んで作った敷物。

*動物園　上野公園内にある東京都恩賜《おんし》上野動物園（上野動物園）。明治十五（1882）年に帝室博物館の一部として開設された。

*ヴェランダ　veranda（英）部屋で、庭などに面している側に、家屋に添う形で張り出すように作られた縁。ベランダ。

*シトロン　citron（仏）精製飲料水にレモン汁・香料・シロップなどを加えて作った清涼飲料水。日本では明治四十五（1912）年頃製造された。

*passif（仏）消極的。受け身。

*actif（仏）積極的。行動的。

*agressif（仏）攻撃的。挑戦的。

一〇一　*egoistique　フランス語らしくした語。egoïste（仏）利己的。

*altrustique　フランス語らしくした語。altruiste（仏）愛他的。

一〇四　*social（仏）社会的。

*萵苣《ちさ》　ヨーロッパ原産のキク科の一、二年草。日本では明治以降に普及した。葉が球状になるタマヂシャは「レタス」、結球しないものを「サラダ菜」と呼ぶ。チシャ。

一〇五　*常磐華壇　上野公園内にあった料亭。

*停車場　ここでは上野駅のこと。

*草鞋　藁《わら》で足の形に編み、足に結びつけて履く履き物。

*王子　東京都北区の一地区。元東京市三十五区の一である王子区を形成していた。王子神社や名主の滝、王子稲荷などがある。

*大宮　埼玉県南東部の地名。大宮市（現在、さいたま市の一部）。氷川神社・大宮公園などがある。

*二等　昭和三十五（1960）年以前の、三等級制時代の客車の中級車。日本国有鉄道（国鉄。現JR）では昭和三十五年の二等級制実施により、旧二等車を旧一等車（上級車）と併合、旧三等車を二等車とした。

*待合　待合室の略。

一〇六　*cercleをしている　cercle（仏）（人や物が形作る）輪や集まり。一つの集団を形づくっている。

*切口状　一語ずつの区切りをはっきりさせていう言い方。改まった堅苦しい言葉つき。

*師団長　「師団」は旧陸軍編制上の陸軍部隊の一つで、司令部を有し、独立して作戦する戦略単位であり「師団長」はその長官。

*将校　軍隊で、少尉以上の武官。戦闘の指揮をする士官。古代中国において「校」は軍の指揮官の周りに設けられた「木格《しきり》」のこと。

*喇叭《ラッパ》　日本の旧軍隊が、信号・行進の際などに用いた信号喇叭のこと。

*maniérisme　（仏）（芸術上の）気取り。凝《こ》りすぎ。

一〇七　*高畠詠子　下田歌子（1854-1936）がモデル。歌子は岐阜県出身の教育家。華族女学校創立に参画し、学監、教授となる。その後、学習院女学部長、実践女子専門学校長、愛国婦人会会長などを歴任した。

*毀誉褒貶《きよほうへん》　「毀」はそしる、「誉」「褒」はほめる、「貶」はけなすの意。褒めたり貶《けな》したりすること。褒められ貶されたりの世評。

*ナポレオン　Napoleon Bonaparte（1769-1821）。ナポレオン一世。フランスの皇帝（在位1804-1815）。「ナポレオン法典」（二七二頁参照）の編纂《へんさん》をはじめ、フランスの近代化に尽力した。ワーテルローの戦いに敗れ、セントヘレナ島に流され、そこで没した。

*悪徳新聞　醜聞や中傷的な記事、暴露記事などを掲げ、相手の名誉を傷つけたりしようとする新聞。

一〇八　*représentative　（仏）典型的。代表的な性格。

*オオトリシアン　Autrichien　（仏）オーストリア人。

*Otto Weininger　（1880-1903）オーストリアの哲学者。二十三歳で自殺。ここで言及されているのは、その唯一《ゆいいつ》の著作「性と性格」（Goschlecht und Charakter 1903）で、明治三十九年に片山正雄（孤村《こそん》）による抄訳「男女ト天才」が刊行されている。

*M＋W　「M」は理想的男性。「W」は理想的女性。

*埒　柵《さく》。

一〇九　*赤帽　駅構内で乗降客の手荷物を運ぶことを職業とする人。明治三十年、目立ちやすいように赤い鳥打帽をかぶったことから。

＊駱駝《らくだ》　ラクダの毛から製した毛糸・毛織物。
＊銀杏返《いちょうがえ》し　女性の髪の結い方のひとつ。髻《もとどり》の上を二分し、左右に曲げて半円形に結んだもの。江戸中期には若い女性の間で行われたが、明治以降には中高年女性にも用いられるようになった。
＊根掛　女性の日本髪の髻の部分にかける装飾品。宝石・金属などで作られる。
＊symétrique　（仏）左右対称の。

一一〇

＊日暮里　東京都荒川区の地名。現在の東日暮里・西日暮里・東尾久の一部。ここでは駅名。
＊黒うと　芸妓《げいぎ》・娼妓などの水商売を行う女性。玄人。

一一一

＊赤羽　東京都北区北部の地名。ここでは駅名。
＊蕨《わらび》　埼玉県南東部の町（現在は市）。川口市と浦和市（現在さいたま市の一部）に挟まれ、宅地化が進んでいる。ここでは駅名。
＊浦和　埼玉県南東部の市。現在はさいたま市（埼玉県の県庁所在地）の一部。ここでは駅名。
＊hypocrites　（仏）偽善者。

一一二

＊常磐木　杉や松など、一年中緑葉を保つ樹木。冬木。常緑樹。
＊大宮公園　埼玉県さいたま市大宮区高鼻町にある公園。桜や紅葉する樹木で有名。
＊チイプ　type（仏）型。タイプ。

＊東京《とうけい》や無名通信　「無名通信」は明治四十二年四月創刊の評論雑誌。「東京」は不詳。

＊役者買　婦人が金を支払って男性の役者（俳優）を相手に遊ぶこと。

一一三　＊antisociale　（仏）反社会的。

＊調馬手　馬を乗りならす人。調馬師。調教師。

一一四　＊polype　（仏）ポリプ。刺胞動物（無脊椎《むせきつい》動物の一門）の生活環上に見られる一時期の形態。体は管状で、一端に口が開き、その周囲に触手をそなえ、他端で他物に付着し固着生活をする。

＊Ivresse　（仏）酔い。陶酔。

＊鴉片《アヘン》　ケシの未熟な実から採取した乳液を乾燥させて作った麻薬。鎮痛・催眠作用を呈する。日本ではあへん法（一九五四年制定）により、鴉片の採取・所持・輸出入・売買が規制されている。

＊Haschisch　（仏）ハシッシュ。インド麻から採取する麻薬。

＊Dionisos　ギリシア神話の酒と豊饒《ほうじょう》の神。ゼウスとセメレとの子。ローマ神話のバッカスに当たる。「ディオニソス的」はニーチェが「悲劇の誕生」のなかで説いた芸術衝動の型で、激情的・衝動的・陶酔的傾向をもつもの。後出の Dionysos が正しいつづり。

＊Apollon　ギリシア神話の神。ゼウスとレトとの子。医術・音楽・弓術・予言の神。後に太陽神と同一視された。「アポロ的」は「ディオニソス的」に対して、知的・静的な調和や秩序を特徴とする。

一一五　*氷川神社　埼玉県さいたま市大宮区高鼻町にある旧官幣大社。武蔵《むさし》一の宮。祭神は大己貴命《おおなむちのみこと》・素戔嗚尊《すさのおのみこと》・奇稲田姫命《くしなだひめのみこと》。氷川大明神。「大宮」の地名は氷川神社を「大いなる宮居」としてあがめたことに由来する。

*葦簀《よしず》　葦を編んで作ったすだれ。日よけなどに用いる。

*蜚《と》ばず鳴かず「鳴かず飛ばず」に同じ。「三年不蜚不鳴」（史記楚世家）による。

*coup（仏）（サイコロの）一振り。マラルメの散文詩「骰子《さい》一擲《いってき》」（Un coup de dés jamais n'abolira le hasard 1897）にもとづいた表現。

一一六　*censure（仏）検閲。

*具眼者　眼識を具《そな》えている人。物事の是非を判断する見識を持つ人。

*阻喪する　元気をなくし、勢いが失せる。

*clique　二六六頁参照。

一一七　*ジフテリイ　Diphtherie（独）ジフテリア。ジフテリア菌による熱病。法定伝染病の一つ。子供がかかりやすく、主に呼吸器粘膜が冒される。

*大学の病院　東京大学（帝国大学）付属病院。

一一八　*血清注射　伝染病患者の体に、免疫体を多量に含む動物の血清を注射する治療法。一八九〇年に北里柴三郎（1852-1931）とドイツのベーリング（Emil Adolf von Behring 1854-1917）が創始。

*富坂　春日通りをくだり白山通りに至る坂。

一一九　＊痛癢《つうよう》　痛みと痒《かゆ》み。身に受ける苦痛。

＊小新聞　明治初期の新聞の一形態。明治前期の新聞は「大新聞《おおしんぶん》」と「小新聞《こしんぶん》」とに区別されていて、小新聞は大新聞にくらべてやや小型。社会面を主とした総ふりがなつきの平易な文体が用いられ、市井《しせい》の出来事や花柳界の艶聞《えんぶん》など娯楽的な内容を中心とした新聞。「読売新聞」は明治七年創刊で、後まで残った代表的な小新聞である。

＊社主　「東京新聞」のモデルが「読売新聞」であるなら、「読売新聞」は明治四十二年十二月まで本野盛亨《もとのもりみち》が社長で、四十三年三月からは高柳豊三郎が社長に就任した。

＊フロックコオト　frock coat（英）男子の昼間用正式礼服。上衣はダブルで四つ（または六つ）ボタン。丈は膝《ひざ》まで。黒ラシャを用い、チョッキも同生地。ズボンは縞物《しまもの》をはく。

＊Corps diplomatique（仏）外交団。

＊華族会館　旧鹿鳴館《ろくめいかん》。内外人の社交の場として明治十六（1883）年麹町《こうじまち》区山下町（現在の千代田区内幸町一丁目）に開館。明治二十三（1890）年以降は華族会館として使用された。

＊羅致　網で鳥を捕らえるように、広く人材を集め、招き寄せること。

一二〇　＊académique（仏）学問的。

＊鳥瞰図　高いところから地上を見下ろしたように描いた図。転じて全体を見渡せるような広い視野を持った文章や考え方など。

*シャンパニエ　champagne（仏）フランスの東北部シャンパーニュ地方特産の、発泡性ブドウ酒。シャンパン。

*車の第三輪　副次的存在の喩《たと》え。「第三輪」は必要欠くべからざる「両輪」の次にあたる。

*推戴《すいたい》　推し戴《いただ》くこと。団体などの長としてむかえること。

*荼毒《とどく》する　虐《しいた》げる。害毒をなす。「荼」は苦菜《にがな》のこと。

年　一二一

*未丁年者　まだ丁年（一人前の年齢。現今で満二十歳）に達していない者。未成年者。

*緑青《ろくしょう》　空気中の水分と二酸化炭素が作用して銅の表面に生じる、青緑色の錆《さび》。かつては毒性が高いとされていた。

*ラジウム光線　radium（英）第八十八番の元素。記号はRa。放射性元素の一つ。一八九八年、キュリー夫妻が発見した。

*指《さす》が谷《や》　指ヶ谷町。東京都文京区の旧町名。現在の文京区白山の一部。

*食機　食欲。食気。

青　一二二

*三崎町　東京都台東区谷中三崎町。現在は谷中の一部。

*両大師　両大師（慈恵《じえ》大師・慈眼《じげん》大師）を祀《まつ》った、上野寛永寺境内の慈眼堂。開山堂とも。

*青森線　現在の東北本線。明治三十九（1906）年の国有化までは、日本で最初の私鉄である日本鉄道が管轄《かんかつ》していた路線。

一二三 *吉原　新吉原。明暦の大火（1657）により、もと日本橋葺屋《ふきや》町（現在の中央区日本橋堀留付近）にあった吉原（元吉原）は全焼。その後、千束日本堤下三谷《さんや》（現在の台東区千束）に移された（新吉原）。

*courte-pointe　（仏）ベッドカバー。装飾用の寝台かけ。

一二四 *わざと縦《はな》って置いて、却って確実に、擒《とりこ》にしよう　相手が心服するまで何度も許して何度も捕まえる。諸葛孔明《しょかつこうめい》が敵将の孟獲《もうかく》を七たび逃がしてやって、七たびとらえたという「七縦七擒《しちしょうしちきん》」の故事に基づいている。

一二五 *三組のお下げ　三つ編みのお下げ髪。

*お召　お召縮緬《ちりめん》の略。経《たて》・緯《よこ》に練糸を用いて、表面に皺《しぼ》（皺《しわ》のような凸凹）を織りだした織物。「お召」は貴人が着用した上等な縮緬であることから。

一二六 *四目垣　丸太の杭《くい》を立て、丸竹を縦横に渡して組み、その隙間が四角形になっている竹垣。

*jet de la draperie　（仏）ドレイパリー。衣服のひだの表現。美術用語。

一二七 *委積《たたな》わって　幾重《いくえ》にも重なり連なって。畳《たた》なわる。

*鴇色《ときいろ》　鴇《とき》の羽根の色。淡紅色。

一二八 *望を属して　望みを託して。

一二九 *径尺の　直径一尺（約三十センチメートル）の。

*水盤　陶製または金属製の、底が浅い平らな器。中に水をはって、生け花や盆石（箱庭

の一種）などに使用する。水盆。

一三〇　＊危殆《きたい》　危険。あぶないこと。

一三一　＊possibilité　（仏）可能性。手段。

一三二　＊dignité　（仏）尊厳。品位。正しくはディニテ。

＊神経質　Nervosität（独）環境の変化や身体の変調に対して過敏に反応を起こしやすい心的性質。神経が過敏である性質。「神経質」は病理学的症状を伴う神経衰弱や神経症とは異なるが、当時は遺伝するものと考えられていた。

＊弛廃　弛《ゆる》み、廃《すた》れること。行われなくなること。

一三三　＊弁天　不忍《しのばず》弁天堂。寛永年間創立。天海僧正が、不忍池を琵琶湖《びわこ》に見立て、竹生島《ちくぶしま》になぞらえた中之島に堂を設けた。

＊Phèdre　ラシーヌ（Racine 1639-1699 二七四頁参照）の悲劇「フェードル」。一六七七年初演。五幕。

一三四　＊潜りの戸　門のわきなどに作る、潜《くぐ》って出入りするような低く小さい戸。潜戸《くぐりど》。

＊シチュアシヨン　situation（仏）立場。境遇。

＊櫺子《れんじ》　建物の窓や欄間《らんま》などに、縦または横に一定の間隔を置いて細い材を取り付けたもの。連子格子《れんじごうし》。

一三五　＊塗縁《ぬりぶち》　戸や障子の桟などを漆塗りにすること。

＊書院造り　室町時代中期に起こり桃山時代に完成した建築様式。平安時代の寝殿造りが

変化したもので独立した接客空間を持ち、上段の間である表座敷には床・棚・付書院《つけしょいん》を設ける。室内には畳を敷き詰め、室の外側には濡《ぬ》れ縁がある。
＊colonnade　（仏）コロネード。列柱。
＊衣桁《いこう》　着物などをかけておく家具。鳥居のような形で、左右の端に二本の柱を立てたもの。衝立《ついたて》式のものと、真中から蝶番《ちょうつがい》で畳むものとがある。
一三六　＊唐紙　唐紙障子の略。胡粉《ごふん》や雲母《うんも》の粉で文様を刷りだした、中国風の紙である「唐紙」をはった障子。襖《ふすま》障子。
＊退紅色　うすももいろ。淡紅色。
＊天外の長者星　「長者星」は、小説家・小杉天外（1865–1952）がゾラ（二六四頁参照）の「金」にヒントを得て実業界の裏面を描いた長篇小説（明治四十一年～明治四十二年）。天外の代表作は「はつ姿」「はやり唄」など。
一三七　＊唐草のような摸様　蔓草《つるくさ》のからみ、這《は》う形を図案化した文様。唐草模様。
＊帯揚げ　女性が帯を太鼓結びなどにする時、結び目が下がらないように背の結び目にあてて形を整え、前にまわして締める紐《ひも》。
一三八　＊Naif　（仏）天真爛漫《らんまん》。ナイーブ。
＊sensible　（仏）感受性の強い。敏感な。
＊masque　（仏）仮面。
＊鷙鳥《しちょう》　鷲《わし》や鷹《たか》などの、肉食鳥の総称。猛禽《もうきん》。「鷙」は猛鳥の意。

一三九 *Nymphe （仏）ニンフ。ギリシア神話における山や川、樹木などの精。予言力を持ち、美しい女性の姿で現れ、歌と踊りを好むといわれる。

*mine de mort （仏）死者の顔色。

*Sphinx （仏）（ギリシア神話の）スフィンクス。翼を持つ、獅子《しし》身《しん》女顔の怪物。

*dogma （英）（宗教上の）教義。独断。

*羅《うすぎぬ》 細い糸で薄く織った絹の布。

*ironiquement （仏）皮肉に。反語的に。

一四〇 *Une persuasion puissante et chaleureuse （仏）強く熱烈な説得。

一四一 *箱根の福住 箱根湯本の旅館、萬翠楼福住。

一四二 *緋鹿子《ひがのこ》 緋色（濃い紅色）の鹿子しぼり。「鹿子」は絞り染の模様に白い星を隆起させて染め出したもの。

*質《しち》 約束を履行する保証として預けておくもの。ここでは「坂井夫人」のもとを訪問しなければならなくなる保証。

一四三 *写象 表象を意味する Vorstellung （独）の訳語。

*耆宿《きしゆく》 「耆」も「宿」もいずれも老年の意で、徳望・経験のゆたかな老人。老大家。

*Lemonnier 二七六頁「Aude」の項を参照。

*亀清楼《かめせいろう》 柳橋にある隅田川に面した著名な料亭。

*旧主人 旧藩主。

一四四
＊高縄　東京都港区南部の地名。泉岳寺・東禅寺などがある。高輪。
＊黒繻子《くろじゅす》　黒い色の繻子。「繻子」は、滑らかで光沢のある、緯糸《よこいと》・経糸《たていと》の浮いた織物。
＊ねんねこ絆纏《ばんてん》　子供を背負うときに覆《おお》いかぶせて着る、綿入れの袢纏。
＊櫛巻　ひもで結んだりせずに、髪を櫛に巻き付けて結う、手軽な女性の髪型。

一四五
＊銚子　千葉県東端、利根川河口の南岸の地名。
＊柳橋　東京都台東区柳橋。神田川が隅田川に合流するところに架かる橋の名で、江戸時代から花柳界の地として有名。
＊effet（仏）効果。効力。
＊粉本《ふんぽん》　東洋画の下書きに、胡粉《ごふん》（白色の顔料）を用いていたことから、絵や文章の手本や参考となるもの。手本。
＊esprit non préocupé　正しくは esprit non préoccupé（仏）。先入観のない精神。

一四六
＊Monna Lisa　レオナルド＝ダ＝ヴィンチ（Leonardo da Vinci　1452-1519）作の絵画の題名。またそれに描かれている女性。モデルはフィレンツェの貴族フランチェスコ・デル・ジョコンダの夫人でエリザベッタ。神秘的な微笑をたたえていることで有名。ルーブル美術館蔵。
＊Constantin Guys　コンスタンタン・ギース（1802-1892）。フランスの画家。一八六三年、ボードレールはギースについて「近代生活の画家」と評する記事をフィガロ紙に寄せ、絶賛した。第二帝政時代のパリのさまざまな階級の風俗を描き、決して作品にサイ

ンをしなかった。

一四七

＊山高帽　フェルト製で頭頂が丸く高い、男子用の帽子。山高帽子。

＊岡倉時代　東京芸術大学美術学部の前身である東京美術学校で、岡倉天心（1862-1913）が校長であった時代、明治二十三年から三十一年までのこと。岡倉天心は本名覚三。美術評論家・美術史家。のちに日本美術院を創設し、明治美術の父と称せられた。著書に「茶の本」「東洋の理想」などがある。

＊鄧完白《とうかんぱく》（1796-1820）中国清《しん》代の書家。名は石如。字《あざな》は頑伯。号は完白。漢字の一体である篆書《てんしょ》では清代の第一人者で、木や石、金などに印を彫る篆刻《てんこく》に秀《ひい》でている。

＊篆書　漢字の一体。隷書《れいしょ》・楷書《かいしょ》のもととなったもの。古代文字で大篆と小篆とがある。

＊通人　多くの物事を知っていて、広い知識を持っている人。特に花柳界の消息に通じている遊び上手な人。

＊夷三郎《えびすさぶろう》　七福神の一、恵比須の異称。伊弉諾《いざなぎ》・伊弉冉《いざなみ》二神の子の第三子であることから。

一四八

＊亀清《かめせい》　二九二頁「亀清楼」の省略。

＊博聞社　博文館がモデルか。

＊両国橋　東京都中央区東日本橋二丁目と墨田区両国一丁目を結ぶ、隅田川に架かっている橋。万治二（1659）年の木橋にはじまり、明治三十七（1904）年鉄橋に架け替えられた。昭和七（1932）年に架橋されたものが現在のもの。

＊棋盤《ごばん》　碁石を打つ囲碁用具。平面で、等間隔に縦横各十九本の平行線が引かれている。

＊当局者　その時の政務の、重要な地位にある人。
＊局　碁盤・双六盤《すごろく》・将棋盤などの総称。またはそれらの盤を用いて行う勝負のこと。ここでは碁の勝負。

一四九　＊utilitaire　（仏）功利主義者。
＊domino　ドミノ。西洋カルタの一種。表面に黒点を付けた二十八個の長方形の小札からなり、各札には〇から六の七つの数字のうち二つが彫られている。同じ目どうしの札を並べ合わせてとり、手中の札を早く並べ終わったものが勝つ。

一五〇　＊大小　大刀と小刀。打刀《うちがたな》と脇差《わきざし》の小刀《ちいさがたな》。
＊論語　四書（大学・中庸・論語・孟子《もうし》）の一つ。二十篇。孔子の言行や、孔子と弟子・隠者・諸侯などとの問答、弟子達同士の問答などを孔子没後にその弟子達が編纂《へんさん》したとされる書。人間の最高の徳としての「仁」の意義や、政治・教育などへの意見が叙述されている。儒教のおおもとの原理や周代の社会情況を知る上での基本的な資料。

一五一　＊略綬　略式の綬。「綬」は勲章・記章を佩《お》びるのに用いる布製のひも。
＊高縄の侯爵家　毛利家がモデル。「侯爵」は五爵（公・侯・伯・子・男）の第二位の爵位。
＊家扶　華族の傭人《やといにん》。家令の下で、家務や会計に従事するもの。
＊名代《みょうだい》　人の代わりに立つこと。代理。
＊分科大学　旧制帝国大学（ここでは東京帝国大学）を構成していた各学部の旧称。法科

大学・医科大学・文科大学・理科大学・工科大学・農科大学があったが、大正八(1919)年「学部」と改称された。
一五二　＊少壮官吏　「少壮」は、年の若いこと。「官吏」は役人。若い役人。
＊新俳優　新派劇などの俳優。「新派劇」は旧劇とは流派を異にした、現代の恋愛悲劇などを演じる大衆演劇のこと。
一五三　＊écriture runique　(仏) 北欧古代文字。古代ゲルマン人の用いた表音文字。
＊tertium comparationis　(ラテン語) 第三番目の引きあい。
＊Antigéishaisme　反芸者主義。フランス語風に作った語。
一五四　＊ironie　(仏) 皮肉。アイロニー。
＊教育会　教育の普及や発達に関心を持った教職員や官公吏、有志者などから成る、教育の改善や発達などをはかるために組織された会。明治十六(1883)年大日本教育会が作られ、各県にも組織された。昭和二十一(1946)年に大日本教育会は解散。
一五五　＊Cynisme　(仏) シニシズム。ギリシア哲学におけるキュニク(犬儒)学派の立場。ソクラテスの門人アンティステネスを祖とし、社会の規範や道徳など全《すべ》てのものごとを軽視し、冷笑的にながめる態度や見方。
＊醒覚　目が覚めること。(比喩《ひゆ》的に) 自分の誤りに気がつくこと。覚醒。
＊道学先生　道徳にこだわって世俗や人情の機微にうとい学者。
一五六　＊misanthrope　(仏) 人間嫌いの。厭世《えんせい》的な。

一五七　＊ironique　（仏）反語的。皮肉な。
＊お茶碾《ちゃひ》き　遊女や芸者が、客から呼ばれず暇でいること。また、その芸者や遊女。

一五八　＊別品　美しい女性。別嬪《べっぴん》。
＊長歌　長唄《ながうた》。江戸音曲を代表するもの。元禄（1688-1704）頃に始まり、享保（1716-1736）頃に確立。三味線の家元である杵屋《きねや》を中心に発達し、浄瑠璃《じょうるり》などの要素も取り入れた。劇や舞踊に伴うものと三味線の伴奏で唄われるものとがある。
＊老松　長唄。文政三（1820）年、四代目杵屋六三郎（六翁）が作曲した。

一五九　＊違棚　二枚の棚板を左右から段違いに取り付けた棚。床の間・書院などの脇《わき》に設ける。
＊秦淮《しんわい》　中国江蘇《こうそ》省南京《ナンキン》市にあった花街。近くを淮水《わいすい》が流れており、ここではその水のこと。
＊西湖《せいこ》　中国浙江《せっこう》省杭州《こうしゅう》市の西にある湖。
＊洞庭湖　中国湖南省の北東部にある湖。
＊洲　湖や河口の浅い部分に堆積《たいせき》した土砂が、水面の低下によって水面上に現れてできた平地。

一六〇　＊襦袢《じゅばん》　jubão・gibão（ポルトガル語）肌につけて着る短衣。和服の肌着。ジバン。
＊老妓　中年をすぎた芸妓。年をとった芸妓。
＊malintentionné　（仏）悪意のある。意地悪い。

一六一　＊indifférent　（仏）興味をひかない。無関心。

*Atropos（ラテン語）アトロポス。ギリシア神話で、運命の女神の一人。運命の糸を切る役割をする。

*島田　島田髷《まげ》の略。日本髪の結い方の一つ。名称は江戸初期の東海道島田の遊女たちの髪型から。初期の簡単なものから、前髪・びん・たぼをとる複雑な形態へと変化した。芸者が多く結う髪型。高島田・文金島田・つぶし島田など、多くの種類がある。

*calme（仏）平静、冷静。

一六二

*drue（仏）生い茂った。盛りの。ここでは一人前の芸妓となったこと。

*藤鼠《ふじねずみ》　染色の一つ。やや鼠色がかった薄紫色。また、その色に染めたもの。

*煙管《きせる》　khsier（カンボジア語）管の一端に刻みタバコをつめて火を点じ、その煙を吸う道具。火皿・雁首《がんくび》・羅宇《らう》・吸口から成る。

*脊柱の処の着物を一摑み、ぐっと下へ引っ張って着たような襟元　いわゆる「抜き衣《え》紋《もん》」のこと。「抜き衣紋」とは、首のまわりの襟をうしろに下げて襟足が出るように着る和服の着付け方。

*ぼんの窪《くぼ》　項《うなじ》の中央のくぼんでいるところ。

一六三

*黒羽二重　羽二重は経糸《たていと》・緯糸《よこいと》に撚《よ》りをかけない生糸を用いて平織りにした、緻密《ちみつ》で肌触りの良い上質な生地。柔らかく上品な光沢があり、紋付の礼装に用いる。

*五所紋《いつつもん》の羽織　五つの紋所がついている羽織。紋所は背中に一つ、左右の裏袖《うらそで》と両胸にそれぞれ一つずつの計五つ。男子の和装の正装。

＊Voix de fausset　（仏）甲高《かんだか》い声。裏声。
＊香油　毛髪などにつける、香料入りの油。鬢付《びんつ》け油。
＊科白《かはく》　俳優のしぐさとせりふ。とくにせりふ。「科」はしぐさで「白」はせりふのこと。
＊Facétie　（仏）道化。冗談。
＊俄《にわか》　俄狂言。街頭や座敷などで行われた、洒落《しゃれ》・滑稽《こっけい》を主とする即興的な寸劇。江戸時代に吉原などで行われた。のちに専門の俄師が現れ、寄席《よせ》などで興行されるようになった。江戸末期から明治初年にかけて全盛期を迎え、明治三十（1897）年代に急激に衰退したが、改良俄・大阪俄といわれたものから喜劇劇団がうまれた。

一六四　＊grimace　（仏）しかめっ面《つら》、渋面。
＊illusion　（仏）幻想。錯覚。
＊青眼　自分の好む人を歓迎する時の、うれしい気持ちのあらわれた顔つき・眼つき。気に入らない人を見る冷たい顔つき・眼つきである「白眼」の反対。

一六五　＊女形　歌舞伎で、女の役をする男の役者のこと。おんながた。
＊mécène　（仏）学問・芸術の庇護《ひご》者。
＊絎紐《くけひも》　絎縫《くけぬい》をした紐。「絎縫」とは、和裁で縫目の見えないように縫う縫い方。
＊烟管《きせる》挿《さ》し　キセルを入れる、布製の袋。キセル袋。
＊畚《ふご》　魚を入れる籠《かご》。びく。

一六六　＊寃屈《えんくつ》　志をまげること。鬱屈《うっくつ》。

一六七　*collision　(仏)衝突。
*triomphe　(仏)勝利。
*友禅摸様　友禅染に用いられる模様。「友禅染」は、元禄ごろ、宮崎友禅(生没年不詳)が創始した捺染《なっせん》法の染物。地質の緻密《ちみつ》な絹などに糊《のり》を置いて防染し、多彩な模様を染め出す。明治以降、手描きの工程に型紙を使用する型友禅ができ、量産が可能になった。
一六八　*長襦絆　着物とおなじ丈の、長い襦袢のこと。
*岸駒《がんく》　(1756または49-1838)号は蘭斎。江戸時代後期の画家。狩野《かのう》派、円山派、沈南蘋《ちんなんぴん》の画風を学び、虎《とら》の絵に秀《ひい》でた。岸派《きしは》の祖。作品に「猛虎図《もうこず》」「孔雀図《くじゃくず》」などがある。
一六九　*surprise　(仏)意外の驚き。
一七〇　*合札　金品を預かった証拠として引き換えに渡す札。引き換え札。
*浜町　東京都中央区の旧町名。隅田川に沿っている。現在の日本橋浜町。
*満員の赤札　「赤札」は、電車が「満員」であることを示す。
*真鍮　銅と亜鉛との合金。黄金色で、展性・延性に富む。侵食され難く流動性に富むため、機械の部品や精密な鋳物《いもの》などに用いられる。
*chaos　(英)無秩序。渾沌《こんとん》。カオス。
一七一　*廐橋《うまやばし》の通り　東京都台東区蔵前・駒形《こまがた》と墨田区本所を結ぶ廐橋に通じる通り。春日通り。
*本所　墨田区南部の一地区。もと東京市三十五区の一。昭和二十二(1947)年、向島区と合併して墨田区となった。

一七二 ＊三崎北町《さんさききたまち》 東京都台東区の旧町名。現在の谷中の一部。
＊都鄙《とひ》 都会といなか。ここでは「都」は広小路方面、「鄙」は三崎北町の方面。
＊蠟マッチ 綿糸に融解パラフィンをしみこませて固まらせ、その一端に発火剤をつけたもの。マッチの一種。

一七三 ＊佐倉炭 千葉県佐倉地方から産するクヌギを材料とした、良質の木炭。「桜炭」とも書く。
＊青い鳥 L'Oiseau bleu。ベルギーの詩人、劇作家メーテルリンク（Maurice Maeterlinck 1862-1949）の戯曲・童話劇。六幕十二場。一九〇八年、スタニスラフスキーが演出を行い、モスクワ芸術座で初演された。クリスマス前夜の夢のなかで、チルチルとミチル兄妹は魔法使いの娘のために幸福の青い鳥を探してさまざまな国を訪れるが見つからず、目が覚めて、飼っている鳩が青いことに気がつく。幸福は身近にあることを知る物語。日本での初演は大正九（1920）年。
＊神保町《じんぼうちょう》 東京都千代田区北部の地名。神田神保町。明治三十（1897）年頃から書店が集まり、現在でも古書店や出版社などが多い。
＊小蓋《こぶた》 「小蓋物」の略。蓋《ふた》のある小さな容《い》れ物。
＊石版摺《せきばんずり》 石版で印刷すること。「石版」とは、石版石を磨いて、その表面に油脂性のインクなどで文字や図形を描き脂肪と水の反発性を利用して、油性インクで刷る方法。

一七四 ＊反古籠《ほごかご》 紙くずかご。「反古」は、書画などを書き損じて不用になった紙のこと。

＊一縷の encens を焚いて遣った　「一縷」はひとすじ、encens（仏）は香のことで、多少の礼讃《らいさん》を贈ったという意。

一七五　＊suggestion　（仏）暗示。示唆《しさ》。

＊suggestif　（仏）暗示的。

一七六　＊scène　（仏）場面。

一七七　＊Adam　アダム。「旧約聖書創世記」の創世神話において、神が天地創造の時につくった最初の男の名。人間の始祖。妻のイヴとともに、不従順のためエデンの園から追放された。

＊Eva　イヴ。アダムの肋骨《ろっこつ》から造られた、人類最初の女の名。蛇に誘惑されて、夫と共に禁断の木の実を食べ、ともにエデンの園から追放された。

＊Atavisme　（仏）隔世遺伝。

一七八　＊無碍《むげ》　邪魔のないこと。とらわれることなく自由自在なこと。仏教用語。

一七九　＊色神　色彩感覚。色覚。

＊L'oiseau bleu　（仏）「青い鳥」。正しくは L'Oiseau bleu。前頁「青い鳥」の項を参照。

一八〇　＊A peine Tyltyl a-t-il tourné le diamant....toutes choses.　チルチルがダイヤモンドを回すと、たちまち万物に不可思議な突然の変化が起こる。「青い鳥」（前頁）の第一幕第一場のト書。

＊と書き　演劇脚本で、せりふに添えて、登場人物の演技、場面の情況、照明・舞台装置

などの説明を書き入れたもの。歌舞伎脚本などで「ト思入れ」などと書いたことからいう。ト書。

＊維摩経《ゆいまきょう》　大乗経典の一つ。維摩詰《ゆいまきつ》所説経三巻十四品《ほん》。在家の長者維摩が偏狭な仏弟子を啓発し、真如《しんによ》を達観する智慧《ちえ》である般若《はんにゃ》の空理によって不可思議な解脱《げだつ》の境涯に達することを、戯曲的手法で説いたもの。「維摩」は梵語《ぼんご》 Vimalakīrti。インドの都市国家ヴァイシャーリーの大富豪で、弁才にすぐれ在家のまま菩薩《ぼさつ》の道を行じたという。

＊Tyltyl, Mytyl　「青い鳥」（三〇二頁参照）の主人公・チルチルとミチル兄妹。

＊薬方　調剤の方法。くすりの処方。

一八一 ＊大発見　鷗外の小説「大発見」（明治四十二年六月「心の花」に発表）。自然研究者である「僕」が「欧羅巴人の鼻糞をほじ」ることを発見したという話。

一八二 ＊Simmel　Georg Simmel（1858-1918）。ジンメル。ドイツの哲学者、社会学者。形式社会学を確立した一方で、社会の豊富な内容を生の哲学に基づいた歴史哲学、文化哲学などによって明らかにしようとした。著書に「歴史哲学の諸問題」「哲学の根本問題」「貨幣の哲学」「社会学」「芸術哲学」などがある。

一八三 ＊修身斉家治国平天下　「じぶんの行いを正しくし、家庭を整え、国家を治め、天下を平らかにする」という意。「礼記《らいき》―大学」より。男子の一生の目的とされた、儒教において最も基本的な実践倫理。

＊朱子学　中国南宋《なんそう》の時代の朱子が大成した儒教の学説。宇宙を、理・気の二元論的に捉《とら》

える理気説と、格物致知をもって天下太平を眼目とする実践道徳をとなえた。日本には、明《みん》にわたった南禅寺の僧・桂庵によって伝えられ、江戸時代には官学としての保護を受けた。朱子は朱熹《しゅき》（1130-1200）、宋の儒者。著書に「四書集注」「近思録」などがある。

＊陽明学　中国明の時代の王陽明が唱えた儒教の学説。人間は良知によってものごとを正しく判断すべきであると説き、知識や実践の一体化である知行合一の一元論を説いたもの。日本では江戸時代に中江藤樹や熊沢蕃山《ばんざん》らに受け入れられた。陽明は、王陽明（1472-1528）、明の儒者。著書に「伝習録」がある。

＊Platon　プラトン（前427-前347）。古代ギリシアの哲学者。ソクラテスの弟子。アテナイ西北部に学園（アカデメイア）を開いた。経験的世界を超えて存在する、真の実在としてのイデアと、想起によってイデアにいたろうとする観念論哲学を樹立した。著書に「国家」「饗宴《きょうえん》」「ティマイオス」「テアイテトス」などがある。

＊彼岸　人間的な現実界を示す「此岸《しがん》」に対して、それを超越した悟りの世界。

＊Renaissance　（仏）Renaissanceは「再生・復活」の意。十三世紀末から十五世紀末にかけてイタリアに起こりヨーロッパ全体に広がった、芸術・文化・思想上の革新運動。個性の解放、人間性の尊重を主眼とする一方で、ギリシア・ローマの古典文化の復興を唱えた。ルネサンス。

一八四　＊器《き》世界《せいかい》　仏教語。二種世間（世界）、三種世間（世界）の一つ。山河大地など、生命のあるもののよりどころとなる環境世界。現世のこと。

*ショペンハウエル　Arthur Schopenhauer（1788-1860）。ドイツの哲学者。現象としての世界はすべて自我の表象であり、世界の形而上学的《けいじじょうがく》根本原理は生きることに対しての盲目的意志であると説き、生は苦であるという厭世《えんせい》主義を主張。苦痛を取り去るためには芸術活動を行うかもしくは意志を滅却するしかないと説いた。著書に「意志と表象としての世界」がある。

*一転語　仏教語。人が迷いの中にあるときに、心機一転をもたらす語句。その場を転じてくれる語句。

*苦艱《くげん》籠めに生を領略する　苦しみを包含したままで人生の意味を悟る。「領略」は意義を会得《えとく》すること。

*ルソオ　二五二頁「Jean Jaques Rousseau」の項を参照。

*蘐園《かんえん》派　荻生徂徠《おぎゅうそらい》（1666-1728）が唱えた学派。古文辞学派ともいう。伊藤仁斎のひいる古義学派が宋・明の性理の学を排して「聖人」になるのをめざしたのに対し、聖人の制定した礼楽・刑政を明らかにすることを本義とした。「蘐園」は正しくは「ケンエン」、徂徠の別号であり、書斎と塾の名称。

*契冲《けいちゅう》（1640-1701）江戸時代前期の国学者、歌人。漢籍や仏典、インドの音声に関する学問である悉曇《しったん》に精通。古典の注釈や古代歴史仮名遣いの研究などを行い、文献学的研究方法を確立した。大坂の曼陀羅《まんだら》院・妙法寺の住職となり、のちに大坂高津《こうづ》の円珠庵に隠栖《いんせい》した。著書は「万葉代匠記」「古今余材抄」、歌集「漫吟集」など。

＊真淵《まぶち》　賀茂《かもの》真淵（1697-1769）。江戸時代中期の国学者、歌人。荷田春満《かだのあずままろ》に学び、田安宗《たやすむね》武《たけ》に仕えた。万葉集を主とした古典の研究を行い、古道の復興を唱道した。本居宣長《もとおりのりなが》・加藤千蔭《ちかげ》などは真淵の門弟。著書は「万葉考」「歌意考」などがある。

＊Romantiker の青い花　Romantiker（独）は浪漫主義者。「青い花」は現実には到達しえない理想への憧《あこが》れを象徴している。ドイツ浪漫主義の詩人、小説家ノヴァーリス（Novalis 本名 Friedrich von Hardenberg 1772-1801）の作品「青い花」（Heinrich von Ofterdingen）で、主人公は夢に青い花を見る。

一八五　＊臣妾《しんしょう》　臣下と婢妾《ひしょう》。主君に従属する者のこと。

＊情死　愛しあっている男女が一緒に自殺すること。心中《しんじゅう》。

一八六　＊なんとか云う博士の説　経済学者・戸田海市《かいいち》の「社会主義ト日本国民」（明治四十四年二月刊行）をさす。

＊撥無《はつむ》　払いのけて信じないこと。斥《しりぞ》けること。

＊Contrat social（仏）民約論。社会契約説。十七〜八世紀に西欧で有力であった国家の起源に関する理論で、ホッブズやロック、ルソーらが唱えた説。ここではルソーの著書「社会契約論」（Du contrat social 1762）のこと。人間社会が契約によって成立することを説き、その視点で政府や憲法などを論じた。

一八七　＊羈絆《きはん》　行動するときに足手まといになるもの。ほだし。「羈」「絆」ともにつなぎとめるの意。

*運命劇　運命と個人の意志との戦いや、人間が運命に支配されるという事件を題材にした劇文学。運命悲劇。
*境遇劇　人間が境遇や環境に支配される事件を題材にした劇。自然主義の流れをくむ。
*性格劇　ある人物の内面的特性や性格を重要視し、それによって起こる事件を題材にした劇。性格劇の代表的な作品はシェークスピア「ハムレット」など。

解

一八八　*méconnaissance　(仏) 認識不足。
*Institut Pasteur　パスツール研究所。一八八八年、微生物や生化学・伝染病の研究を目的に国際醵金《きょきん》をもってパリに設けられた。パスツール (Louis Pasteur 1822-1895) はフランスの細菌学者、化学者。乳酸菌・酵母菌を発見し、ワクチンによる狂犬病の予防などに成功した。
*Metschnikoff　メチニコフ。Il'ya Il'ich Mechnikov (1845-1916)。ロシア生まれの生物学者。のちフランスに帰化。パスツール研究所長。食細胞現象の発見や、腸内細菌の駆除による早老防止の研究などにより細菌学に貢献した。一九〇八年ノーベル生理学・医学賞を受賞。

注

一九〇　*炭斗《すみとり》　木製や竹製の、炭を小出しにして入れておく器。炭入れ。
*Charpentier et Fasquelle　(仏) パリの書店。
*仮綴《かりとじ》　仮製本と同義。ここではフランス装のこと。「フランス装」とは仮製本の一つで、紙の四方を折り返し、ボール紙の裏うちしない表紙で糸綴したままの中身をくるみ、断

裁されていない小口と天地をナイフで切る。愛書家があとで本製本に改装するために考え出されたもの。

*出入りのあるペエジ　平らではなく、突き出たり引っ込んだりしているページ。フランス装の本を紙切小刀で切りながら読むのでこのようになる。

一九一　*スエデン式の体操　十九世紀初めに、スウェーデンの生理学者リング（Pehr Henrik Ling）が案出した体操。準備・整理運動として優れており、内容は、生理学に基づいて性別・年齢・能力に応じて考慮されている。日本での紹介は明治三十五（1902）年頃であり、学校の体育に取り入れられた。

*仮設敵　軍隊の演習などの際に、仮に敵と見なすための標識。

*sport（独）スポーツ。競技。

*Paul Heyse　Paul von Heyse（1830-1914）。ドイツの小説家。ベルリンに生まれ、ミュンヘンへ移り、「ララビアータ」（1855）で名声を得た。抒情詩、長篇、短篇小説など活潑な文学活動をおこない、一九一〇年にはノーベル文学賞を受賞。

一九二　*歌がるた　カルタ遊びの一種。和歌の上の句または全句を書いた読み札と、下の句だけを書いた取り札から成る。取り札を競技者の間にまき、一人が読み札を読むに従って競技者は取り札を取る。

*routiniers（仏）因習に囚われた人。旧弊な人。

一九三　*homosexuel（仏）同性愛の。

一九四　＊青物屋　野菜や果物を販売する店。八百屋。

＊表具屋　表具を業とする家。「表具」とは、布または紙を張って、巻物や屛風《びょうぶ》・襖《ふすま》などに仕立てること。

＊胡粉《ごふん》　白色の顔料。日本画などに用いられる。

＊古金　金属器具の使い古したもの。

＊鰐口　神社や仏閣の堂正面の軒下などにつるす金属の鈴。中空で下方に横長い口があり、布などで編んだ綱を前に垂らし、その綱を振り動かして打ち鳴らす。

＊釣忍《つりしのぶ》　忍草《しのぶぐさ》を集め、その根茎を葉がついたまま束ね、いろいろな形を作って、涼感をそえるために軒などに吊り下げるもの。

一九五　＊焼き接ぎ　破損した陶器を釉薬《うわぐすり》で焼き付けてつぎあわせること。

＊ruine　(仏) 崩壊。荒廃。廃墟《はいきょ》。

＊山岡鉄舟　(1836-1888) 幕末・明治の政治家、剣客。通称鉄太郎。北辰《ほくしん》一刀流の祖である千葉周作に剣を学び、無刀流を創始した。戊辰《ぼしん》戦争のさい、西郷隆盛との交渉をおこない、勝海舟との会談を成立させた。

＊全生庵　東京都台東区谷中にある臨済宗全生庵（通称鉄舟寺）。鉄舟が、維新の際、国に殉じた人々の菩提《ぼだい》を弔うために、明治十三 (1880) 年に設けた禅庵。

＊新大島　絹綿の交ぜ織りで、絣《かすり》織物の一種。風合や色合を大島紬《つむぎ》に似せたもの。栃木県足利《あしかが》地方の産。大島紬は鹿児島県奄美《あまみ》大島から産する紬で、手で紡いだ糸をティーチキ

という植物を煮出した液と泥中の鉄塩とで褐色に染め、絣に織った絹織物。

一九六　＊萌葱《もえぎ》　青と黄の間の色。

＊友禅縮緬　友禅染にした縮緬のこと。

＊雑誌女学界　モデルは、明治十八（1885）年創刊の「女学雑誌」か。

＊六段　八橋検校《やつはしけんぎょう》（1614-1685）作曲の箏曲《そうきょく》。五十二拍子（初段のみ二拍子多い）の段六つからなる。北島検校が編曲したという説もある。

一九七　＊Sudermann　Hermann Sudermann（1857-1928）。ヘルマン・ズーダーマン。ドイツの戯曲作家、小説家。自然主義の戯曲や小説を数多く発表した。戯曲「故郷」は日本でも島村抱月、松井須磨子一座によって明治四十五（1912）年五月に文芸協会第三回公演として上演され、当時の婦人解放運動とも結びついて評判となった。小説に「憂愁夫人」「猫橋」などがある。

＊Zwielicht　ズーダーマンの小説「黄昏《たそがれ》」。正しくはIm Zwielicht（1866）。

＊Nicht doch　（独）とんでもない、の意。ハインツ・トフォーテの小説の名。一九〇八年作。

＊Tavote　正しくはBearbeiten von Heinz Tovote（1864-1946）。ハインツ・トフォーテ。ドイツの小説家。愛欲描写にすぐれ、「ベルリンのモーパッサン」とよばれた。著書に「春の嵐《あらし》」「風で落ちた木の実」などがある。

＊point du tout　（仏）全く……ない。

＊nenni-dà (仏) いいえ。否《いな》。正しくはnenni-da。
＊隔靴 「隔靴掻痒《そうよう》」の略。「隔靴掻痒」は、靴の外部から足のかゆい所をかくようにもどかしいこと。

一九八 ＊innocente (仏) 無邪気な人。純真な人。
＊篁村翁《こうそんおう》 饗庭《あえば》篁村 (1855-1922)。小説家、劇評家、新聞記者。本名は与三郎。号は竜泉《りゅうせん》居士《こじ》、竹の屋主人など。明治七 (1874) 年に読売新聞社に入社し、そののち小説を執筆。また須藤南翠《なんすい》とともに文壇の長老格として明治中期の文人の集まりである根岸派の重鎮となり、その後朝日新聞に転じ、劇評にも力を注いだ。著書に「むら竹」「竹の屋劇評集」などがある。
＊紫の矢絣過ぎている 「紫の矢絣」は当時女学生が愛用していた矢羽根文様の着物。女学生風で、新しがりすぎる。
＊世尊院 東京都文京区駒込千駄木町 (現在の千駄木一丁目) にある天台宗の寺。

一九九 ＊吉田流 鍼術《しんじゅつ》の流儀の一つ。永禄 (1558-1570) の頃、出雲《いずも》国 (島根県) 出雲大社の祠《し》官《かん》吉田意休のはじめたもの。
＊日本医学校 東京都文京区千駄木にある日本医科大学の前身。明治三十七 (1904) 年創立。大正十五 (1926) 年、大学となった。
＊problématique (仏) 疑わしい。疑問の。
＊肴町《さかなまち》 駒込肴町。東京都文京区の旧町名。現在の文京区向丘の一部。

二〇〇

＊Au revoir（仏）さようなら。

＊点燈会社　明治時代から昭和初期にかけて、街のガス灯や石油ランプの点灯を行っていた会社。

＊早川　神奈川県西部の川。芦ノ湖に源を発し、湯本で須雲川と合流、小田原市で相模《さがみ》湾に注ぐ。

＊伊藤公　伊藤博文（1841-1909）。明治時代の政治家。初代内閣総理大臣、のち枢密院《すうみついん》議長、貴族院議長。伊藤博文は箱根湯本の萬翠楼福住や塔ノ沢の環翠楼に好んで滞在した。

＊七絶　七言絶句のこと。

＊半折《はんせつ》　唐紙・画仙紙などの全紙（漉《す》いたままの大きさの紙）を縦二つに切ったもの。またそこに描いた書画のこと。

＊inoctavo 版　印刷・書籍用語。八つ折で十六頁からなる判型。

＊横文雑誌　横に書き並べた文字や文章で書かれた雑誌。ここではフランス語で書かれた雑誌。

＊L'Illustration Théâtrale（仏）フランスの雑誌。一九〇四年に発刊された月刊の演劇雑誌。

二〇一

＊Solitude（仏）孤独。寂しさ。

＊einsam（独）一人の。孤独の。

＊zweisam（独）一対の。ふたりだけの。

二〇二　＊年礼　新年の挨拶《あいさつ》。またそのための訪問。年始の祝賀の礼。
＊鞆屋《ともえや》　正しくは鞆絵屋。京橋南伝馬町十五番地にあった靴・鞄《かばん》店。
＊国府津　神奈川県小田原市の地名。

二〇三　＊壺屋　愛知県豊橋市にある弁当屋。明治二十二年創業。
＊東洋軒　新橋駅の二階にあった西洋料理店。
＊Buffet（仏）食器戸棚。ここでは食品陳列棚。
＊骸炭《コオクス》　Koks（独）煙のでない、炭素質の固体燃料。石炭を高温乾留し、揮発分を取り除いて得られる、金属性光沢のある多孔質の固体。コークス。
＊インバネス　inverness（英）スコットランドの都市インバネスで着用されたことからこの名がついた。男性用の、ケープつきのオーバー。日本には幕末から明治初期にかけて輸入された。

二〇四　＊fierté（仏）誇り。自尊心。
＊ham-eggs　ham and egg。薄切りのハムと卵をフライパンで焼いた料理。
＊蝙蝠傘《こうもりがさ》　洋傘のこと。ひらいた形がコウモリに似ることからいう。
＊crème（仏）クリーム。
＊lemures（ラテン語）幽霊。
＊femme omineuse（仏）不吉さを漂わせたような女。

二〇五　＊Henry Bernstein　(1876-1953) フランスの劇作家。処女作「市場」はアントワーヌ座で上演され、評判となった。パリの軽喜劇を主とする商業演劇であるブールヴァール劇で活躍した。

二〇六 ＊Le voleur　（仏）「盗人」。Bernstein の作品。

＊ファスケル版　fascicule（仏）大辞典や叢書などの分冊。

＊活動写真　moving picture の訳語で、映画の旧称。日本にヴァイタスコープ・シネマトグラフが輸入されたのは、明治三十（1897）年。明治から大正、昭和初期にかけ、活動写真は大衆の最大の娯楽としての地位を保ち続けた。

二〇七 ＊théâtral（仏）劇的。

二〇八 ＊無辜《むこ》「辜」は罪の意。罪のないこと。

＊筍《たかんな》（「タカンナ」は「タカムナ」が音便化したもの）たけのこ。

＊間男　夫を持つ女性が他の男性と密通すること。またその肉体関係を結んだ相手の男性。

＊Brésil（仏）ブラジル。

二一〇 ＊flegmatique（仏）冷静な。冷淡な。

＊股火　火鉢《ひばち》や行火《あんか》などに、またがるようにしてあたること。

＊布子　木綿の綿入れ。

二一一 ＊建具　戸や障子・襖《ふすま》など、開閉し、可動式で取り外しが自由にできる、室を仕切るためのものの総称。

＊括り枕　中にソバ殻や茶殻などを入れ、両端を括って作った枕。

二一二 ＊懐子《ふところご》　親に大事に育てられた子供。秘蔵の子。世間知らず。
＊efféminé　(仏) 女性的な。
＊Sparta風　スパルタは、兵士を厳しく訓練した、古代ギリシアの都市国家。厳格なスパルタめいた。
＊釉《くすり》　うわぐすり。装飾のためと、水分の吸収を防止するために、素焼きの陶磁器の表面にかけるガラス質のもの。

二一四 ＊手水《ちょうず》　手洗い場。便所。
＊鉄道馬車　馬車を鉄道線路上に走らせて旅客や貨物を輸送した交通機関。日本では明治十五 (1882) 年六月に新橋~日本橋間での運行が最初。そののち地方でも敷設された。東京では明治三十六 (1903) 年まで使われた。

二一五 ＊福住　二九二頁「箱根の福住」の項を参照。

二一六 ＊Un geste, un mot inarticulé　(仏) 身ぶりと、ことばではない言葉。
＊璞《あらたま》　掘り出したままの、まだ磨きをかけていない玉。
＊面紗《めんしゃ》　ベール。
＊Lethe　レーテー。忘却の川。ギリシア神話で、死者の国にあり、その川の水を飲むと過去を忘れるという。
＊élégiaque　(仏) 哀調を帯びた。もの悲しい。

二一八 ＊鏇匠《ひきものし》「鏇」は、ろくろで挽《ひ》いてつくった器具。ろくろ細工をする人。

*湯本細工　箱根の温泉場で作られる、寄木細工。箱根細工。
*青磁色　中国の磁器である、青磁のような色。澄んだ青緑色、または淡青色。
*鼈甲《べっこう》　ウミガメの一種のタイマイの甲羅を、水と熱を加えながら何枚か重ね圧縮して製したもの。櫛《くし》や眼鏡のつるや装飾品などの材料として用いられる。
*蝶貝　白蝶貝の異名。ウグイスガイ科の二枚貝。殻の内側に真珠色の光沢があり、貝細工などに用いる。
*discret　（仏）控え目な。つつしみ深い。

二一九
*器械刈　電気バリカンで頭髪を刈りこむこと。機械刈。
*板縁　板を張ってつくった縁側。

二二〇
*鰐皮《わにがわ》　鰐《わに》の皮をなめしたもの。丈夫で光沢があり、ハンドバッグや鞄《かばん》などに用いる。
*蝦蟇口《がまぐち》　口金付きの小銭入れ。開いた形がガマの口に似ているためについた名。
*Carnaval　（仏）謝肉祭。カーニヴァル。
*四条派　松村呉春（1752-1811）を祖とする江戸後期の日本画の一派。呉春や門下が京都四条に住んでいたことから呼ばれる。南画の技法や、円山応挙の写実的技法を取り入れ、上方の画壇の中心的存在となった。

二二一
*蝶々髷　少女の髪の結い方。蝶の羽を広げたように、左右に輪の形に結ったもの。
*complot　（仏）陰謀。

二二二
*電燈の鍵　電燈のスイッチのこと。

*色糸　三味線。

*抱え　給金などを与えて雇うこと。雇い主に抱えられている抱え芸者。

*半玉　半人前で、客が芸者を呼んで遊ぶための料金である玉代《ぎょくだい》も半分の芸者。

*宇左衛門　歌舞伎役者、十五代目市村羽左衛門《うざえもん》（1874-1945）を変えたものか。

*人形喰　容姿の美しさのみに目をつけ、相手をえり好みする人。美男好み。

*絆纏着　袢纏を着る社会の人のこと。職人。

二二三　*退嬰《たいえい》　尻込《しりご》みすること。引っ込み思案。

*逡巡　ぐずぐずしてためらうこと。

*緩頰《かんきょう》の労を取った　「緩頰」とは、顔色をやわらげること、婉曲《えんきょく》に話すこと。自分のことを婉曲的に他の人に話して貰《もら》うこと。

二二四　*万翠楼　箱根湯本の旅館、萬翠楼福住。木造三階建ての萬翠楼と金泉楼は擬洋風建築で、現在、国の重要文化財になっている。

*Basse（仏）低音。バス。

*Ondine（仏）オンディーヌ。北欧神話に出て来る水の精。

*Faune（仏）ファウヌス。牧神。ローマ神話における、山羊《やぎ》の足・角をもつ、山野牧畜の神。ギリシア神話のPan にあたる。

二二六　*前哨線　軍勢が向かい合っている状態で、警戒のために最前列に展開している戦線。

*「蒲団」　田山花袋（1871-1930）の中篇小説。明治四十（1907）年九月「新小説」に発

表。
＊「煤烟」　森田草平（1881-1949）の長篇小説「煤煙」。明治四十二（1909）年一～五月、「東京朝日新聞」に連載。
＊六号文学　六号欄で扱うような、低俗で埋め草的な文学。「六号欄」とは、通常より小さい六号活字で印刷された、消息やゴシップ記事などを載せる欄。

二二八 ＊かなぶんぶん　コガネムシ科の甲虫・カナブンの俗称。

二二九 ＊磐石糊　小麦粉に含まれるタンパク質であるグルテンを主成分とした粘着力の強い糊。「磐石」は大きな岩、転じて強くて丈夫の意。
＊三越　三越呉服店（現在の、東京都中央区日本橋室町にある三越本店）。延宝元（1673）年、三井高利創業の越後屋呉服店に始まり、明治三十七（1904）年、三越呉服店と改称。
＊児童博覧会　三越呉服店が明治四十二（1909）年に行った博覧会。民間のブラスバンドである三越少年音楽隊の結成など、日本の百貨店史上における、はじめての大掛かりなイベントであった。三越少年音楽隊は、宝塚少女歌劇団をつくった小林一三《いちぞう》にも影響を与えた。
＊ロシア麪包《パン》　日露戦争（1904-1905）後、ロシア人の製法指導によって売り出された、甘みがあり柔らかいパン。ロシア人の売り子が箱を乗せた車で引き売りし、人気を集めた。

二三〇 ＊irréfutable（仏）（議論などが）反駁《はんばく》できない。

二三三　＊べろべろの神さん　本来小児の遊戯で、「へろへろの神」ともいう。誰がその事をしたのか分からないとき、まるく輪になって座り、こよりの尖端《せんたん》を少し折り曲げて両手で挟み、「べろべろの神は正直よ」などと唱え、その先が指したものをそれと定める。ここでは「べろべろの神」を酒の神に変え、盃を受ける者を選ぶ酒席の遊戯。

＊おささ　「お」は接頭語。御酒。

二三四　＊明礬《みょうばん》　硫酸アルミニウムとカリウムなどのアルカリ金属、アンモニウムなどの硫酸塩との複塩の総称。とくに硫酸カリウムとの複塩のカリウム明礬を「明礬」と呼ぶ。無色透明の結晶。熱すると白色粉末になり、溶液は弱酸性。止血剤や媒染剤、製紙などに用いられる。

＊黒甜郷《こくてんきょう》　「黒甜」は午睡のこと。昼寝、眠りの世界。

＊跳梁　思うままにのさばり、勝手な振る舞いをすること。

二三五　＊湯壺　温泉などで、湯をたたえるところ。湯槽《ゆぶね》。

＊héroique　（仏）英雄的。正しくは héroïque。

＊左顧右眄《さこゆうべん》　あれこれと気にして、なかなか決断しないこと。右《う》顧左眄。

＊掣肘《せいちゅう》　（宓子《ふくし》賤《せん》が二吏に字を書かせ、その肘《ひじ》を引っ張り妨げたという「呂氏《りょし》春秋」の故事から）傍《かたわ》らから干渉して自由な行動を妨げること。

二三六　＊太田錦城《きんじょう》　(1765-1825) 江戸時代後期の儒学者。皆川淇園《きえん》、山本北山に学ぶが満足せず、独自に研鑽《けんさん》を積み、和漢の諸儒の説を広く研究。折衷学派を大成した。後年は加賀藩に仕官。著書に「論語大疏《たいそ》」「梧窓《ごそう》漫筆」などがある。
＊過現未　過去・現在・未来。三世《さんぜ》。
二三七 ＊Der Teufel hole sie!（独）悪魔よ彼女を連れて行け！
＊咫尺《しせき》　わずかの距離のたとえ。「咫」は尺度の名で中国の周尺の八寸（約十八センチメートル）。「尺」は十寸で約二十二・五センチメートル。
＊sujet（仏）主題。題材。
二三八 ＊Flaubert　二六二頁「フロオベル」の項を参照。
＊三つの物語　フロベールの、Trois Contes（1877）のこと。
＊藍本《らんほん》　絵画の下描き。転じて、原拠とする書。種本。
＊Archaïsme（仏）正しいルビはアルカイスム。擬古趣味。
＊欄間　天井と鴨居《かもい》との開口部で、採光や装飾のために、透かし彫りや組子などで飾る。
＊十能　炭火を盛って運ぶ時につかう、金属製で木の柄のついた容器。
二三九 ＊sentimental（仏）感傷的。
二四〇 ＊通い盆　飲食物の給仕につかう盆。
二四二 ＊Albert Samain　アルベール・サマン（1858-1900）。フランスの詩人。終生病弱で、作品には繊細で憂愁に満ちた詩が多い。詩集「王女の庭で」「壺の肌に」「金の四輪車」などがある。
＊Xanthis　女人形の名。鷗外はサマンの「クサンチス」の翻訳を明治四十四年七月の

「新小説」に発表している。

＊platonique　（仏）精神的な。

二四三　＊湯治場　湯治のための温泉場。「湯治」とは、温泉に入って病気を治すこと。

＊茶代　飲食店や旅館などで、飲食代や宿泊代の他に心づけとして与える金。チップ。

＊湯坂山　箱根町にある、標高五四六・八メートルの山。

千葉俊二

解説

高橋義孝

この小説は叮嚀《ていねい》に、時間をかけてゆっくりと読まれることを要求している。頭の中にある何か創造的な星雲めいたものを言語的に客観化しようとして、せわしない眼つきで自分が持っている言葉の畑の中を見廻して、急いでそこらのありあう言葉を次ぎつぎと摑《つか》み取って作られるという気味のある日本の現代作家の書いた小説を読むようにして読んだのでは、この作品の言わんとするところも、その味や香《かおり》も、諷刺《ふうし》や反語も理解されまい。『青年』の作者は、日本の現代作家などとは絶対に比較出来ないほどの学殖の持主であった上に、その作風も、頭の中にある文学的なもやもやを言葉の形でただ外へ投げ出すというのではなく、ここに伝うべきことがあり、かしこに豊富で正確な語彙《ごい》があり、綿密な計算に基づいて、その伝えようと思うものを最も的確に伝えることの出来る言葉を選び出して、文を綴《つづ》り、章を重ねて行くという性質のものであったからである。だからと言って私は、『青年』が美的・形式的に完成した、完《かん》璧《ぺき》な作品だと言おうとするものではない。
『青年』は明治四十三年（一九一〇年）三月一日発行の雑誌『スバル』第二巻第三号に掲載され始め、明治四十四年（一九一一年）同誌第三巻第八号（八月一日発行）に載った最終章第二十四章を以《も》って完結した。『雁《がん》』（明治四十四年九月―大正二年（一九一三年）五月）及び『灰燼《かいじん》』（『三田文学』明治四十四年十月―大正元年（一九一二年）十二月、未完に終る）と共に鷗外が試みた三編の長編現代小説の一つである。

鷗外は明治三十九年（一九〇六年）一月、日露戦争から凱旋《がいせん》して、翌年十月に陸軍軍医としては最高の陸軍軍医総監、陸軍省医務局長という地位に就き、一年置いた明治四十二年（一九〇九年）から文壇でまことに目ざましい活動を開始する。そして『青年』は鷗外の書いた長編現代小説の第一作であり、時に鷗外は四十八歳であった。こういう小説を書くことを思い立った鷗外の頭の片隅には、ひょっとすると、二年以前（明治四十一年）に発表された夏目漱石の『三四郎』の影がちらついていたのかも知れない。

『青年』を文学史的用語で性格づけるならば、これは紛れもない「教養小説」あるいは「発展小説」である。教養小説《ビルドウングスロマーン》、発展小説《エントヴイクルングスロマーン》は、小説の一ジャンルに対して、ドイツの文学史家の好んで用いる名称で、白紙《タブラ・ラサ》に等しい青年が精神的、肉体的、世間的、人間的に一人前の人間へと成長して行く過程を描こうとするものである。ゲーテの『ヴィルヘルム・マイスター』、二十世紀のものではトーマス・マンの『魔の山』などがそれであり、鷗外の『青年』は漱石の『三四郎』とともに日本で書かれた最初の教養・発展小説であろう。そしてこの種の小説にあっては、外面的な事件や筋よりも、主人公の内面生活の展開と動きの追尋とがより本質的である。現に第十章「純一が日記の断片」中には「そんならどうしたら好《い》いか。／生きる。生活する。／答は簡単である。しかしその内容は簡単どころではない。／一体日本人は生きるということを知っているだろうか。小学校の門を潜《くぐ》ってからというものは、一しょう懸命にこの学校時代を駈《か》け抜けようとする。その先きには生活があると思うのである。学校というものを離れて職業にあり附くと、その職業を為《な》し遂げてしまおうとする。その先きには生活があると思うのである。そしてその先には生活はないのである。／現在は過去と未来との間に劃《かく》した一線である。この線の上に生活がなくては、生活はどこにもないのである。／そこで己《おれ》は何をしている」（斜線は行の改まることを示す。なお読者は『カズイスチカ』（明治四十四年）『妄想《もうぞう》』（同上）を参照せられたい）とあるが、『青年』の問題は、この引用文中に尽くされていると言ってもいい。つまり「人生とは何か」「人間はいかに生くべきか」がそれである。

こういう根本的な問いに対する答えは一応出されている。「利他的個人主義はそうではない。我という城廓《じょうかく》を堅く守って、一歩も仮借しないでいて、人生のあらゆる事物を領略する。君には忠義を尽す。しかし国民としての我は、昔何もかもごちゃごちゃにしていた時代の所謂臣妾《いわゆるしんしょう》ではない。親には孝行を尽す。しかし人の子としての我は、昔子を売ることも殺すことも出来た時代の奴隷《どれい》ではない。忠義も孝行も、我の領略し得た人生の価値に過ぎない。日常の生活一切も、我の領略して行く人生の価値である。そんならその我というものを棄《す》てることが出来るか。犠牲にすることが出来るか。それも慥《たしか》に出来る。恋愛生活の最大の肯定が情死になるように、忠義生活の最大の肯定が戦死にもなる。生が万有を領略してしまえば、個人は死ぬる。個人主義が万有主義になる。遁世《とんせい》主義で生を否定して死ぬるのとは違う。どうだろう、君、こう云《い》う議論は」（傍点は解説者。因《ちな》みに読者は『かのように』（明治四十五年）を併《あわ》せ読まれるといい）という、純一の新しい友人、大学で医学を学んでいる大村荘之助のいわゆる利他的個人主義がその一応の解答である。

教養・発展小説では、普通「白紙」の主人公をめぐって、その周囲にさまざまな勢力が犇《ひしめ》き合う。トーマス・マンの『魔の山』では、セテムブリーニ、ナフタ、マダム・ショーシャという三人が「白紙」の主人公ハンス・カストルプを争い合うが、

『青年』では、小泉純一は二つの極の引力に牽《ひ》かれる。精神を代表する大村荘之助と、生を代表する坂井れい子未亡人とがその二つの極である。純一は大村によって精神的世界への開眼《かいげん》を体験し、坂井夫人のダブによって「男」に叙せられる（「しかし己は知らざる人であったのが、（坂井夫人を訪れた）今日知る人になったのである」第十章「純一が日記の断片」）。

　ところでこの小説の初版本には、最後に「完」とあって、『灰燼』のように未完でもなく中絶もしていないが、もしこれが本来の教養・発展小説であったならば、この小説の最後にある捨てぜりふめいた言葉、「ああ、しかしなんと思って見ても寂しいことは寂しい。どうも自分の身の周囲に空虚が出来て来るような気がしてならない。好いわ。この寂しさの中から作品が生れないにも限らない」は、まさにこの小説の出発点でこそあれ、決して終点であってはならない。ここから未来へ向って、純一の本来の生活が展開されて行って初めてこの小説は首尾を一貫せしめ得るのであって、この作品において「完」という文字が出てくるまでの部分、すなわち現在の姿の『青年』は、書かるべくして書かれなかった教養・発展小説『青年』のいわば序論なのであり、われわれの読後感もこのことを明瞭《めいりょう》にわれわれに語り告げている。

　しかし序論『青年』の書かれずに終った本論もないことはない。この作品以後に始まった鷗外の小説家としての、文学者としての実際の生活であり活動こそまさしくそれであった。鷗外はこの一編を書くことによって自分が作家として起《た》つことを宣言したのである。

最後に『青年』において見逃《みのが》すことのできない諸点を挙げて置く。

第一に『青年』には二重の意味での虚構性がある。文学作品は一般的に言って虚構である。本来虚構である作品を、鷗外は意識的に虚構的に作り上げている。この作品の到《いた》るところに布置結構や設定のわざとらしさ、ぎごちなさを感じ取り、見出《みいだ》さない読者はあるまい。『青年』はあまりにも「作りもの」すぎるという感を禁じ得ない。

このことは第二に、『青年』の作者の教育的意図と深く関聯《かんれん》している。「給仕が大村の前にあるフライの皿を引いて、純一の前へ来て顔を覗《のぞ》くようにした。純一は『好《い》いよ』と云って、フォオクを皿の中へ入れて、持って行かせて話し続けた」という叙述などには、西洋料理を食べる作法をそれとなく読者に教えようという鷗外の意図が仄《ほの》見《み》えてさえいる。こういう箇処《かしょ》はほかにいくらもある。『青年』においては、普通の小説のように作者と主人公とが同じ平面に立ってはいず、作者は教育者・父、主人公と、そして読者は生徒・子なのである。これも教養・発展小説の特異な属性の一つであろう。

第三に従って（そしてこの「従って」は厳密に論理的な「従って」なのであるが）純一は美男子で客観的には紛れもない艶福家《えんぷくか》で、作中のあらゆる女性から好意を寄せられる。純一は鷗外自身の、遅まきに描かれた「若き自己の願望像」なのであり、純一をどの女からも好かれる美青年としたということは、鷗外の自己愛《ナーシシズム》に基づく心理的補償という意味を持つのである。こういう主人公の設定は鷗外においては異例のことに属するのである。

第四に注目すべきは、鷗外はいついかなる場合にも冷静に、自己と描写対象との間に一定の距離を設けていて、これを絶対に崩さない。ここからまた、特に純一の日記中に見られるような極めて冷厳で客観的な心理分析も可能になってきたわけである。

第五は、第四とはうらはらに鷗外の小説の中で、これほどその書かれた当時の現実社会に幾多の揶揄《やゆ》的、批判的、戯画化的な糸で結ばれている小説はほかにはないという点である。「毛利鷗村」は鷗外の自己戯画化であろうし、「拊石《ふせき》」は漱石、「高畠詠子《たかばたけえいこ》」は下田歌子、「大石路花」は徳富蘆花《ろか》であろう。その他の人物にもモデルがあるようである。最後に一つ、盛んにフランス語を振廻す鷗外は dignité《ディニテ》 に「ジグニテエ」などと誤ったルビを振っている。

『青年』は鷗外が余裕たっぷりに楽しく書き進めた童話であったらしい。こう考えれば、この作品の持つ数々の奇異な点も見事に説明されるであろう。

（昭和四十三年三月、ドイツ文学者）

表記について

新潮文庫の文字表記については、原文を尊重するという見地に立ち、次のように方針を定めました。

一、旧仮名づかいで書かれた口語文の作品は、新仮名づかいに改める。
二、文語文の作品は旧仮名づかいのままとする。
三、旧字体で書かれているものは、原則として新字体に改める。
四、難読と思われる語には振仮名をつける。
五、漢字表記の代名詞・副詞・接続詞等のうち、特定の語については仮名に改める。

本書で仮名に改めた語は次のようなものです。

…居る→…いる　彼此→かれこれ　…切→…きり
此→この　流石→さすが　併し→しかし
其→その　丈→だけ　詰まらない→つまらない
兎に角→とにかく　許り→ばかり　迄→まで
儘→まま　丸で→まるで　矢張→やはり

森鷗外著

雁（がん）

望まれて高利貸しの妾になったおとなしい女お玉と大学生岡田のはかない出会いの中に、女の自我のめざめとその挫折を描き出す名作。

森鷗外著

ヰタ・セクスアリス

哲学者金井湛なる人物の性の歴史。六歳の時に見た絵草紙に始まり、悩み多き青年期を経ていく過程を冷静な科学者の目で淡々と記す。

森鷗外著

阿部一族・舞姫

許されぬ殉死に端を発する阿部一族の悲劇を通して、権威への反抗と自己救済をテーマとした歴史小説の傑作「阿部一族」など10編。

森鷗外著

山椒大夫《さんしょうだゆう》・高瀬舟

人買いによって引き離された母と姉弟の受難を描いて、犠牲の意味を問う「山椒大夫」、安楽死の問題を見つめた「高瀬舟」等全12編。

夏目漱石著

坊っちゃん

四国の中学に数学教師として赴任した直情径行の青年が巻きおこす珍騒動。ユーモアと人情の機微にあふれ、広範な愛読者をもつ傑作。

夏目漱石著

こころ

親友を裏切って恋人を得たが、親友が自殺したために罪悪感に苦しみ、みずからも死を選ぶ、孤独な明治の知識人の内面を抉る秀作。

新潮文庫最新刊

安部公房著
（霊媒の話より）題未定
―安部公房初期短編集―
19歳の処女作「（霊媒の話より）題未定」、全集未収録の「天使」など、世界の知性、安部公房の幕開けを鮮烈に伝える初期短編11編。

松本清張著
空白の意匠
―初期ミステリ傑作集(二)―
ある日の朝刊が、私の将来を打ち砕いた――。組織のなかで苦悩する管理職を描いた表題作をはじめ、清張ミステリ初期の傑作八編。

宮城谷昌光著
公孫龍　巻一　青龍篇
群雄割拠の中国戦国時代。王子の身分を捨て、「公孫龍」と名を変えた十八歳の青年の行く手に待つものは。波乱万丈の歴史小説開幕。

織田作之助著
放浪・雪の夜
―織田作之助傑作集―
織田作之助――大阪が生んだ不世出の物語作家。芥川賞候補作「俗臭」、幕末の寺田屋を描く名品「蛍」など、11編を厳選し収録する。

松下隆一著
羅城門に啼く
京都文学賞受賞
荒廃した平安の都で生きる若者が得た初めての愛。だがそれは慟哭の始まりだった。地べたに生きる人々の絶望と再生を描く傑作。

河端ジュン一著
可能性の怪物
―文豪とアルケミスト短編集―
織田作之助、久米正雄、宮沢賢治、夢野久作、そして北原白秋。文豪たちそれぞれの戦いを描く「文豪とアルケミスト」公式短編集。

青《せい》年《ねん》

新潮文庫 も-1-2

昭和二十三年十二月十五日 発行
平成二十二年七月三十日 九十三刷改版
令和六年四月五日 九十九刷

著者 森《もり》鷗《おう》外《がい》

発行者 佐藤隆信

発行所 株式会社 新潮社

郵便番号 一六二―八七一一
東京都新宿区矢来町七一
電話 編集部(〇三)三二六六―五四四〇
読者係(〇三)三二六六―五一一一
https://www.shinchosha.co.jp

価格はカバーに表示してあります。

乱丁・落丁本は、ご面倒ですが小社読者係宛ご送付ください。送料小社負担にてお取替えいたします。

印刷・錦明印刷株式会社 製本・株式会社植木製本所
Printed in Japan

ISBN978-4-10-102002-0 C0193